南無阿弥陀仏……。
世の中には有難い出来ごとがたくさんあります。
毎日のくらしの中に、
つい先だっての会話の中に、
小さな輝きが散らばっていて
人の一生や、「世間」を明るくしているのです。
この本は、そうした輝き――、
ちょっといい話が集められた小宇宙です。

ABCラジオ

ちょっといい話

第13集

各界名士による
こころ洗われるお話

一心寺編

●目次

ちょっと嬉しい話……12……一心寺長老　髙口恭行
私の夢……16……古儀茶道藪内流隋竹庵七代目　福田竹弌
大学教授の今昔……20……大阪大学医学部教授　仲野　徹
私を変えた先生のひと言……25……歴史アイドル　小栗さくら
師匠のひと言……29……文楽太夫　豊竹呂太夫
園児たちにお茶を教えて……32……古儀茶道藪内流隋竹庵七代目　福田竹弌
教育は子育て……37……写真家　織作峰子
僻地旅行のすすめ……41……大阪大学医学部教授　仲野　徹
私のタカラヅカ……46……元宝塚雪組　壮　一帆
氷灯ろう夢祈願……50……歴史アイドル　小栗さくら
ゴスペルイン文楽〜イエスキリストの生涯……55……文楽太夫　豊竹呂太夫
将星真田幸村との出会い……59……元ＯＳＫ日本歌劇団トップスター　桜花昇ぼる

心で撮った写真……………………63……………写真家　織作峰子
カメラマンからカワラマンへ……67……淡路かわら房「達磨窯」主宰　山田脩二
進んでいく道……………………72……………元宝塚雪組　壮　一帆
ええような悪いような…………76……立命館大学名誉教授『上方芸能』元発行人　木津川計
何でも出来る役者を目指して…80……元OSK日本歌劇団トップスター　桜花昇ぼる
アイスランドの話………………84……………作家　椎名　誠
夫婦二人三脚で世界を目指す…88……東洋太平洋ライトフライ級チャンピオン　好川菜々
〝達磨窯〟の存在感と表情……92……淡路かわら房「達磨窯」主宰　山田脩二
事典にない大阪弁………………97……………講談師　旭堂南陵
大阪の「都市格」………………101……立命館大学名誉教授『上方芸能』元発行人　木津川計
異文化理解への挑戦……………105……立命館総長・立命館大学長　吉田美喜夫
ビール祭のやばい話……………109……………作家　椎名　誠
植物の感性………………………113……「一社」テラプロジェクト理事長　小林昭雄
夫婦チャンピオン………………117……東洋太平洋ライトフライ級チャンピオン　好川菜々
知らないと言える勇気…………121……………マンガ家　里中満智子
大阪の「南北戦争」……………125……………講談師　旭堂南陵

江戸時代の美しい日本……129……小説家　朝井まかて
変化していく図書館……132……立命館総長・立命館大学長　吉田美喜夫
浪速の食い味……136……浪速料理研究家　上野修三
神様が創った植物のすごさ……140……「一社」テラプロジェクト理事長　小林昭雄
関西弁で万葉集を……144……マンガ家　里中満智子
成仏した研究……148……立命館大学教授　中川　毅
『すかたん』とOsaka Book One Project……152……小説家　朝井まかて
旧平野郷の話……155……坂上七名家第十七代　末吉勘四郎
本物の家庭料理とは……158……浪速料理研究家　上野修三
元高校球児たちとボランティアの熱き思い……161……マスターズ甲子園副実行委員長　髙田義弘
理想の夫婦……165……ブリキのおもちゃ博物館館長　北原照久
編集部の伝統……169……『あまから手帖』編集長　中本由美子
研究者の就活事情……173……立命館大学教授　中川　毅
三陸の漁村・大指のこどもハウス……178……ノンフィクション作家　山根一眞
平野環濠跡草刈り奮戦記……183……坂上七名家第十七代　末吉勘四郎
幸せになる魔法の言葉……186……ブリキのおもちゃ博物館館長　北原照久

普通の暮らしの幸せ……190……佛教大学学長　田中典彦
岸和田だんじり祭りの魅力……194……編集者　江　弘毅
夢叶うマスターズ甲子園……198……マスターズ甲子園副実行委員長　髙田義弘
難聴と補聴器の話……202……東京医科大学教授　河野　淳
鮒ずし復活物語……207……『あまから手帖』編集長　中本由美子
二人の孫に囲まれて……211……タレント　桜井一枝
小さな奇跡……215……ノンフィクション作家　山根一眞
守れなかった約束……220……前京都大学付属病院看護部長　秋山智弥
JAL再建の舞台裏……225……京セラコミュニケーションシステム会長　大田嘉仁
有難い「縁《えにし》」……230……佛教大学学長　田中典彦
居酒屋曼荼羅……234……作家　太田和彦
キューバ音楽とだんじり……237……編集者　江　弘毅
なにわ人形芝居フェスティバル二十周年夕陽丘花参り……241……一心寺長老　髙口恭行
医師の使命を感じる時……245……東京医科大学教授　河野　淳
終活の活用法……250……如来寺住職　釈　徹宗
ひ孫の顔を見るまでは……254……タレント　桜井一枝

イタリアの芸術環境……258……彫刻家　御宿　至
奇跡的回復の原因は……263……前京都大学付属病院看護部長　秋山智弥
ケサノ婆ちゃん……268……介護老人保健施設「星のしずく」看護介護部長　高口光子
感謝の気持ちと利他の心……273……京セラコミュニケーションシステム会長　大田嘉仁
ペットのイグちゃん……278……漫画家　細川貂々
居酒屋は希望の光……282……作家　太田和彦
社交ダンスの聖地に立つ人……286……シニア社交ダンサー　前田　明
愛語の心……290……如来寺住職　釈　徹宗
子どもの頃のタナトフォビア……295……評論家　宮崎哲弥
ペルージャの町……299……彫刻家　御宿　至
家康公の素顔……304……直木賞作家　安部龍太郎
ターミナルケア～苦悩する現場と家族……308……介護老人保健施設「星のしずく」看護介護部長　高口光子
メメントモリ……312……プロデューサー　残間里江子
ツレがうつになりまして……317……漫画家　細川貂々
お蔭さまの心……321……シニア社交ダンサー　前田　明
初めての漫画スクールで入賞……325……漫画家　高橋由佳利

ちょっといい話

〈聞き手〉
宮村　不二子

みやむら　ふじこ

所　属　大阪テレビタレントビューロー
（T・T・B）

現在担当の番組
〈ABCラジオ〉「ちょっといい話」「さわやかミュージック」「宗教の時間」〈FM802〉「ニュース」

今までに担当した番組
〈ABCラジオ〉「ナイタージョッキー」「朝日放送アナウンス業務」「旅のABC」「これから一週間」「G・Sアイラブユー」「ウィラブミュージック」「甲子園ハイライト」「日曜なつメロ大行進」〈朝日放送TV〉「くらしの泉」〈FM大阪〉「コーセーモーニングプラザ」「ニュース」

ちょっと嬉しい話

一心寺長老　髙口　恭行

明けましておめでとうございます。この放送は今年で数えてみると二十六年目になるということでだいぶ長寿番組になってきております。なにとぞ今年もよろしくお願い申し上げます。今日は昨年の暮れに大変うれしい話がありまして、それをご紹介させていただこうと思います。

暮れの十二月二日に新聞でも報道されましたけれども、一心寺のお隣の天王寺公園が二五年ぶりに立ち入り自由の公開空間、すなわち本来の公園に戻されることになりました。正確に言いますと、月曜日を除く毎日九時半から午後四時半までの間、昼の間だけではありますが、出入り口が開放されることになりました。長年フェンスと入場料とがあって、いわば閉鎖されたような感じの空間だったんですが、近々には完全に立ち入り自由の公園に戻るんじゃないか、というわけで思わず「ばんざい！」と叫んでしまいました。それほどとてもうれしく思っておるところなのでございます。

なんでそんなにうれしいのか、そのうれしさを解説いたしますと、第一はこの場所が夕陽丘エリアの中で最も美しい夕陽を眺めることが

たかぐち　きょうぎょう

一心寺長老
1940年京都市生まれ。京都大学工学部建築学科卒。工学博士。建築家。
元奈良女子大学教授。昭和45年一心寺第五十九世住職。平成16年長老。
著書『フィールド・ノート都市の生活空間』『第三の建築家』『ガラスの屋根～都市の縁起』ほか。

出来る場所であるということと関わりがあるわけです。具体的には天王寺美術館の正面玄関の前に大きな広場がございます。その下の動物園から見ますと十メートルほど高くなった台地の上にあたりまして、そこから西を見ると高い建物の無い動物園の広い緑や通天閣が見渡せます。夕方になるとその向こうに夕陽が沈んでいく絶景を望むことが出来る広場になるというわけですね。

そういうことで昔は、いわば「夕陽のデートスポット」といった感じでたくさんのカップルが集まっていました。その夕陽のデートスポットがようやく復活すると。特にこの広場の続きには大昔に和気清麻呂が掘り起こしたという「河底池」とか「湖底池」とかいう池がありますが、かつては貸しボート屋さんがあって、カップルが池にボートを浮かべる、という光景も見られて賑わっておりました。大変人気のある場所だったんです。その賑わいがこのところ衰退していたのですが、おそらく復活するであろうと。これが「ばんざい」の第一の理由というわけです。

もう一つ理由がありまして、それは茶臼山という場所がこの公園エリアの中にありまして、四百年前の慶長十九年と二十年の大坂の陣の史跡になってございます。これもフェンスで近寄りがたい場所になっていたんですが、立ち入り自由の公開空間になることによって、一心寺からすぐ行ける場所になりました。

よく知られているように、茶臼山というのは大坂冬の陣の時には徳川家康の本陣が置かれましたし、翌年の夏の陣では真田幸村がここに本陣を張ったと。で、一心寺辺りで家康と幸村が直接対決したという話もいろいろとあります。北側の安居神社は、真田幸村が討ち死にした場所と言われております。

さらにこの茶臼山の山頂辺りでは、真っ赤な鎧兜に身を固めた真田の兵三千が、一千丁の鉄砲の銃身を並べて守っておったと。そこへ、南の、おそらく現在の市大病院の辺りから怒涛のように攻めかかったのが越前の松平忠直隊であります。これに向かって一千丁の鉄砲が火を噴く。譬えて言えば、日露戦争の二百三高地の突撃のようにどんどんそこへ登っていく。バタバタと死んでいくと。後にこの情景は「かかれかかれの越前衆 たんだかかれの越前衆 命知らずの嬬黒《つまぐろ》の旗」と、越前兵の勇ましさが歌われましたけれども、まさしく死屍累々の壮絶戦が繰り広げられたわけです。

ところがそういうエピソードを誰も知らなくなっているわけですね。それが今回の開放によってその場所が我々の行ける場所になると。そこへ行っていろいろと当時のことを思い出してくると。さまざまなエピソードが沁みこんでいる一帯なんですが、現在鬱蒼とした森になっております。そこを散策しながら、こういう激戦の様子というものを思い浮かべることの出来る場所。その茶臼山が無料開放されたことで非常に身近な場所になる。これはとってもいいことだなあ、と思ってるわけですね。

一心寺はその昔、源平合戦の頃に法然上人が夕陽を拝むという「日想観」をなさった。その記念の場所としてのお寺であるという謂れがあるんですが、同時に大坂の陣で重要な役割を果たしたお寺であるとも言われておるわけです。当然そういった歴史との関わりで一心寺に参詣される方も大勢おられるわけで、そういった方々に「向こうに行ってごらんなさい。とってもいい場所がありますよ」と言ってあげることが出来るようになった。このことが、非常にうれしいわけですね。

今回の立ち入り自由・公開空間へ、本来の公園へ復帰するということで、一心寺ばかりでなく、大阪が「歴史物語のあふれる大都市・大阪」として再発見されるのではないかと。そういう期待もありまして、歴史いっぱいの都市大阪がこの度の天王寺公園の開放によって、より一層充実すると思われ、大変にうれしいと。そのようなことを思っておるわけです。

（15・1・4　放送）

私の夢

古儀茶道藪内流随竹庵七代目　福田　竹弌

宮村　若宗匠は昭和六三年生まれ。平成四年に三歳で初お披露目ということなんですね。

福田　はい。七五三の着物を着て、初めてお客さんの前にお茶会で出ました。初点前は平成十一年、十歳の時ですけど、その時はもう着物を自分の身丈で作って、初点前をさせていただきました。

宮村　古儀茶道藪内流というのはずいぶん歴史のある流派だそうですね。

福田　ええ。藪内剣仲という人が初代で、有名な千利休の弟弟子になるんです。元々は同じ師匠に学んでいたんですね。その後、藪内流という流派を立てたんですけども、千利休の生きていた時代の茶風を最も遺している流派だと言われています。その藪内流を受け継ぐ家系に生まれて、祖父が六代目ということになりますけども、私が今後七代目を継いでいくということで、今日は時代がいろいろと変わっていく中でお茶というものをどうやって残していけばいいのか、というところをお話したいと思います。

私の家では曽祖父の五代随竹庵の代から「クリスマス茶会」という

ふくだ　ちくいつ

藪内流隨竹庵七代目
昭和63年生まれ。幼少より祖父である六代隨竹庵・竹有に師事。平成４年、３歳で重文・旧西尾家住宅での記念茶会にて初披露目。その後、10歳時より茶会において点前を務める。平成24年、号「竹弌」。同年より学校法人甲南学園甲南幼稚園にて講師を務め、青少年や次世代への文化伝承に取り組んでいる。
甲南大学文学部英語英米文学科卒。

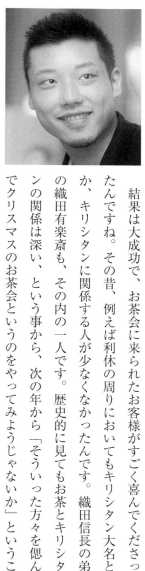

茶会を行っております。これは戦後すぐに始まったんですが、そのきっかけとなったのは当時、大阪市民茶会というお茶会がありまして、毎年いろんなお茶の先生方が順番に釜をかけていたんです。それで、その年はたまたま曽祖父が担当になったわけですが、その時の会場となったのが、お茶室ではなくて洋館だったんです。で、洋館だということで、曽祖父が「どうしよう」と。いろいろ考えまして、普通のお茶会をしても面白くないので、西洋の陶磁器や美術品などをお茶の道具に見立てて、お茶の道具として代用して使ってみようと。そうすることによって洋館の雰囲気に馴染んだお茶会が出来るんじゃないか、ということになりました。

　結果は大成功で、お茶会に来られたお客様がすごく喜んでくださったんですね。その昔、例えば利休の周りにおいてもキリシタン大名とか、キリシタンに関係する人が少なくなかったんです。織田信長の弟の織田有楽斎も、その内の一人です。歴史的に見てもお茶とキリシタンの関係は深い、という事から、次の年から「そういった方々を偲んでクリスマスのお茶会というのをやってみようじゃないか」ということになったんです。それがクリスマス茶会の始まりとなりました。

私も子どもの時からそのお茶会にずっと出てるんです。先ほど申しました私の初めてのお点前も、実はこのクリスマス茶会だったんです。ですから私にとっては当たり前の、すごく見慣れたものになってしまっていたので、どこにでもクリスマス茶会があると思ってたんですね。ですけど、この歳になってよく考えたら、クリスマス茶会ってすごく不思議なお茶会なんだなと。お茶に携わっている方に聞いても、「へえー！　クリスマスのお茶会なんてやってるんだ」って意外に思われる事がよくありました。

それで私もこれからのことを思案する中で、クリスマスと言えばキリスト教ですよね。キリスト教というのはもちろんすごく歴史のある宗教ですけれども、お茶にもすごく歴史がございます。その歴史あるものと歴史あるものというのはクリスマス茶会というものが成立したのと同じように、うまく組み合わさるんじゃないかと考えたんです。

そこで思い出したことが一つありまして、東京であるお茶会があって、各流合同のお茶会でいろんな流派のお茶席があったんですけども、会場が本当に大きなお屋敷でした。その時、たまたま二階でクラシックの四重奏の音楽会を会場がダブルブッキングしてしまっていたんです。最初その話を聞いた時は困ったなと思ったんですけども、実際にお茶席が始まってお点前をしてると、かすかにクラシック音楽の演奏が聞こえてくるんです。お茶というのは静寂の中でお釜の音を聞いたりとか、風のそよぎとか、そういう自然の音を聞きながら楽しむものですから、そういう音楽の演奏とかがあると、本当はいけないんです。でも、その時はものすごく心地良く感じたんです。お点前のゆっくりとした所作とクラシック音楽が融け合って、すごく落ち着いた雰囲気になって。もちろんお客様も「これってすごくいい雰囲気ですね」ということで意外に好評だったので「ほっと一安心」という感じだったんですけれども。

クラシックというのもすごく歴史のある音楽ですよね。その経験をした際に感じた事は、クラシック音楽とお茶という歴史ある世界が掛け合わさったからうまく馴染んだんだなと。そういうことで、今後はお茶に限らず例えばお花であったり、もちろん着物の世界もそうですけども、私共のクリスマス茶会だったら例えば古い西洋画を掛けてみたりもしますし、そういう歴史のあるものと歴史のあるものを掛け合わせて、日本文化の世界を盛り上げていけばいいのではないかなと思っているわけです。

宮村　お若いですから、多分いろんなことにどんどん挑戦していかれることと思いますが、若宗匠の夢と言いますと。

福田　ええ。今後は日本中で、日本で生まれ育った人が生きている間に、一度でもお茶に携わったことがあるとか、お茶室での時間を過ごしたことがあるとか、そういう人が百%になるように。それが私の夢です。

（15・1・11　放送）

大学教授の今昔

大阪大学医学部教授　仲野　徹

昔は大学教授というとものすごく偉い感じがしました。今の学生は教授をあまり偉いとは思ってないようですが、昔は偉いし、コワい先生も多かったですね。今はあまり怖くすると、アカデミーハラスメントとかパワーハラスメントと言われるので、あまり厳しく出来ないんですけど、昔は本当にコワい先生が多かったように思います。同時に偉い先生も多かったんですけども。態度の悪い学生に「昔はもっと先生のことを尊敬してたもんや」っていうと、「昔は先生が偉かったからでしょう」とか言われて。そういうこと言われる時点で今はあまり偉く思われてないなと実感します。

私は研究を始めて三十年ぐらい経ちますけど、昔は本当に厳しい先生が多くて、私の先生ではないんですが、例えば夜の十二時ぐらいに研究室に来て、学生がいてなかったら呼び出すとか。そういう先生が実際におられたのです。そういう意味ではこの二〜三十年で本当に変わりました。ただその頃は厳しいけれども、一生面倒をみるというふうな感じの師弟関係もあったと思います。教授になるまでに私は三人の先生に仕えましたけれども、やっぱりいろんな先生に教えてもらう

なかの　とおる

大阪大学大学院・医学系研究科教授
1957年大阪市生まれ。大阪大学医学部医学科卒、医学博士。３年間内科医として勤務の後、基礎研究を始め、京都大学講師などを経て現職。いいろいろな細胞がどのようにしてできてくるかに興味を持って研究している。著書に岩波新書『エピジェネティクス』など。

というのは結構大事なことかな、と年とってきたら思います。

というのは、研究室ってわりと小さな所なので徒弟制度みたいなところがあって、どうしてもその先生の考え方がうつりがちになるんですね。真似しようと思ってるわけじゃないんですけど、うつるようなところがあります。そうなってくると、いいところがうつればいいんですけど、大体嫌な悪いところばっかりうつってしまうんです。

私も教授になるまでに本当に偉い先生三人にお世話になったんですけど、いろいろ指導された時に「こういう指導は嫌やな」とか「あんなこと言われたら嫌やな」ということがいっぱいありました。なので、教授になった時点でそういう指導はしないでおこうと思ったら、何も言うことが無くなってしまいました。そう思うとやはり厳しいことや嫌なことというのは教育する上ではある程度言わなければならないのかな、というところはあります。しかし、それをどの程度厳しく言うかというのが難しいんです。二〇～二五年になりますけど、私も昔はムチャクチャ厳しかったですから、その頃から比べると、ずいぶんとやさしくなりました。昔の弟子が今の私を見たら怒ると思います。今は本当に怒らなくなったのか、怒れなくなったのか。時代の流れもあるし、年齢的なこともあると思うんですけども。

そういった意味では、昔、年とった先生が、例えば六〇越えた先生が本気で怒ってらしたから、むしろ偉いなあと思う時がよくあります。怒るのってものすごくエネルギーが要りますから。それから怒った後で、怒り過ぎたかなあと思って気になって、チラッと見にいったりすることがあります。ショゲてるかなと思ってるのに、今の若者はケロッとしてたりして、また一段と腹が立ってきたりします。

ただ私はいつも言うんですけども、師匠はもちろん弟子を育てますけども、弟子も師匠を育ててほしい、と。一つだけ、京大に勤めてる時に非常にいい経験があります。いい経験というか、弟子に教えてもらったことがあるのです。京大は町の中にあって学生が近所に住んでいるので、夜遅くまで実験したりするんです。ある日、夜中の二時頃に、寝付けないのでぶらっと研究室に行ったことがあります。まだ教授になる前で、その時七~八人の大学院生の面倒を見ていたんですけど、二時頃行ったら全員が実験してたんです。私はその時、研究しんどいからもう辞めようかなと思いながらふらっと行ったんですけど、この子らの面倒みなあかんと思ったら「これは辞めるわけにいけへんな」と思って、ファイトが湧いたというか、勇気が出たというか。そういうふうな経験があるので、ギブアンドテイクというと世知辛い感じがするんですけど、やっぱり教えるというのはただ単に指導するというんじゃなくて、よく言われることですけども、教える側も教えてもらうことがあるんやな、という感じを非常に強く持っています。そういういい経験というのは年に一回ぐらいしか無いんですけど。

大学の教授というのは教えもしますけど、研究室の運営がとても大変で、よく冗談めかして言うんですけど、「中小企業の社長さんみたいやな」って。十人か二十人くらいの面倒をみてますから。でも、大学教授というのは資本金ゼロで会社やってるみたいなもんですから、そういう意味では中小企業の社長さんの方が偉くて、教授は全然偉くないんですけど。昔は最初に申し上げたみたいに、厳しくするけれども面倒もみるという制度でした。昔、京都大学におられた森毅という数学の先生が書いてるのを見ると、明治時代以来、大学教授と学生の関係というのは家父長制みたいなもんやったと。厳しくはするけども面倒はみるという意味です。ところが、森先生の時代、ですからもう三十年ぐらい前になるとずいぶん変わってきてて、旅行の斡旋業者みたいになってきているど。「先生すみませんけどこれお願いします」って言われて、「はい、はい。じゃあ、段取りしとくわね」というみたいな感じに書いておられます。

今はもっと進んでいて、これは自分でもダメやなと思うんですけど、隣の部屋におる大学院生とか、スタッフの人にでもメールを送ってしまうんです。何かお願いしたり、してほしいことがあった時ですね。それってダメなのは分かってるけど、どうしてもジャマくさいですし、気分的に楽なのでメールに頼ってしまいがちです。なので、今はもう旅行業者というより、安もんのＩＴ産業の何かみたいになってる印象です。人間関係でいうと、昔みたいなのがいいのか、今みたいにフラットにやっていくのがいいのか。多分その中間ぐらいがいいんじゃないのかなとは思ってるんですけど、なかなか昔みたいなやり方に戻ることはないんじゃないか、と思っているこの頃です。

（15・1・25　放送）

私を変えた先生のひと言

歴史タレント　小栗さくら

私は、歴史が好きなタレントとして講演会や司会をさせていただいたり、歴史をテーマにした歌を歌う歴史系アーティストのさくらゆきとしてもライブ活動をさせていただいてます。今日は私が一歩を踏み出すきっかけになった先生のひと言のお話をしたいと思います。

私は今でこそこうしてラジオに出てるんですけども、学生の頃はもう本当に引っ込み思案で、先生に当てられても話すことがほとんど出来ないくらいだったんです。あがり症ですぐ緊張して、何も言えなくなってしまうような。でも同時に、矛盾してるんですが、そうでありながらも自分を表現することが好きだったんですね。

そして、小学校の頃から自分の声が低いことにコンプレックスがありました。でもそのコンプレックスを生かした何か声をつかう職業が出来ないかな、と思っていろんな道を探していました。高校卒業後にナレーターを目指して演劇学校に行きたかったんですけども、両親としてはやはり大学に進学してほしいというのがあったんでしょうね。まず大学に入って何か資格を取りなさい、ということで自分が好きな歴史学科に進みました。

おぐり　さくら

歴史タレント
東京都出身。駒澤大学文学部歴史学科卒業。博物館学芸員資格を取得している本格派・歴史タレント。ＴＶ出演や講演会、司会、コラム執筆など幅広く活躍中。また、歴史をテーマに楽曲を発信する、歴史系アーティスト「さくらゆき」でもある。現在、マイクロソフトのＣＭ、諏訪市公認キャラ「諏訪姫」声優などタイアップ中。

歴史を好きになるきっかけになったのが、大阪の方はもうよくご存じの司馬遼太郎さんなんです。司馬さんの『燃えよ剣』という新撰組の土方歳三さんを描いた作品を中学生の時に読みまして。当時同年代に歴史小説を読んでいるような人たちっていなかったんですけど、それを読んで、その中で地元のことが描かれているということもあり、歴史ってすごく面白いんだっていうことに気付いて、日本て面白い国なんだなって思い始めたんですね。そこから歴史にも興味を持っていったので、大学では歴史学科を選んで博物館の学芸員資格を取りました。同時に自分で学費をためて演劇学校に進んで演劇の道も歩み始めたんです。

ところがいざ入学してみたら、レッスンを受ける時に後ろの方でコソコソとしか受けられなかったんです。自分が受けていたクラスが演劇の経験者ばかりで、演劇部にすら入ったことの無い素人は私ぐらいだったんです。なので皆もう本当に自信満々に見えて、自分だけ出来ないということで後ろの方でコッソリという感じだったんです。でもせっかく入った学校でこんなことをしてても仕方がないな、ということで当時の自分としては一大決心して、学校の中にあるラジオ委員会に入ったんです。そのラジオ委員会というのは校内で公開ラジオをしている委員会で、外に電波として流すものじゃないんですけども、経験として自分たちで番組を制作していくというものだったんです。

パーソナリティ・ディレクター・音響とか、そういった全てを一から生徒が作っていくというものので、自分たちで企画書を作成して、学校の先生でもあったプロの声優さんにその企画書を提出して、ＯＫをもらえたら放送出来るというものでした。それは別に強制ではなくて、入りたい人だけその委員会に入ってやればいいというものだったんですけども、委員会に入ったらその日に次のパーソナリティを決めるオーディションがあってビックリ。何も準備してませんし。もうすごい緊張した中で生徒二人が一組になって五分間のフリートークをすることがあったんですが、至近距離で先生が腕を組みながら、ジッと見てるんです。これはもう緊張でたまらない。やはりその時にはあまりお話をすることが出来なくて、これは選ばれないだろうなあと思って全員のお話が終わるのを待ってたんです。

オーディションが終わり、パーソナリティが二人選ばれる予定だったんですが、なんとその二人のうちの一人が自分だったんです。でもどう考えてもうまく話せていなかったので、勇気を出して先生に「どうして私が選ばれたんですか」とお聞きしたら、「パーソナリティっていうのは話すのが巧ければいい、というものじゃない。お前はちゃんと笑顔で人の話をずっと聞いて相槌を打ってた。それがパーソナリティとして必要なものだよ」って先生が言ってくださったんです。

先生にとっては些細なひと言だったと思うんですけども、自分にとっては人生で初めて認めてもらえたような気持ちになりまして、すごく深く感銘を受けて、こういうふうに自分で一歩を踏み出せば自分を認めてくれる人っているんだって。少しでも踏み出すことが大事なんだっていうことに気付きまして、レッスンで一番後ろにいた私が最前列で受けるようになりました。私は運動オンチなんですけど、ダンスやバレエなどいろんなカリキュラムがある、その全ての授業を恥しがらず一番前で受けるということを自分の中で決めて、それからかなり性格が変わっていきました。

当時演劇学校には通っていたんですが、歌うことが小さい頃から好きで。「サウンドオブミュージック」というミュージカルを母が好きで、それをずっと聞いて育っていたので歌う道に進みたいなと思い始めまして。やはり学校でもミュージカルをやっていましたので、当時同じアルバイトをしていた今の相方の遠野ゆきと一緒に歌の道を目指すことを決めました。二人とも歴史が好きで、歌も好きで、ということだったので歴史の歌を歌っていこうということを決めたんです。先生が言ってくださったひと言が無かったら、今こうやってラジオに出て表現する何かというのも絶対出来なかったなと思うんですね。ただ今でも結構あがり症なんですけどね。


（15・2・8　放送）

師匠のひと言

文楽太夫　**豊竹呂太夫**

ちょっと恥ずかしいというか、感動した話が一つありますんでそのお話を。

私の祖父が太夫をしてました。で、周りからも「やれ」と言われてましたけども、その頃全然文楽が流行らなかったんです。五十年ほど前、道頓堀に朝日座がありましたけども、夜の部なんかはもうお客さんが三十人ぐらいの時もありました。名人の方がたくさんいらっしゃったのにね。平日の夜の部なんか、人形五体出てたら人形遣いさんが十五人。左右に太夫と三味線ずらっと並んだら八人くらいになるでしょ。舞台にいる人の方が多いんですわ。人形一体で三人。人形五体で十五人ですからね。だから「文楽はもう潰れるわ。こんなわけ分からんもん、嫌やなあ」と思ってたんですわ、実際。

それと、実は私は小説家になりたいなと思ってたんです。大江健三郎とか倉橋由美子とか、ああいう抽象的な作風に憧れてたんです。私の祖父の弟子だった、先代の呂太夫さん（故人・二つ年上）が、私の祖父のお通夜の時に、私は大阪生まれですけど当時は東京の大塚におりまして、銭湯で私に「太夫になれよ」と熱心にすすめるのです。僕

とよたけ　ろだゆう

文楽太夫
昭和22年大阪岸和田市生まれ。東京転居後東京都立小石川高校卒業。昭和42年三代竹本春子太夫に入門。祖父十代豊竹若太夫（人間国宝）の幼名の豊竹英太夫（ハナフサダユウ）を名乗る。翌年大阪毎日ホールで初舞台。昭和44年春子太夫の逝去により竹本越路太夫の門下となる。平成29年４月、六代目豊竹呂太夫（ロダユウ）を襲名。

は弁論大会とかに出て結構入賞してたりしてたんで、「君は声も大きいし、いけるんじゃないか」ということだったんです。ところがそういうふうにお客さんが入らんし、流行らんし、これは嫌やと思てたけども、小説を書く題材になるやろと思って、大阪へ帰ってきて、春子太夫師の所へ内弟子に入りました。

ところが改めて文楽を観た時に、何てシュール（抽象的）なものなんや、と思いましてね。子どもの時分とか中学生の頃は何やシン気臭い、わけ分からんし、と思てたけども、改めてこんなシュールなものは無い。太夫は何語ってるか分からんけど、大きな声でガナリたててるし、三味線の人はこうチーンと座りながら普段聞くことのないベンベンいう音を出すし、人形遣いさんは大袈裟にひとつの人形を大の男三人で遣ってて、何かケッタイなオモロイもんやなあと思って、しかも大道具の色彩感覚もすごいシュールなんです。これはわけ分からんけど改めて観たらすごいもんやなあ、と思ったんです。それで私は入門したんです。

それで入門したけども、自分がやっていけるかどうか不安でしょ。どないしょうかなあ、いけるかなあと思ってたら、私の師匠がヨーロッパ公演があって二カ月ほど日本を離れたんです。その時に先代の竹本綱太師匠、今の咲太夫兄さんのお父さんの家に内弟子として二ヶ月ほど預けられたんです。その時に綱太師匠にお稽古していただいたんですね、毎日。私の東京での初舞台は「観進帳」で、富樫の家来の関所を守っている下役人で番卒という役だったんです。それが弁慶にからむ場面があって、その場面の文句を毎日やらされたんです。

それが「ほお、その仔細といっぱ、頼朝義経おん仲不和とならせ給ひ、義経公は作り山伏となって、奥州秀衡公…」とこうやる。これを毎日二十回三十回やる。三十回ほどやって、「もう一回やれ」言われるんですけど、もう声が出ない。最後にかすれ声でやって「これで終わり。また明日じゃ」。で、また次の日同じ文句の練習。声が出なくなったら終わり。難儀やなあ、しんどいなあと思ってたんですけど、ある日自分でもビックリするくらいの信じられないほどの声が出たんです。その時、綱太師匠は火箸を持ったままでジッと最後まで聞いてて、「よし、お前は太夫になれる」っておっしゃったんです。僕らは生まれ持った声での勝負じゃないんです。息がブワッと出るんです。だから声の勝負じゃない。声が出なくなったところで、体が防衛本能で出す。すると息がブワッと出るんです。そういう仕組みを綱太師匠は教えようと思ってたんですかね。そのひと言がいまだに自分の礎になってますんです。

（15・2・22　放送）

園児たちにお茶を教えて

古儀茶道藪内流隨竹庵七代目　福田　竹式

子どもについてお話させていただきます。昔から子どもがすっごく好きだったんです。もし私がこの家に生まれてなかったら、多分幼稚園の先生か小学校の先生になっていたかも分からないですね。で、実際はこの家を継がなくちゃいけないので、もちろんその夢は叶えられないなあ、と思っていたんですけれども。

一昨年の四月から、私の母校の神戸の甲南幼稚園から園児たちにお茶を教えに来てくれないかと言っていただきました。四月にスタートして年に十回のお稽古なんですけれども。なので、大体お休み以外は月に一回お稽古をするというような感じなんです。幼稚園なので最後に発表会をしようというお話になり、卒園前にお茶会をして、お母さんたちをお客さんに呼んで、子どもたちでおもてなしをしよう、ということを目標にまず一年間頑張ったんですけれども。

最初の一年は本当にどうしたらいいのか、子どもたちがどうやったら落ち着くのかも分からないし、大変な状況だったんです。それで先生とも相談しながら、というのは僕が幼稚園の時に担任だった先生が今の園長先生なんです。もちろんその頃教えていただいていた先生も

ふくだ　ちくいつ

藪内流随竹庵七代目
昭和63年生まれ。幼少より祖父である六代随竹庵・竹有に師事。平成４年、３歳で重文・旧西尾家住宅での記念茶会にて初披露目。その後、10歳時より茶会において点前を務める。平成24年、号「竹弌」。同年より学校法人甲南学園甲南幼稚園にて講師を務め、青少年や次世代への文化伝承に取り組んでいる。
甲南大学文学部英語英米文学科卒。

結構たくさん残っておられます。なので本当に親身になっていろいろ教えてくれるんですけれども。

こうやったら子どもたちがいうこと聞くんだよとか、こういう言い方じゃなくてこう言い換えたらいいんだよとか。それで、まず子どもたちにお茶への興味というものを持たせてあげようと。そうする内にだんだんと慣れてきて、最後は無事にお茶会をすませることが出来たんですけども、その中でたくさん面白いことがありました。子どもっていうのはやはりものすごく純粋なんだな、ということを改めて実感しました。

というのは、例えばいつも授業を行う教室には床の間があるんですけども、床の間に毎回軸を掛けてるんですね。もちろん子供なので字のものを掛けると読めないので、いつも季節の絵のものを掛けるんです。色がついてる絵だと何となくその時の季節で、例えば秋だったらオレンジ色で紅葉とか、春だったらピンク色で桜とか、分かりやすい絵はもちろんですけど、墨絵のような絵を見せても、子どもたちはその季節を感じ取ってくれるんです。

それからお菓子にしてもそうなんですけど、手で簡単に食べられるようにいつも上用のお饅頭を用意してもらうんですけども、この間は真っ白な上用のお饅頭に赤い点々が二つついたお菓子を持って行ったんですね。子どもたちって分かるのかなって思ったんですけども、少しずつヒントを出しながらクイズみたいな感じで話をするんですけど、本当に早い段階でそれがウサギということに気付いてくれたんですね。真っ白に真っ赤な目が二つで。「何でウサギだと思う？」って聞いたら、幼稚園でちゃんとお月さんの季節ということを教えているんですね。なので、「お月さんにはウサギさんがいるよね」っていう話につないだりとか。

あと、例えば畳の部屋では走らないように教えないといけません。最初どういうことを教えるかというと、今のお家だとほとんど洋室だと思いますので、「お家の床って何で出来てると思う？」って聞くところから始めるんです。そうすると「木」っていう答えが出ます。「じゃあ、畳って何から出来てると思う？」と聞くと、「ん〜？」って最初は分からないんですけどね。そこは答を言って「畳は草で出来てるんだよ」って教えてあげる。「じゃあ、木と草ってどっちが強くてどっちが弱いと思う？」って聞くと、「木の方が強くて草の方が弱い」ということが分かるわけですね。「そうすると草の方は優しく歩いてあげないといけないよね」っていうふうに教えると子どもたちはすごく納得してくれるわけです。

子どもたちって物事の順序が分かるとすごく分かってくれる。あと想像力が豊かで、すごく純粋なので、分かりやすい教え方をしてあげると子どもたちは簡単に日本文化の世界にも興味を持ってくれるわけです。

例えば私は着物姿で教えているんですけども、お稽古の後には洋服に着替えて一緒にお弁当を食べて、お帰りまで一緒に遊んだりするんですけれども、畳の部屋で私が着物を着ている時というのは、子どもたちは絶対に近寄ってこないんです。さわっちゃいけないというような感じで。でも洋服に着替えると、ご飯を食べた後なんか皆まとわりついてくるんですね。

子どもたちには着物姿の時、着物って破れやすい服なので、ということは特に教えてないんですよね。でも多分和室に入った雰囲気とか、いつも「畳は優しく歩かなきゃいけないよ」とか、「障子を破っちゃいけないよ」とか、「ここでは静かに過ごそうね。じゃあ静かに外の音を聞いてみようね」とか、落ち着いた雰囲気で過ごすということを教えてあげることで、ここでは先生に近寄っちゃいけない、遊んじゃいけない時間なんだってことが分かってくれているわけですね。着物の時はどんなに近くでお稽古してても、近寄っても絶対に触れてこないですね。でも、洋服に着替えると一緒になって思い切り遊ぶというわけなんです。子供たちというのはすごく純粋な心で受け取ってくれるんだな、ということを幼稚園の稽古で私が学んでいることですね。

宮村　その子どもたちがずっとお茶を続けてくれたら嬉しいですよね。

福田　そうですよね。ですから将来、「幼稚園の時、たしかお茶やっていたよね」って思い出した時に、その時に一緒に過ごした時間の事を憶えてもらえていたり、お茶を習いに行くきっかけになって、一人でも多くお茶の世界を長く楽しんでくれたら、私にとってそれ以上有難いことはないなと思いますね。

（15・3・1　放送）

教育は子育て

写真家　**織作　峰子**

今日は教育についてのお話をさせていただきたいなと思います。私が教鞭を執っております大阪芸術大学では通信教育部の学部長もさせていただいてるんですけれども、そちらを卒業された、石川県小松市生まれの私と同郷の学生さんがいらっしゃいまして、先月、彼女と二人である講演をやらせていただいたんです。彼女も仕事を持ちながら四年間通信教育で頑張って卒業されたんですけれども、これから写真家として一本立ちしていくということで、まず最初に何かひとつお仕事をということを私は考えました。

やはり卒業した後も就職のことでなかなか大変な学生さんが多いんですけれども、教育し卒業した後もちゃんと見届けていく、というのが教師の役割でもあるんじゃないかなって思います。そして彼女と二人で故郷の写真を撮って、それをお互いにプロジェクターに写して、鑑賞しながらトークをするという講演をやらせていただいたんですけど、二百五十人収容出来る会場がほぼいっぱいになりまして。まず彼女が一本立ちするスタートのお手伝いをさせてもらえたのかなあという嬉しさと、実は彼女が在学時代に知り合った友達と二か月前に結婚

おりさく　みねこ

写真家

1960年石川県生まれ。1982年ミス・ユニバース日本代表選出後に大竹省二写真スタジオ入門。世界各国の美しい風景や人物を撮り続けている。日本全国や世界各地で写真展を多数開催する傍ら、テレビ出演や講演で幅広く活躍中。日本広告写真家協会理事、大阪芸術大学写真学科教授・学科長、同大学通信教育学部長を務める。

したこともあって、本当に二重の喜びでした。

毎年新しい学生さんが入ってきて、どうしても馴染めずに途中で挫折してしまう人がいるんです。そんな時、教育ってなんだろう？　写真学科で教鞭を執っていて、もちろん写真の基礎を教えたり、応用を教えるということは当然なんですけれども、やっぱりその子たちがきちんと四年間勉強出来て、ちゃんと就職出来るまで導く。そのことの本当の難しさと、日々悩みながら向き合っているんですけれども、ふとした時に考えたのは、教育というのは子育てと一緒だな、ということを思いました。

私も娘が二六歳になりまして、もう今は就職をし頑張っていますが、彼女を育てた時のことと被るんですね。つまり学生たちというのは、もちろん勉強目的で大学に来てるのですが、どこかで心の拠り所というのでしょうか、時には親にも相談できない悩みを打ち明けてくれたりとか、家族やお友達との問題。やはり彼女や彼らなりに悩みを持って日々生活をしているわけですね。そんな時に少しでも話し相手になってあげて、そして解決に導いてあげるということの大切さと必要性を感じました。写真のことだけを教えるのだけではなくて、親心になって学生たちの行く末を見守っていくことの大切さ、それがやはり教育の一つの大事なポイントではないかな、ということ感じるわけですね。

で、今回一緒に講演会を催した彼女ですけれど、講演会が終わってから、彼女が前に働いていた職場の人たちが楽屋に来てくれて、「よかったね。よかったね」とすごく喜んでくれました。「彼女は一時どうなるか、すごく心配だったんですよ」っておっしゃられて。私はそういう過去の話は全然知りませんでしたが、彼女も「実はそうだったんです。でも大学に行って私の道が開けました。そしてこうやって今、一本立ち出来る瞬間を迎えて、非常に感動してます」ということを初めて打ち明けてくれたのです。それを聴いて「よかったなあ、ひとりの成長の手助けが出来たかなあ」っていう気持ちになりました。

ですから本当にささやかな会話だったり、そばに寄り添ってあげる、ということが人間にとってどれだけ大きな力になるのかな、っていうことを感じますし、私の近くに来た子や私が接触した子に関しては責任をもって育てて上げたいな、っていう気持ちでいっぱいです。

ちなみに東京の私の事務所で働いているアシスタントも大阪芸術大学の卒業生なんです。もう一人女優を目指していて、在学中にＮＨＫの連続テレビドラマに出演した経験もあり、彼女も毎日仕事があるわけではないので、空いている時はうちでアルバイトをしてくれています。アシスタントをやってくれてる彼女も、ずっとアシスタントということではなく、一人立ちさせたくて、私の所に来ていながらメーカーさんの仕事をしています。で、めでたく昨年講師になりました。これからも一人でも多く自立させていく、一人立ちさせていくことが私の使命なんじゃないかな、というふうに思って頑張っております。

（15・3・8 放送）

僻地旅行のすすめ

大阪大学医学部教授　仲野　徹

今日は旅行の話をしようかなと思います。この数年、僻地を旅行するのを趣味にしておりまして、四年ぐらい前に、ずいぶん前から行きたかったんですけども、ブータンへ旅行に行ったんです。ブータンってＧＮＨ（国民総幸福量）、「幸せで僕らは勝負するんや」というふうなことをいうてるんですね。ＧＤＰとかの経済ではなくて、幸せで勝負する。それに興味があったのと、もうひとつは王政が議会制に移ったと聞いてずいぶん国の感じが変わるんじゃないかと言われていたこと。それから携帯電話とかＩＴが入り出して、ひょっとしたら急速に変わっていってしまうんではないかと、そういうふうなニュースが入ってきたので、大きく変わる前のブータンが見てみたい、というふうに思って旅行に行ったんです。それはそれは非常に楽しい旅行でした。

二十人ぐらいのツアーだったんですけども、同じバスで私の横に座っておられた方と「ＧＮＨでこの国は幸せな人の割合が九五％とかなんですよね」「そんなに高いんですか」という話をしていたら、「仲野さんは幸せですか？」って聞かれたんですよ。で、仕事休んでこん

なかの　とおる

大阪大学大学院・医学系研究科教授
1957年大阪市生まれ。大阪大学医学部医学科卒、医学博士。３年間内科医として勤務の後、基礎研究を始め、京都大学講師などを経て現職。いいろいろな細胞がどのようにしてできてくるかに興味を持って研究している。著書に岩波新書『エピジェネティクス』など。

な所へ来てるんやから、そら幸せやわなあとか思って。それで幸せかどうかを考え出すと、どうしても他人と比べて自分が幸せかどうかを考えてるな、というふうに感じたんですよ。それを考えると、ブータンで九五%の人が幸せやというのはちがうだろうと。他人と比べて九〇%以上の人が幸せって無理ですよね。

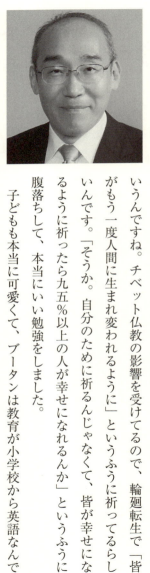

ブータンて完全に仏教の国ですから、お寺で一心に拝んでいる人もおられるし、マニ車という、一回まわしたらお経を一巻読んだのと同じ功徳になるという車をずっと回してる人もたくさんおられたりします。現地のブータン人のガイドさんに「あれは何を祈ってるの？　自分が幸せになりたいために祈ってるの？」と聞いたら、「違う」っていうんですね。チベット仏教の影響を受けてるので、輪廻転生で「皆がもう一度人間に生まれ変われるように」というふうに祈ってるらしいんです。「そうか。自分のために祈るんじゃなくて、皆が幸せになるように祈ったら九五%以上の人が幸せになれるんか」というふうに腹落ちして、本当にいい勉強をしました。

子どもも本当に可愛くて、ブータンは教育が小学校から英語なんで結構皆英語しゃべっています。可愛い子どもと一緒に写真撮ったら本当に愛想がいいし、目がキラキラして、話も楽しかったです。ただ科学教育、私は生物学が専門ですけども、生物学とかがきちっと教えられるようになると、輪廻転生とかをこの子らはどういうふうに受け入れていくのかな、と思ったりしてしまいます。また何年か経ったらもう一度ブータンへ行ってみたいと思っています。ひょっとしたら、昔は良かったな、というふうな感じしか持てないかもしれないんですけど、そういうふうにして違う国へ何年かおいていくと、タイムスリップしたみたいな感じになるんじゃないかな、という気がしてるんです。意外と自分の住んでる町って分からないですね、何かが変わっても。たとえば、お店が無くなっても「前は何の店があったかな」って分からんことがほとんどです。でも、違う所へ行くとかえってそういうのが分かったりして、面白いかなと思ったりしてます。

一昨年は、また僻地へ行こうと思ってモンゴルへ行きました。これがまた面白いツアーで、特殊なツアーなんですけども、半日マウンテンバイクに乗って半日馬に乗るというもので、何かを観光するんじゃないんです。モンゴルの草原へ行って馬とマウンテンバイクに乗って、というこれがすごく面白くて。モンゴルというのは草原がハーブなんです。これも行って初めて知ったんですけど、ハーブの匂いがするんです。強い匂いじゃないんですけど、すごく気持ちが良かったですね。あと面白かったのが、遠近感が分からないんですよ。北海道の富良野とか行くと、モンゴルと同じような地形がありますよね。そういう感じかなあ、と思って行くと全くスケールが違うんです。大きいんですよ。ですからなんだか夢を見ているような感じがしました。「あそこに見えてる建物まで行こか」ってガイドさんが言う。で、自転車で行くんですけど、「道はどこにあるんですか」って聞いたら、「まっすぐです」ということで、草原をずっとまっすぐ走っていくんですけど、なかなか着かないんです。距離感が全然つかめなくて。

その時に思ったのは、距離感って知らない間にものすごく身についてるんですよ。例えばアメリカへ行って、今はもう日本も大きな建物が増えましたけども、一昔前にアメリカへ行くと、巨大な建物があるとどれだけ大きいかよく分からなかったですね。錯覚するような感じです。それと山もそうです。時々山登りするんですけど、例えばモンブランへ行くと、モンブランてすごく低く見えるんですよ。すぐそこなんで、すぐ登れるんちゃうか、と思うくらいに。でも実際にはすごく高い。ですから見慣れている景色による距離感ってというのは、不思議なくらい身についてしまっているんですよね。モンゴルへ行った時は四日間ぐらいしかいなかったせいもあるんですけど、最後まで距離感が身につかずに帰ってきました。

モンゴルでは、遊牧民はゲルという移動用のテントに住んでます。昔はゲルは水のある場所に建てないと水を汲むのが大変だったんですけど、今は馬だけじゃなくて車もあるからそれほど水が大事じゃなくなってきてるそうです。「じゃあ今はどういう場所にゲルを建てるのが大事ですか」と聞いたら、携帯の電波の入る場所らしいです。遊牧というのは歴史がすごく長くて二千年以上前から行われてるのですけど、そういったこともこれからひょっとしたら変わっていくのかなあ、とか思ったりしています。そう思うとまたモンゴルへも行ってみないとあかんという気分で帰ってきました。

これからもそうやって僻地へ行く旅をいろいろ続けてみたいなと思っています。皆さんもぜひいろんな所へ行ってみられたらいいと思いますよ。ヨーロッパやアメリカへ行くのも面白いんですけど、僻地には全然違う驚きがありますから。一週間ぐらいしか行けなくても想像以上に勉強になることもあるから絶体にお薦めです。

（15・3・15　放送）

私のタカラヅカ

元宝塚雪組　**壮　一帆**

今日は宝塚時代のお話をさせていただきたいと思います。

宝塚を退団したのが去年の八月の終わりで、私は宝塚に十九年在籍し、人生の半分を宝塚の舞台で過ごしてまいりました。宝塚に入らなければ出会わなかった方々。それからこんなにもたくさんの方々に応援していただくこともなかっただろうな、ということを辞めて今改めて感じております。

もう二十年以上も前になりますが、宝塚音楽学校に入学することが出来まして、そこで二年間勉強したわけですけれども。まず同期と出会った時に感じたのが、この人たちが私が生涯付き合っていく仲間たちなんだなあ、ということでした。同様に宝塚を退団する時にも同期の絆っていうものをとても強く感じたんですね。三八人で初舞台を踏みまして、私が退団する時には三人になっていました。結婚や仕事、皆それぞれの道に進んでいましたが、バラバラだった同期が私のトップお披露目、それから退団という節目の時に集まってくれて、いろいろ手作りの物をプレゼントしてくれました。皆の温かい心にふれて改めて同期っていいなということを感じたんですね。だから退めた後

そう　かずほ

女優。兵庫県出身。96年に宝塚歌劇団に入団し、『ＣＡＮ―ＣＡＮ』で初舞台。長身と長い手足を生かしたしなやかでキレのあるダンスと確かな歌唱力で注目を集め、12年に雪組トップスターに就任。14年に退団後は舞台を中心にライブ活動も精力的に行う。主な出演作にＴＶドラマ『女の勲章』、舞台『細雪』『扉の向こう側』『エドウィン・ドルードの謎』など。

も、これから死ぬまでずっとこの同期の温かい絆っていうのは続いていくんだろうな、と思っております。

宝塚は全国から受験生が来ますので、私の同期も北は青森から南は沖縄まで、本当にいろんなタイプの人間が集まりました。私はそれまで小・中・高と一貫教育の学校に通っておりましたので、顔ぶれがそんなに変わらない生活だったんですね。それが宝塚音楽学校に入学して、人間てこんなにたくさんのタイプの人がいるんだな、っていうことをすごく感じました。

同時に、人っていうのはとても面白くて興味深いものなんだなと感じまして、まずは同期の観察から始まったんですけど、それが歌劇団に入ってからの芝居に繋がっていったかな、と思っております。だから宝塚でも同期以外にもさまざまなスタッフの方々、ファンの方々、年齢を問わず本当にたくさんの方々に触れてお話をさせていただいて、私の人生において貴重な体験をたくさんさせていただいたんだなあ、と思いますね。

もちろんその時々は大変ですけども、やはり芸の道ですから大変じゃないと得られるものは少ないと思いましたし、その大変さを自分自身でも楽しもうと思いながらやっていました。これを乗り越えたから、次に何か得るものがあるはずだ、ということを信じながら十九年間やってまいりました。

それでもやっぱり退団の時には、本当に毎日でも泣きたくなる瞬間がありました。それは淋しさであったりとか、幸せ過ぎてだったりとか、その種類はさまざまだったんですけれども、泣いてたらもったいないと思ってたんですね。それを幸せに感じて、日々をもっともっと充実させて、退団までの毎日を大切に過ごそうと思いながら、もう泣くひまはないぞ、というくらいの気持ちでやっていました。

でもやはり退めると決まった時にわざわざ声を掛けに来てくださったりだとか、これは舞台人としては絶対あってはならないことなんですけれども、私は千穐楽の前に調子を崩して声が少し出にくくなったんです。その時に共演していた雪組の、私達は「組子」と呼んでいる皆が私が舞台の袖に入った瞬間に、自分のノドをかきむしって私に与えるという仕草をしてくれたんですね、無言で。そうかと思えばバアッとしゃべりに来てくれて「壮さんはしゃべらなくていいですから」って、皆がすごく楽しい話で盛り上げてくれました。皆自分のノドのコンディションを壮さんに与えるんだっていう仕草を袖でずっとしてくれてたんですね。あと私の声だけでは足りないところを急遽コーラスという形でカバーしてくれたりもしました。舞台で歌っていて皆のコーラスが聞こえてきた瞬間に、本当に声が詰まっちゃったんです。

これはその一回しか観に来られていないお客さまはご存知ないことなので、だから絶対それを出してはいけないと思って、グッと我慢したんですけれども、舞台上に立ちながら、こうやって皆に支えられているんだなとか、後ありがたかったのが、私のファンの方々がお手紙で「今日もステキな舞台でした。ありがとうございました」って書いてくださって、皆さん絶対にそのことにふれないで、ほとんどの方が毎日、毎回のように舞台を観にきてくださっている中で、調子が悪いということはとても申し訳なかったのですけども、自分自身が気落ちしている場合じゃないなと思って、その方々のために、そして組子のために、そして次に繋げていくために、ここで踏ん張らなくちゃダメだということをすごく思いましたね。

そうやって頑張れたのは、本当に同期の皆さんやファンの方々、そういったたくさんの方々のお蔭だったんだなあって、改めて思いますし、自分自身の中でもすごくありがたい経験をさせていただいたなあ、と思います。

（15・3・22 放送）

氷灯ろう夢祈願

歴史タレント　小栗さくら

今回は「氷灯ろう夢祈願」のお話をしたいと思います。私は歴史タレントとしてこうして一人でのお仕事もしているんですけれども、相方の遠野ゆきと一緒に歴史をテーマにした歌を歌う「さくらゆき」というユニットでも活動しています。「歴史系アーティストさくらゆき」と言ってるんですけれども、「歴史系」って何だろう？　という方もいらっしゃると思います。私たちは、歴史上の人物や出来事を自分たちで作詞をして歌っています。例えば二〇一〇年には「真田信繁（幸村）」の大坂の陣をテーマにした「炎の月」というCDを出したり、関ケ原の戦いをテーマにした「関ヶ原」というCDも出しています。

前回も触れたんですけども、演劇学校に通っていたんですが、やはり昔から好きだった歌の道を目指したいと思った時に、ミュージカルをずっと聞いていたので、ひとりで歌うのではなくて誰かとハモってやりたいなと思ってたんです。そう思った時に、ハモるのであれば、やっぱりまず声の合う人でないといけないということがありますし、気が合う人でないと続かないですし、いろいろ考えた時に浮かんだの

おぐり　さくら

歴史タレント
東京都出身。駒澤大学文学部歴史学科卒業。博物館学芸員資格を取得している本格派・歴史タレント。ＴＶ出演や講演会、司会、コラム執筆など幅広く活躍中。また、歴史をテーマに楽曲を発信する、歴史系アーティスト「さくらゆき」でもある。現在、マイクロソフトのＣＭ、諏訪市公認キャラ「諏訪姫」声優などタイアップ中。

は今の相方のゆきしかいなかったんですね。

アルバイト先で知り合ったんですけども、ゆきが先輩で、一緒にカラオケに行くこともすごく多かったんです。二人とも声が合うなあ、と何となくは思っていて、二人がハモるのがすごく好きだということと、それから声の質がすごく合うこと、そして歴史が好きだったという共通点がありまして、どんどん仲良くなっていきました。ある時、私がゆきに「一緒に歌やらない？」と言ったら、彼女も元々上京してきたのが歌をやりたいということがキッカケだったので、二つ返事で「いいよ」と言ってくれてあっさりとユニットが結成されたんです。それでさくらとゆきで「さくらゆき」という名前になりました。

そしてどうせやるんだったら、二人が好きな歌と歴史を組み合わせて歴史の歌を作ろう、ということから始まったんですね。そしてそれをやるためには、まず歴史上の人物の史跡巡りから始めようということになりまして、巡って空気を感じてから作詞をしてやっていこうということになったんです。

その中である時行ったのが長野県の上田市にある鹿教湯《かけゆ》温泉という

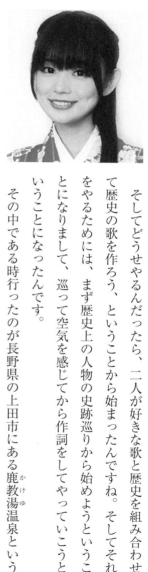

所だったんです。上田市に行くきっかけというのは、真田信繁公が好きだったから真田氏を調べようということからでした。真田氏発祥の地へ史跡巡りに行こうということから調べ始めたら、上田市の鹿教湯温泉で「氷灯ろう夢祈願」というのをやってることを発見しまして、その二つともやりに行こうということになったんです。

鹿教湯温泉で毎年行われている「氷灯ろう夢祈願」は、氷で出来た灯ろうの中にローソクがありまして、それに自分たちで一つひとつ火を点けていって、その火を点けながら願い事をするというものなんです。自分たちの夢が叶うように、一つじゃなくて欲張りにいくつもお願い事しちゃったんですけれども、その一つが二人でよく話していた「いつか自分たちにファンが出来て、そのファンがいる中でライブをしたい」というものでした。

その時はCDどころか、まだ一曲も出来ていなかったんです。作詞とメロディは自分たちで何とかなるんですけど、オケを作る人がいないので、そのカラオケを作ってくれる作曲者を探して、インターネットで調べていろいろ募集をしたりしてたんです。ちょうどその旅の途中で交渉中の方がダメになってしまいまして、そういういろんなことがあって祈願をしに行ったんです。頭の中でファンの方に囲まれながらライブしている自分たちを想像しながら夢祈願をしていました。

それから上田に行った後に、大阪ですとか、信繁公がいた和歌山の九度山とか、そういった真田氏の史跡を巡って、二〇一〇年に信繁公のCDを作ることが出来ました。その二〇一〇年に上田市でライブをする機会に恵まれまして、それからは何度も上田市でライブをさせていただけるようになりました。でも当時は大勢周りにはいらっしゃったんですが、たまたま通りすがりに見たという方が多かったんです。それからいろんな所でのライブを重ねて二年後、さくらゆき初となるファンイベントの「さくらゆきファンの集い」を開催することが出来ました。

その内容はと言いますと、さくらゆきと一緒に史跡を巡る、というもので、史跡を巡って夜には皆さんにライブを聞いていただくというファンイベントだったんです。それを上田市で開催することが出来ました。もし人が全然集まらなかったらどうしようって思ってたんですけれども、二人の心配をよそに定員以上の方が集まってくださって、その日最後の締めの言葉で泣いてしまったくらいに嬉しくて、感動の涙になってしまうようなイベントで、今でも本当に思い出深いんです。その夢祈願をした上田の地、大好きな真田ゆかりの地でファンの方に囲まれてライブをする夢が叶ったんです。あの時の願いが現実に叶った、というのが自分たちの中で本当に嬉しかった思い出です。

氷灯ろうの時には他にもいろんなことを願ったんですけれども、結構いろんなことが叶ってるんです。でもそれは氷灯ろうの所に文殊堂があって、文殊菩薩さまが願いを叶えてくださったのかもしれないですし、一つひとつ夢を明確にしたことで自分たちで一つひとつのステップアップが出来たのかもしれないな、とも思うんですね。もちろん応援してくださった方や支えてくださった方のお蔭でもあるんですけども。

自分たちの活動の中で地域や歴史を盛り上げて外から人を呼んで、集まった人たちがまた外にそれを発信して、活気で日本が満ちていったらいいなという気持ちもあって活動しています。そうして、そういった人たちが今度は海外に行って、日本の良さや誇りを広めていってくれたらいいな、という気持ちもあります。そういうお手伝いの一滴にでも自分たちがなれたらな、という気持ちで今も活動しています。

（15・3・2　放送）

ゴスペルイン文楽〜イエスキリストの生涯

文楽太夫　豊竹呂太夫

私は結構いろんな人とのコラボを、詩人、ジャズピアニストとかやったんですけども、一番中心なのは「ゴスペルイン文楽」と言いまして、イエスキリストの生涯を文楽でやるんです。イエスキリスト、マリア、ペテロ、いろんな弟子も出てきますけど、それでやるんです。

どうしてそういうことをやるかと言いますと、私は文楽の太夫でありクリスチャンなんです。クリスチャンでこういう活動をしてますと、最初私が入った頃は「耶蘇はあかんで」とか結構先輩方に言われたこととあったですよ。ところが私の師匠の越路太夫の友達に素晴らしいクリスチャンの婦人がいてたんです。ですから私の師匠も「クリスチャンで素晴しい人を知っている。そういう企画は大事なことだ」と言っていただいて、こういう活動も認められたんです。

例えば文楽に二人三番叟というて、「おおさへ おさへ 喜びありや よろこびありや……」という宗教心を煽るような何百年と続いてる節付けがあるんですが、それを「おおハレルヤ おおハレルヤ」というふうに置き換えて、「おおさへ おさへ」という日本の神さまに奉納す

とよたけ　ろだゆう

文楽太夫
昭和22年大阪岸和田市生まれ。東京転居後東京都立小石川高校卒業。昭和42年三代竹本春子太夫に入門。祖父十代豊竹若太夫（人間国宝）の幼名の豊竹英太夫（ハナフサダユウ）を名乗る。翌年大阪毎日ホールで初舞台。昭和44年春子太夫の逝去により竹本越路太夫の門下となる。平成29年４月、六代目豊竹呂太夫（ロダユウ）を襲名。

るような調子でやるわけです。すると越路師匠が「お前、あれはよう出来てるぞ」とおっしゃって。ゴスペルの世界ですね。

日本の文化でもってそういうものを日本人の心に伝えるというのもひとつの手段やと思います。十年ほど前に人形入りでやることになって、全国結構いろんな所をまわりました。

宮村　綾戸智恵さんていうジャズやゴスペルをピアノ弾いて歌ってらっしゃる方がいらっしゃいますね。

豊竹　四十五〜六年前に大阪の三津寺筋のピアノバーで綾戸さんが白いグランドピアノでジャズを弾き語りしていました。その頃からとても面白い人でしたね。彼女、文楽のファンなんです。その頃ありました道頓堀の朝日座で、夜はガラガラだったんですけど、そこへよくチー坊（綾戸智恵）が聞きに来てまして、当時からこの人はすごい人やなと思てたんです、彼女がニューヨークへ行く前でしたけど。

彼女もクリスチャンで、ゴスペルもやってましたし、面白いのは「太夫の語りはジャズと一緒や」いうんです。太夫が床本を見台に両手で捧げて、にわかに表紙を広げて語り出す。この分厚い本ね。床本というのが文楽のテキストですけど、それを見ながら太夫は語るわけです。こんな大きな字です。

宮村　今私の前にあるんですけど、大きな独特の文字ですね。

豊竹　これは勘亭流に近いですけど、普通は読めない。ところがチー坊も同じようにピアノの前で譜面を上に捧げてから歌うんです。それほどまでに彼女は文楽のファンなんです。

　私が「ゴスペルイン文楽〜イエスキリストの生涯」とかいろんな新作で、文楽のいろんな節から取ってきて、文章化して、節付けしてやっていって、一五年ほど前にゴスペルイン文楽のＣＤを作ったんです。その時に何かポイントが欲しいなということで、「綾戸智恵さん絶賛！」という帯を付けたらどうやという声が制作会社から出ましたんで、私が電話しましたらチー坊が「音ください」というので、音源を送ったんです。そしたら帯の文章をくれました。で、音源の中にペテロがイエスキリストに「自分は何て情けない人間なんだ」と悔やんでる一節があるんです。その一節をチー坊が「これは面白い。最高でんなあ。これやったらニューヨークでも通じまっせ」とかいうて、そういうふうに帯に書いてくれたんです。

　それは例えば言いますと、「イエスさま、あっしは何て情けない人間なんだ」といって号泣する場面があるんです。ペテロがイエスキリストに「イエスさま、すみません」と悔やむわけです。この「あっしは何て情けない人間だ」、文楽は大阪弁なんやけども、僕がこういうふうに換えたら、チー坊が「ところでペテロは江戸っ子だったんですね」というふうに帯に書いてあって、面白いオチですね。

宮村　だからもちろん文楽の舞台を観るのもいいんですけど、そういう所で楽しむということも出来るわけですね。これからもたくさんの方に文楽を観ていただきたいですね。

豊竹　そうなんです。どんな観方でもいいですから、何かポイントを掴んで観に来ていただいたら何かあると思いますので、たくさんの方にお運びいただけますよう、どうぞよろしくお願いいたします。

（15・4・12　放送）

将星真田幸村との出会い

元ＯＳＫ日本歌劇団トップスター　**桜花昇ぼる**

昨年の夏にＯＳＫ日本歌劇団を卒業させていただきました。でもＯＳＫとは切っても切れない縁ですので、まず出会いから聞いていただけたらと思います。

私は奈良の斑鳩町出身ですので、以前ありましたあやめ池遊園地に子どもの頃から、というよりゼロ歳の頃から両親に連れていってもらってました。そこの円型大劇場を本拠地としていましたＯＳＫの劇場の前で抱っこしてもらって撮った写真が残ってまして、もうＯＳＫに入るのはレールが敷かれてたんだなあと思うほどなんです。

大阪の相愛高校出身ですけれども、その時に「ＯＳＫに入りたいな。歌って踊れる世界で背が高いので男役をしてみようかな」と思いまして、両親も私が子どもの頃からずっと観ていた劇団なので応援してくれまして、ＯＳＫ日本歌劇学校を受験しました。二年間の学校生活は日本舞踊・洋舞・声楽・演劇とかあらゆる舞台に必要なものを勉強してから、二十歳であやめ池円型大劇場で初舞台を踏みました。その時には芸名の披露ということで口上を同期の六六期生でさせていただいて、ＯＳＫ名物のラインダンス、ＯＳＫテーマソングの「桜咲く

おうか　のぼる

女優・講談師
2014年大阪松竹座、東京新橋演舞場公演でＯＳＫ日本歌劇団を卒業。
イタリアミラノ万博、日本の真田幸村ゆかりの地で幸村を演じ続けて10年。
四代目旭堂南陵に弟子入りし、旭堂南桜として高座にあがり、ミュージカル講談にして各地で公演。花柳流名取り花柳寛おう昇
奈良県斑鳩町観光大使

国」の傘の開閉をしっかり叩き込まれて、その後はすごくありがたいことに、あやめ池の春季公演で主役をさせていただくということもありました。

そして私が入団してちょど十年目の二〇〇三年に近畿日本鉄道株式会社が親会社のＯＳＫが解散することになりまして、もうＯＳＫをこよなく愛する上級生の方、皆様がひどく悲しみましたが、その中でも「ＯＳＫという灯を消してはいけない」と上級生の方が立ち上がられ「ＯＳＫ存続の会」が作られました。私は下級生としてついていくしかありませんでしたが存続したらこんな素晴らしい事はないと思い、その時に劇団が奈良から大阪に本拠地を戻しました。二〇〇四年にはＯＳＫの故郷であった大阪松竹座で『春のおどり』を六六年ぶりに復活させていただきました。

私も住まいを大坂に移しまして今に至るのですが、一心寺さんのお寺のそばでして、お参りをさせていただいておりますと、長老さまが華やかな人がお参りにきたみたいなことを聞きつけられて、そこからだんだんご縁が深まって、近所を歩いていてもお会いすることがよく

ありますし、気さくに話しかけて下さったり、舞台を観に来て頂いたり、大変お世話になっております。

私から切っても切れない真田幸村という武将の役との出会いは、ちょうどまたＯＳＫの経営がうまく行かなくなりました。二〇〇七年に民事再生法が適用されることになりました。一心寺さんの近くに真田幸村が戦死したと言われている安居神社さんがあるのですが、そこにもずっとお参りさせていただいていたんです。そうしたら、幸村の役をいただいたと言いますか、私、この度講談師として、旭堂南桜の名前でデビューさせていただいておりますが、ＯＳＫを応援下さってます旭堂南陵師匠が何か助ける事が出来ないかと、大坂城天守閣の北川央館長に相談して下さいまして、大阪城・上田城友好城郭提携１周年記念として真田幸村のミュージカルが生まれました。真田幸村は信州上田の武将で少数精鋭でも敵方の徳川家康軍に大打撃を与えて、家康から「日本一《ひのもといち》の兵《つわもの》」と呼ばれた人物ですが、その人物から学び得ることが多く、お家再興に懸ける想いがとても共感出来まして、その役との出会いがあったからこそ切り抜けて来る事が出来、ＯＳＫが存続していると言っても過言じゃないぐらいです。信州上田にも公演に行かせていただきましたし、一四年の歳月蟄居しました紀州九度山でも公演させていただきました。ゆかりの地のイベントにも何度か出演させていただき、毎年真田幸村を演じさせて頂いて今年で八年目になります。

ＯＳＫを卒業してからも新たな真田幸村のミュージカルと出会わせていただくという幸せなご縁

がありました。五月三一日にサンケイホールブリーゼで公演させていただきますが、大坂方を守りました五武将を宝塚歌劇団とOSK日本歌劇団のOGで編成されます。北林佐和子先生演出の「太鼓×歌劇~大阪城パラディオン~将星☆真田幸村」。パラディオンて難しい言葉かもしれませんが女神という意味で、歌劇団出身メンバーで、大阪を守った守護神を演じます。後藤又兵衛を鳴海じゅんさん、木村重成を麻園みきさん、長曾我部盛親を洋あおいさん、塙団右衛門を未央一さん、こだま愛さんが淀君をされて、劇団往来の要冷蔵さんが徳川家康をされる豪華なメンバーなんです。

また打打打団天鼓という素晴らしい和太鼓チームの方とのコラボレーションがものすごく戦国時代とマッチしまして、血の騒ぐ舞台です。この舞台も三月一日に九度山で公演させていただきました。北林先生のワールドはとても芸術的で、平和を祈る作品です。是非たくさんの方に観に来ていただきたいです。真田幸村に私が出会った時はどういう人物かも知らなかったですし、ご存知ない方もいらっしゃると思いますが、来年のNHK大河ドラマ「真田丸」の放映も決まってますので、日本中の人にその名がとどろくと思うと嬉しいです。

大変大切な役との出会いになりました。

（15・4・19　放送）

心で撮った写真

写真家　**織作　峰子**

昨今のカメラブームというのはすごいものがあるのですが、私がデビューした頃のフィルム時代と違いまして、デジタルカメラになってからというものは、これはほぼ失敗することが無いですよね。写したらすぐ画面で確認が出来る。そういうこともあってでしょうか、非常に写真愛好家が増えてきました。これはとても喜ばしいことだと思います。

ただ、その分安易にシャッターを押すようになったんじゃないかなと思います。失敗をしてもすぐ削除が出来るとか、フィルム一本に込めた私たちの時代の緊張感みたいなものは今は薄れていますね。当時は現像に一日かかるフィルムなんかもありまして、そうすると現像に出して一応夜寝るんですけれども、夜中に夢の中に失敗をした画像が出るんですよ。それでパッと飛び起きて、夢でよかった！　って思うんです。特にＶＩＰの撮影なんかですと、二度と撮れない方とかいらっしゃいましたので、そういう時には本当に緊張します。でもデジタルカメラが出てきて、携帯電話でも簡単に写せるカメラ機能が付いて、そのせいか皆さん写真がうまくなりましたね。

おりさく　みねこ

写真家
1960年石川県生まれ。1982年ミス・ユニバース日本代表選出後に大竹省二写真スタジオ入門。世界各国の美しい風景や人物を撮り続けている。日本全国や世界各地で写真展を多数開催する傍ら、テレビ出演や講演で幅広く活躍中。日本広告写真家協会理事、大阪芸術大学写真学科教授・学科長、同大学通信教育学部長を務める。

今日の私の話は約二十年ほど前の話になるんですけれども、もちろんフィルム時代の話です。アメリカのイエローストーン公園に取材に行った時のことなんです。通常あそこは夏場は皆さんいらっしゃるのですが冬は雪がすごいんですね。冬は入場者も少ないのですけれども、取材でしたので許可をいただいて、雪がいっぱいの中をキャタピラ車で入ったんです。その時の条件が「六時までに必ず門の外に出てください。そうじゃないと門を閉めます」ということでした。ところが、ついつい時間を忘れて取材をしてまして、時計を見るともう閉門ギリギリの時間になっていました。ドライバーさんが「早く行かないと門が閉まっちゃう！」というので、もうすごい勢いでキャタピラ車を運転されていたんです。

そうするとちょうど向こうの方の空が夕日に染まっていて、普通は紫色とかブルーとかオレンジ色とかはあるのですけが、その時はピンク色に染まる空でした。そしてその夕焼けの空を背景にバッファローの群れが駆け抜けているんです。もう私は撮りたくて撮りたくて、もう何て素晴らしい映像なんだろう！　と。だけれどもキャタピラの運転手さんに「停まってください」という勇気が無いんです。デジタルカメラですと感度を一気に上げれば少々暗くても撮れますが、その当時は夕方ですし、そしてかなり暮れかかっているので三脚を立てて、シャッターを切らないと無理です。

ですからずっとその風景を眺めながら、悔しい悔しい、撮りたい撮りたい、と思いながら結局撮れないまま、ギリギリ間に合って門を出ました。だけれどもその映像がいまだにずっと忘れられないんですね。逆に言いますと、これまでシャッターを、それこそどれだけ切ったか分からないぐらい切ってますね。ですがパッと思い出せる映像というは無いんですよ。だけれども撮れなかったその一枚というのは、もう深く深く私の脳裏に焼き付いて心に刻まれたわけなんですね。だからあのシーンがもしチャンスがあって撮れれば最高だけれども、シャッター切った映像というのはすぐ忘れちゃう。きっと撮れたっていう安心感なんですね。探せば出てくると。でももう二度と撮れないからと、脳裏に焼き付けたあの映像というものは常に私の頭の中にあるんです。だから考えてみたら撮れなかったからよかったのかな、というふうにも思いますね。

そしてその映像は私の心の安らぎにもなっているんです。写真というのはシャッターを切れたことが幸せとは限らないなあと。思いますね。物をしっかり見ることの大事さというのは絶対あると思います。安易にシャッターを切って、それで「旅に出て写真が撮れたからよかった」じゃなくって、しっかり風景を目で見て脳裏に焼き付けていく。それもとても大事なことではないかなというふうに思いました。私たちは旅に出ると、つい写真を撮るために、みたいなことがありますね。もちろん、写真が撮れたらそれはそれでいいのですが、しっかり見て撮ることが大事かなと思います。シャッターが切れなかったことによって私は記憶に残る写真が心で撮れたという思い出できました。

それと先ほど夕陽の話をしましたけれども、夕陽というと皆さん沈む方角しか見ていないんです。けれども、沈みきった時に真後ろを見ていただきたいのです。そうすると私が先ほど言ったようなピンク色の空に出会えることがあるのです。夕陽が沈んだからもう夕陽は撮れない、終わり、と思ってる方多いのですが、違うんです。沈んだ後にマジックアワーという瞬間があるんです。その瞬間を逃してほしくないのと、沈んだ太陽の真後ろを振り向いてみてください。そうすると思わぬ自然現象の色に出会える…かもしれません。

（15・4・26　放送）

カメラマンからカワラマンへ

淡路かわら房「達磨窯」主宰　山田　脩二

こんにちは。五月の気持の良い季節です。のっけから〝転職〟の話です。三〇年余り前、四二歳の時までカメラマンでしたが「瓦」の仕事に係わって「カワラマン」と自ら名乗り、カメラマンからカワラマンへメからワへの一字違いの気軽な転職……と吹聴しました。カメラマンの時、仕事場の事務所は東京で、住まいは大分県の湯布院に家内と子ども達が生活していましたので東京と湯布院を同時に引き払って淡路島への移住・転職でした。転職・転住の転進はマスコミでも結構話題になり多くの取材を受けました。

〝田舎暮らし〟のはしりの頃で『家庭画報』の〝もうひとつのライフスタイルを求めて〟に大きく取り上げられました。

瓦の業界では屋根瓦を作る職人を「瓦師」、屋根に瓦を葺く職人を「葺き師」、鬼瓦を作る職人を「鬼師」と呼びます。

淡路島の大きな地場産業の一つが銀色に輝く〝いぶし瓦〟で日本有数の生産地です。瓦の製造に適した〝粘土〟の埋蔵量が豊富な国生《くにう》みの島の土です。屋根瓦を製造する窯元ばかりが寄り添った日本でも稀な瓦生産地集落の津井に、友人・知人・親戚など一人もいない見ず知

やまだ　しゅうじ

カメラマン・淡路瓦師（カワラマン）
1939年西宮市生まれ。桑沢デザイン研究所を修了後、（株）凸版印刷で見習い職工体験後、1962年フリーカメラマンに。1982年淡路島に移住し瓦師に。主な著書・写真集『山田脩二日本村1969-79』（三省堂）。「カメラマンからカワラマンへ」（筑摩書房）

らずの土地に飛び込んでゆきました。今も当時も丸坊主ですが「瓦を焼く仕事を覚えたい」と窯元の親方に言ったら「何？どこのお寺の坊さんや、寺の屋根瓦を焼く修業に来たんか」と笑われながらも無事に入門し、見習いの瓦職人となり瓦造りのイロハを現場で体験・修業させてもらいました。日給月給の臨時見習いとは言え、よくも雇ってくれた……と親方に感謝しながらも二年で辞めてフリーカワラマンになりました。集落の瓦師連中から「なんや、二年でケツを割って辞めてしもた…」と、当然、非難ごうごうでしたが、〝石の上にも三年〟と言うけど瓦は石より柔らかいので〝瓦の上には二年の修行…〟と遠慮気味に言いました。

今もまだ、なぜカメラマンからカワラマンに転進したのか……と聞かれます。

二〇代と三〇代の二〇年間、フリーカメラマンとして若い頃から良い仕事に恵まれて多くの多才な編集者・建築家・デザイナー・美術家・企画マン達と親しくつき合うことが出来ました。特に三四歳の時（一九七四年）には、東京国立近代美術館が企画した現代日本の「十五人の写真家展」で、その中の一人に選考されました。〝ちょっといい話〟と言うより、ちょっといい自慢話になってきました。

カメラマンとしての仕事は、社寺仏閣・民家など、文化財の建造物、美術作品から現代の都市空間などを撮影し、特異で特有の表現をする建築写真家の高い評価をもらいました。大変にありがたいことと感謝しながらもただ〝モノ〟を撮るだけのカメラマンだけでなく、建築物を建ち上げている建築素材の一つ〝屋根瓦〟にも関わってゆきたい……と強く思うようになり、四二歳の時「写真家終止符宣言」をして淡路島に渡り、土を焼き〝瓦師〟になりました。相当に一方的で身勝手な宣言でしたから、それまで一緒に仕事をしてきたスポンサーは勿論、多くの友人・知人・親友たちから、「エ！何！それ…」と、ちょっといい話ではなく、ちょっと大変な話になりました。

もう半世紀以上も前、西宮の高校を出て上京してカメラマンになる積りではなく、グラフィックデザイナーになるために専門学校の桑沢デザイン研究所に二年間通い、その後、印刷と製版を現場で学ぶために凸版印刷の大阪工場で一年間、臨時職工になり主に写真製版の修得をさせてもらい、次に、この際写真の技術も……と、東京のトッパンデザインセンターの写真部にもやっぱり見習い助手で一年間お世話になりました。都合よくトッパンの現場で印刷・製版・写真を一応実地で経験した新たなタイプのグラフィックデザイナーの〝誕生〟と意気揚々と名乗ったのですが、最後写真部にいたので写真撮影の仕事ばかりが次々と舞い込み、ありがたく撮影代もいただきおいしい仕事だ！と連夜、酒を飲みながら酔っ払って「オレはカメラマンじゃないんだ、印画紙なんか焼いている場合ではないんだ……」と。その時、年上の僧籍を持つ親友の耕雲師が「オイ、脩チャン、写真を撮って焼いて、ありがたいことだ。鉄は熱いうちに打て…と言うではないか。若いうちにしっかり〝焼き〟を入れておけば一生、役に立つ…」と。禅問答ではないのですが、「若い時だけ焼きを入れるんではダメだ。オレは一升酒を飲んで一生焼きを入れ続けるんだ」と。

耕雲さんは「オイ、たまにいいこと言うな。その焼きを入れ続けるとはどういうことだ」と。「今は光と陰で写真を撮って紙に焼き（プリント）、紙に焼き過ぎると紙（神）さまに申し訳ないから次は土を多量に焼いて土管か瓦をドカーンと焼き、やっぱりオレは山田ダ。山に入って木も焼いて炭にして炭からスミまで焼き続けて気が付けば死んで焼かれて灰になってハイ、さようなら……これが焼き物人生だ……どうだ」と。一気呵成にお銚子を片手に調子に乗ってしゃべりました。耕雲さんは「オイ、なかなかなもんだ、その通り生きろ！」と。二三歳の時でした。

紙を焼き、土を焼き、木を焼く。

二〇代、三〇代と自分のスタイル・姿勢・視点を持ったカメラマンの仕事を続けてきました。三〇代の終わりに『山田脩二　日本村　1969〜79』の写真集を出版し、世間の高い評価もいただき、それを手土産に淡路島に渡り、土を焼く仕事、陶芸ではなく重要な建築素材の一つ、瓦の世界に深く分け入り、三〇数年になりました。連続して葺かれた瓦の屋並みが光に輝き、風に吹かれ雨に濡れて「甍の波」となるこの国特有の風景・景観が、急激に見えなくなってきました。ちょっと残念無念の話になってきました。

（15・5・3　放送）

進んでいく道

元宝塚雪組　壮　一帆

宝塚を卒業して単純に何が変わったかというと、時間が出来ましたね。やはり現役の頃はステージがメインになりますから、公演、それに向けてのお稽古。それからいくつかの取材であるとか、撮影だったり、たくさん仕事があったんですけども、今は基本的に規則正しい生活を送ることが出来ています。

後は、とにかく現役の頃は与えられた仕事をこなしていくことにかなり集中していたんですけれども、今は何をしようか自分で選ぶだけの余裕が出来ました。だから改めて思ったのが、自分は何がしたいんだろうということですね。その考える力も無くなってしまうぐらい最後の公演に全てを捧げていたので、やはり終わって一ヶ月ほどはもう抜け殻状態でした。だから八月に退団して翌月の九月は本当に抜け殻で、それこそ感情面であるとか、そういうものも空っぽになった気がしていたんです。

その時にとてもありがたいなと思ったのが、両親も含めて現役の頃から私を支えてくれていた友人たちの存在でした。私がこれから先、何をしたいか考える気力も無い時に、例えば現役の時に出来なかった

そう　かずほ

女優。兵庫県出身。96年に宝塚歌劇団に入団し、『ＣＡＮ—ＣＡＮ』で初舞台。長身と長い手足を生かしたしなやかでキレのあるダンスと確かな歌唱力で注目を集め、12年に雪組トップスターに就任。14年に退団後は舞台を中心にライブ活動も精力的に行う。主な出演作にＴＶドラマ『女の勲章』、舞台『細雪』『扉の向こう側』『エドウィン・ドルードの謎』など。

スキーに行ってみようかとか、陶芸をしてみない？　とか、いろいろ声を掛けてくれたんです。スキーとかスケートというのはケガをすると舞台が出来なくなってしまうので、どうしても現役当時は出来なかったんです。でもスキー・スケートに関しては、私が三歳ぐらいの時からずっと毎年家族でスキー場に行っていたので、ちょっと寂しかったんです。でも舞台のためを思って自分の中で封印してたんですね、二十年ぐらい。

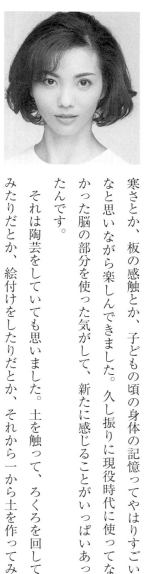

で、「行ってみない？　行こうよ」って誘われて、やりたい！　と思って今年の一月に二十数年ぶりにスキーに行ったんです。でも身体がすごく覚えてたんですね。一回もコケなかったし、雪の匂いとか、寒さとか、板の感触とか、子どもの頃の身体の記憶ってやはりすごいなと思いながら楽しんできました。久し振りに現役時代に使ってなかった脳の部分を使った気がして、新たに感じることがいっぱいあったんです。

それは陶芸をしていても思いました。土を触って、ろくろを回してみたりだとか、絵付けをしたりだとか、それから一から土を作ってみたりだとか、いろんな形の陶芸をしたんですけれども。土から伝わってくる土の冷たさだとか、土と対話している気分になるですね。だからその感覚も以前は無かったことだったし、やめたからこそいろんなことを感じることが出来ているんだと思いました。

後チャレンジしたことはゴルフです。ゴルフは初めてだったんですけれども、後テニスをやったりだとか、元々スポーツが大好きだったので、学生時代も剣道をやっていましたし、身体を動かすことが大好きだったので、そうやって声を掛けてもらっていろんなことにチャレンジしながら「あぁ、そうか。こういう選択肢もあるんだ」と思い自分でやりたくもあったので、こういうことも出来るんだということを改めて周りから教えてもらった気がしましたね。友人たちの心遣いも嬉しいなと思いながら。

そうするとこれから進んでいく道というのが、楽しみだなって思えるようになりましたね。自分自身でも何が起こるか楽しみだなと漠然とは思っていたんですけれども、今いろんな道を実際に経験して、今いろんな方々と、現役の時にはお会いしなかった方々ともお会いして、いろんなお話や、その方の人生の指針であることとかを伺ったりして、新たな刺激を受けることがたくさんあるんですね。それによって空っぽだった心がどんどん満たされていくのが分かって、改めて私は人に恵まれているんだなということを思いました。で、次の第二の人生もその方々に胸を張って、「私はこういう道を選びました」っていうことが出来るように、しっかりと選んで、踏みしめて進んで行こうと思っている今日この頃ですけれども。
空白が出来たと言っても、その部分が無くなってしまったことではないと思っているので、今まで自分で築き上げてきたものにもっとさらにプラスしていると考えています。ですので、より自分の人生が豊かになっていくことを信じて、そして私がいろんな方々から受けたように、私もたくさんの方々にその人の人生にプラスになるようなものをこれからも発信していけたらいいな、と思っています。

（15・5・10　放送）

ええような悪いような

立命館大学名誉教授・『上方芸能』元発行人　木津川　計

何年ぶりでしょうか、この番組に出させていただいたのは。もう一心寺さんに忘れられてると思うたりしたんですけど。いまお聞きしたら、実は一三年ぶりということで。一三年！　そんなになるかなあ。年寄りと一三年ぶりに会うというのは怖いんですよ。それは、こんなに年とられたんかと、相手を見て思うわけですよね、口には出さんけど。向こうさんも同じように思うておいでなんですね。逆に小さい子どもと一三年ぶりに会うというのは喜びでしょ。「へえ〜、こんなに大きゅうなったんか」とね。女の子でしたら、「きれいな娘さんになったなあ」と言うやないですか。年寄りはそうはいかんわけです。ですから何十年ぶりかで同窓会に出るなんちゅうのは、あんまり出ん方がええと私は思うんです。

そんなわけですから、私一三年ぶりにこの番組に出させてもろうたんですが、そら私も変わります。えらい老人になったというのも、去年から私ステッキを突き始めたんです。それと言いますのも、四年前ですが、ある日脳梗塞を起こしまして、その後遺症でふらつきが残ったんです。ですから両足を少しずつ広げて歩いてたんですけど、加齢

きづがわ　けい

1935年高知市生まれ。1968年『上方芸能』を創刊。2016年６月、200号を機に終刊。1986年立命館大学教授。2016年定年退職。現在名誉教授。ＮＨＫ「ラジオエッセイ」を今も毎週担当して36年目。著書に『人間と文化』（岩波書店）『上方芸能と文化』（ＮＨＫ出版）他多数。京都市芸術功労賞、菊池寛賞、日本学士会アカデミア賞などを受賞。

と共に広げんならん。どこまで広げるんやと思ううちにドクターに「転ばぬ先の杖で、もうステッキ持ちなはれ」と言われたから、去年から持ち始めたんです。

するとええような悪いようなというわけは、それを今日お話させてもらうんですが、ステッキを突くようになって何に驚くかと申しますと、電車に乗って席を譲ってくれる人が格段に増えたということです。この国はまだ捨てたもんやないなあ、と思うたんですね。そうしますと反省するんですよ。元気やった若い頃、ステッキ突いてる年寄りに私、席を譲ってあげたやろか、という反省なんですね。寝たふりして目瞑ってたんやないかと後悔しても、もう先に立たん。で、今は人さんのお情けにあずかってるという、こういうことになったわけですが、席を譲ってもろうてええような悪いような。

と言いますのも、私空いてる電車に座ってる時は本読んだり、原稿書いたり。夜でしたら夕刊を必ず読みます。けど、譲ってもろうてそんなことしたら、譲ってくれた人に、えらい態度の大きい年寄りやなあと思われへんやろか、というそういう気遣いが働くんです。席を譲っ

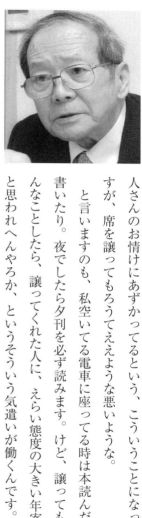

た方にしたら、譲ってやってよかったという、言わば譲り甲斐というものを感じたい。それが大きな態度を取られては、譲らん方がよかったやないかと思うやないですか。この間こんなことがあったんですよ。JRの大阪駅で環状線に乗ったんです。私は座れたんですが、座席は満杯です。私の後ろから七十ぐらいのお婆さんが三人乗ってきたんです。すると、前に座ってる青年三人が次々立って席を譲ったんです。これも珍しい風景でしたが。するとお婆さんたちは座るやいなや、大声で誰かの噂話を、「あれはこうや。それは違う」という話を傍若無人に話し始めたんです。周りはビックリしました。大阪のおばちゃんも厚かましいけど、大阪のお婆ちゃんも負けてませんですね。譲った青年もビックリしてます。こないに元気やったら譲ることなかったと思うてるはずなんですよね。

去年の秋ですが、朝日の「天声人語」が高一の女子高生のこんな短歌を紹介してたんです。「譲ろうか　腰を浮かせて　また座る　あの人ならまだ　準お年寄り」であります。彼女も、いうたら値踏みしてるんですよ。譲ろうか、どないしょう。いや、いや、この人やったらまだ準お年寄りやわ。で、ちょっと浮かせた腰でしたが、また座ったんですね。

ですから譲ってくれたということは、よっぽど年寄りと思われたんです。そしたら年寄りらしゅうせんとあかんのです。譲り甲斐を感じてもらわなならんのです。ですから私は背中を丸めて小そうなって、今にも死にそうな格好して畏れ入ってるんですよ。これが譲ってもろうた年寄りのマナーやと思います。私みたいに死にそうな格好せんかてええですけど、おとなしゅうしてるのが一番ええんです。

先日京都で講演したんです。そしたらステージへ四～五段の段を上がるんですが、上がるのはステッキ突いてますからまだ上がりやすいんです。怖いのは下りる時です。講演が終わりまして、ステッキで体を支えてゆっくり下りようとしたら、五十代の素敵な奥さまが手を差し伸べてくれまして、「お手をどうぞ」。それは男のいうセリフやないですか。「奥様、お手をどうぞ」が反対になりまして、私に「お手をどうぞ」。ええような悪いような、であります。

ステッキを突き始めるといろんなことが起こってきます。子どもの頃の謎々を思い出すのですが、「二本足から三本足になって四つ足になる動物は何？」という子ども同士の謎々です。そんな動物ていてるんかなあ？　と思いますと、答えです。「それは人間」。え?!　と思いました、子どもの頃は。始めは二本足で歩いてますでしょ。年を取ってステッキや杖に頼ると三本足になるんです。「なるほど」。それからいよいよ歩けんようになると這うて歩く。ということは四つ足やないですか。なるほどなあ。その三本足に私なったんです。これが年を取るということかと思います。

するとこの間こんな川柳に出会いました。「順調な加齢と言われホッとする」。なるほどなあ。順調なと言われたら、なぜかホッとしますね。私も順調に加齢してると思わなしゃあない。ステッキを突く。ええような悪いような話でございました。

（15・5・17　放送）

何でも出来る役者を目指して

元ＯＳＫ日本歌劇団トップスター　**桜花昇ぼる**

私が昨年卒業させていただきましたＯＳＫ日本歌劇団なんですが、以前は朝日放送さんが経営に入って下さってたり大変お世話になっておりまして、上級生の方が「おはよう朝日です」に出てらっしゃったのも覚えてますし。そういうことから今に繋がるのかなと思いますが、私が今住まいを構えさせていただいていますのが一心寺さんのお寺のそばでして、この番組に呼んでいただいたというご縁も嬉しいことですし、昨年一心寺さんの三千佛堂で上町コンサートとして、日本テレマン協会さんのチェンバロの演奏でクラシックのコンサートに出させていただきました。

三千佛堂はお経を唱える場所なので、反響がすごく良くマイク無しでも声がとてもきれいに響く造りになっていまして、一心寺の長老さまの最高傑作だそうです。

もうすぐ「太鼓×歌劇～大阪城パラディオン～将星☆真田幸村」の公演がありますが、これは大坂の陣の時に大阪を守った五武将を宝塚歌劇団とＯＳＫ日本歌劇団のＯＧで編成されてまして、その歌劇武将隊のお披露目を昨年の一〇月一日に一心寺シアターでさせていただき

おうか　のぼる

女優・講談師
2014年大阪松竹座、東京新橋演舞場公演でＯＳＫ日本歌劇団を卒業。
イタリアミラノ万博、日本の真田幸村ゆかりの地で幸村を演じ続けて10年。
四代目旭堂南陵に弟子入りし、旭堂南桜として高座にあがり、ミュージカル講談にして各地で公演。花柳流名取り花柳寛おう昇
奈良県斑鳩町観光大使

ました。そしてもうすぐ五月三一日にサンケイホールブリーゼでその五武将を中心としたミュージカルを上演させていただくことになっています。

　劇団を卒業して、いまはものすごく刺激的で、自分も役者としてまだまだ足りない事だらけです。この出演者の五武将を紹介させていただきますと、八尾・若江の戦いで亡くなられた、いつでも死ぬ覚悟が出来ていて、兜の中に香を焚きしめていた雅な人物・木村長門守重成の役を麻園みきさん。木札を名刺がわりにばらまく夜討ちの大将をコミカルに情感深く演じる未央一さんが塙団右衛門役を。そして私のＯＳＫの大先輩で元トップスターの洋あおいさんが土佐の大名の長曾我部盛親役。黒田長政と袂を分かった豪快な槍の名手の後藤又兵衛役を鳴海じゅんさんが演じられます。そして私が徳川家康軍を三度まで押し込み、家康の首を打ち取る手前までいって、「日本《ひのもと》一の兵《つわもの》」と謳われました真田幸村の役をさせていただきます。

宮村　もう真田幸村と言えば桜花昇ぼるという感じになってきましたけれども、桜花さん、講談の方も始められたとか。

桜花　そうなんです。実は旭堂南陵師匠とも切っても切れない縁でして。近畿日本鉄道さんが親会社だった時からＯＳＫに所作指導に来てくださってまして、昨年私のＯＳＫ卒業が決まった時に。「桜花、講談やってみいひんか」と声をかけて頂きました。それで、講談には真田幸村を題材にした「難波戦記」や「真田三代」の題材がありますので、これでもっと真田幸村の勉強が出来たら嬉しいなと思いました。それと、どうしてもＯＳＫは歌って踊ってのレビューの劇団なので、外の世界に出た時にお芝居が通用しないという事を自分でもよくよく分かっていたので、人の前で話術で心を伝えるっていうことをもっと習得したくて、すごくいいお話を頂いたなと思い「ありがたく入門させていただきます」とお答えしました。

二月二〇日に一門会でデビューをさせていただき、三月二日には天満天神繁昌亭にも立たせて頂きましたが、お客さまをまだまだ安らかな眠りに誘ってしまってまして（笑）。語りで伝えるっていうのはホントに難しくって。衣装を着てセットがあったら豪華に見せられますが、語りだけでそれを全て見せるっていうのは本当に大変です。でも、何とか習得したくて、今特訓していただいてる最中です。

宮村　ちょっとその講談の一節を聞かせていただいてよろしいですか。

桜花　ほんの何行かだけなんですけども、『難波戦記』の中から修羅場読みの部分を。

右の大袖は赤糸、左の大袖は白糸、源平縅分けの大鎧を一着為し、同じ毛糸五枚錣、鹿の角の脇立てには金鍬形打ったる兜。五三の桐の伏せ縫い為したる陣羽織は豊太閤拝領の品とあい見えた。これを肩に掛けられ、六連銭の家紋をつけたる金覆輪の鞍置かれたる駿足にうち跨り、「者ども、目指すは家康の首ひとつ。脇目もふらずに家康の本陣だけを狙え！」

宮村　わあ、すごいですねえ！

桜花　この何行かが覚えられなくて、お客さまの前で全部吹っ飛んで真っ白になってしまったりとか、失敗も何回もあるので、ＯＳＫの時よりも怖いなあという経験をたくさんしています。言葉を覚えるって本当に難しいなと。でも、これからも歌って踊って、お芝居をして、講談をして、何でも出来る役者を目指してまいりたいと思います。

（15・5・24　放送）

アイスランドの話

作家　椎名　誠

たった今思いついたんですけど、五月なんで一年前の五月どうしてたかなあということで、これで結構いい話がありそうなんで、一年前の五月にちょうど僕はアイスランドに行ってたんですね。一部が北極圏にかかるくらいな、大西洋の非常にさみしい寒い所なんですけどね。でもとてもいい国だったんですよ。

どんなふうにいいかというと、「世界の幸福度ランキング」というのがあるんですよ。幸せの度数は何で測るかというと、ＯＥＣＤのデータでは、まず住んでる家があること、職業があること、家族があること。それからコミュニケーションのある、例えば町の中のクラブとかサークルとか、そういうのがあるかどうか、医療関係とか、犯罪関係なんかが関係してくるんですね。で、アイスランドは昔一位になったことがありましてね。世界一幸福な国。金融危機があって一回九位くらいに落ちたことがあるんですけど、またつい最近今年になって二位に浮上して、やっぱり幸福な国だと。

ある意味では貧しい国なんですよ。というのは、例えば食べ物で言えば、海から獲れる物で、タラとシャケ。それから日本じゃ食べない

しいな　まこと

作家

1944年東京都生まれ。1979年より、小説、エッセイ、ルポなどの作家活動に入る。これまでの主な作品は、『犬の系譜』（講談社）、『岳物語』（集英社）、『アド・バード』（集英社）、『中国の鳥人』（新潮社）、『黄金時代』（文藝春秋）など。旅の 本も数多く、モンゴルやパタゴニア、シベリアなどへの探検、冒険ものなどを書いている。

オオカミ魚とオヒョウという大きなカレイみたいな魚。それぐらいで後は放牧やってるんで羊の肉ですね。で、溶岩台地なんで火山の国なんですね。だから畑があまり無いので野菜がほとんど採れなくて、全部輸入。ピンポン玉ぐらいの可愛いジャガイモが採れるぐらい。だから食べ物で言えば、日本は種類でいうと二万倍ぐらいの材料を食べてると思うんですよ。でもその少ない素材でも、とてもどの家庭でも、どのお店でも、工夫して独特のおいしい物を作っていて、皆おいしかったですね。

それからスモークサーモン僕好きなんですが、日本でいうとマグロの大トロみたいな感じのスモークサーモンなんですよ。日本で買うとベニヤ板みたいな薄っぺらで、妙にしょっぱ過ぎたりするんですけど、本場のスモークサーモンというのはトロッとした脂があって、全然違うんです。別物ですね。それにいたく感動して。

それからビールがうまい。このビールもあまり期待しないで行ったんですが、やっぱりあたりの風景が厳しいですから、せいぜいうまいビールでも飲んで気分良くなろうということがあるんでしょう。種類もたくさんあってね。バイキングっていう銘柄が一番うまかったなあ。

　食べ物の話だけじゃなくて、暮らしも、これ考え方なんですけど、すごく物価が高いんですよ。例えばコカ・コーラは日本の二倍か三倍。とにかく物価が全部高いです。着る物もね。それから税金も高いです。消費税が二八％。だから決していい国じゃないように見えるんですけどね。暮らしはそんなに楽じゃなさそうな気がしますけど、だけど原発は無い。それから軍隊が無い。それから警察はあるんだけども、警官が拳銃を持ってないんですよ。拳銃使わなきゃいけないような犯罪が起きないという。人口が三二万人で、北海道と四国を合わせたぐらいの面積なんですよ。それでも溶岩台地と言って、硬い台地が多いですから人が住む所が限られちゃうんですけどもね。ですから全体で見ると厳しそうなんですが、小学校から大学まで教育費がかからないんです。税金で全部まかなってくれるんですね。それから病院代がかからないんです。極端にかからないんですけどね。

　例えばアイスランドの人がよその国へ行って、病気になって入院して手術したとしますね。それも証拠になる書類を持って帰れば国がそれをまた支払ってくれるんです。そこまで徹底していて、払った税金が目に見えて還元されてるというところは全然日本とは違いますね。日本は払った税金はどこ行っちゃったんだ？　みたいなところがあるじゃないですか。構造的に幸せになっていくことになってるんでしょうね。

　一般の家を訪ねて、ストレートに「世界の中でとても幸せな国だと言われてますけども、家庭生活で実感としてどんなところが幸せだと思いますか?」と聞いたんですね、何軒かの家に。そしたら、ちょうど夕飯に招かれてたんですけど、「こうして家族全員が揃って毎晩ご飯を食べられることが幸せです」と、非常に謙虚なんですよ。

それから小さな子がいるお母さんなんかは、凶悪な犯罪が無いから、例えば四~五歳の子どもが友達の家に遊びに行って、暗くなって帰ってこなくてもあまり心配しないというんですね。たまたま遅くなってるんだろうと。とても暗くなったら向こうの親が送ってくれるから何の心配も無いっていうんですね。それを聞いて僕はやっぱり治安が素晴らしいなと思いましたね。

(15・5・31 放送)

夫婦二人三脚で世界を目指す

東洋太平洋ライトフライ級チャンピオン　**好川　菜々**

宮村　好川さん、なんか華奢な女性で、ついひと月ぐらい前にあの世界戦を戦ったとは思えないんですけども。一〇ラウンドですよね。

好川　そうですね。一〇ラウンドです。今回はミニマム級と言って、四七・六キロの小さなクラスだったので、まだ若干体も小さいままであるんですけども。アマチュアの時はフェザー級で出させていただいてたんで、そこから考えると一〇キロ減ですけどね。

宮村　ボクシングとの出会いってまず何だったんですか。

好川　元々は大学生の時にマラソンのトレーニングをやってたんですね。マラソンのトレーニングと言っても、今でいうシティランナーというか、少し海外だとか日本全国で走りに行くという形だったんですけども。で、「元プロのボクサーの方に、一五年前なのでまだアマチュアは競技としては非公認だったんですけども、「こういう女子の試合があるんだけどやってみないか」ということで、非公認で女性が兵庫の方に集まって大会をしているということで、それはちょっと変わっているなというので、面白いなと興味を持ちまして。で、「一発パンチを出してみ」と言われた時に、全然何も分からないんですけども、

よしかわ　なな

WBO女子世界フライ級チャンピオン
アマチュア歴13年、全日本3階級制覇。元WBOアジアチャンピオンの野上真司と結婚。35歳でプロ転向。史上最短3戦で東洋太平洋チャンピオンとなり、5戦目で世界に挑むも敗れる。8戦目で世界再挑戦し、WBO女子世界フライ級チャンピオンとなる。日本で初のボクシングチャンピオン夫婦として活躍。

パンチを出したら「強いやん」と言われまして、その気になって始めたというのがキッカケです。

それからしばらくはアマチュアでやってたんですけども、一三年間で二回世界選手権に日本代表として出させていただきまして、二〇一〇年に元ＷＢＯアジアパシフィックチャンピオンの野上真司、後に私の旦那になるんですけども、個人マネージャーで、そういうふうな形で出会いまして、最後の世界選手権にコーチでお願いしますと頼んだのがキッカケで、二人でペアを組むようになったんです。そこからアマチュアを引退しまして、また新たな所で頑張って世界を目指すという形でプロ転向に思い切って踏み込みました。

でも、やはりプロとアマチュアでは全然違いまして、まずヘッドギアが無いですし、グローブが薄くなるんですね。同じスポーツでもルールも違いますし、ポイント、勝ち方も全然違ったので、アマチュアが長かったためになかなか切り替えることが難しかったんです。ただ夫の野上は現役中にメキシコで試合をしたり、練習をしていまして。私はアマチュアの時にアメリカでキャンプや合宿をしていたんですけども、アメリカンスタイルとメキシカンスタイルは全然別のものですけれど、教え方がどこかよく似ているところがあって、教え方に惚れ込んでという言い方は変ですけど、ぜひ教えてほしいということで、プロになってからもずっとマネージャーとしてやってもらってるんです。

一ヶ月前に世界センターとか、アマチュアの時は世界選手権というふうに一緒に行かせてもらって、自分自身にとって大きなものというのは経験しているんですけども、やはり大きなものを経験する前にそこの過程ですね。やはり私は二人で二年間いろんなことで意見が衝突したり、共感して喜び合ったりというのが数々なんですけれども、やはり大きな舞台を踏んでいるその時は精一杯で、後になってからいろいろ思い出して、良かったなあ、こうだったなあというのをつくづく感じるんですけども、それよりもその過程で練習の一瞬一瞬の時ですとか、本当にちょっとしたことですね。

朝の公園の練習で、お互いが爽やかで体調がいい時に気持ちがピシッと合った瞬間だとか、そういう記憶が鮮明にありまして。なので、もちろん試合中のある瞬間だとか、声のひと言だとかも自分の記憶の中にたくさんあるんですけども、じっくり思い返してみると、朝公園で走る前の青空の下で二人の気持ちがグッと合う瞬間という方が、当たり前なんですけども、すごく自分にとって大事だと思います。毎日の当たり前の練習のひとつがやはり自分にとってはすごく大事で印象的ということは、やはりその時間というのは何よりも大きいものじゃないのかなと思います。

練習自体は地道な毎日なんですけど、毎日毎日同じように思うんですけども、やはり体調も違いますし、気持ちも違いますし、十数年間やってきているといつもモチベーションが高いわけではありません。逆に低いなと思ってたら、いきなり気持ちがグッと入る瞬間がきたり。やはりそれは応援してくださる皆さまの何気ないひと言で自分の気持ちが変わったり、そういう二人の中のタイミングだとか、気持ちが合うっていうことが大事なんですけど、それって結構むずかしいんですよね。

なので夫婦で二人三脚で世界を目指すという場合はもちろんですけど、どんな競技でもやっぱりトレーナーと選手というのは特別な思いと熱い思いで繋がっていると思うんですね。やはり一日一日の何気ない一瞬がすごく大きく結果に関係しますし、そういうスキッとする気持ちになれた瞬間というのは、一番の忘れられない瞬間ですね。

（15・6・7　放送）

"達磨窯"の存在感と表情

淡路かわら房「達磨窯」主宰　山田　脩二

こんにちは。前回に引き続き瓦の話です。今回は瓦を焼く〝達磨《だるま》窯〟の話ですが、専門的にならないようにしゃべります。

ご飯（お米）を炊く釜にいろいろな形があり、燃料にも電気・ガス・薪などがあり、時代によっても変化・進化しています。一般的に陶芸の土を焼く窯も多種多様で、時代によっても変わってきました。通常の陶芸とは比べ物にならないほど屋根瓦は多量の土を焼く工業製品の分野です。土を焼く量も燃料の使用カロリーも半端ではありません。瓦を焼く燃料は大ざっぱに言えば木から石炭・重油・化石燃料のプロパンガスへと変わり、ちょっと賢そうに言えばエネルギー革命と言います。

窯の形、種類、焼成する燃料、焼成方法、焼く土の地域、地層などによっても、焼いて出てくる〝焼き物〟にはそれぞれの特性、固有の表情があり、味わい深さがあります。

焼く土を使いやすくするために数種類混ぜ合わせて、ブレンドすることでプラス面もありますが、その土特有の個性が無くなり、地域差・風土感が無くなり均質・均一の表情になってしまいます。時代と

やまだ　しゅうじ

カメラマン・淡路瓦師（カワラマン）
1939年西宮市生まれ。桑沢デザイン研究所を修了後、（株）凸版印刷で見習い職工体験後、1962年フリーカメラマンに。1982年淡路島に移住し瓦師に。主な著書・写真集『山田脩二日本村1969-79』（三省堂）。「カメラマンからカワラマンへ」（筑摩書房）

地域によって葺かれた屋根瓦や屋並みにも違いがありましたが、全国一律の屋根の景観になってきました。淡路瓦師・カワラマンの私が嘆き悲しんでも仕方のないことですがネ。

ここでちょっと瓦の歴史の話に…。

瓦を造り葺く技術・技法は古く飛鳥期の崇峻《すしゅん》天皇元年（五八八年）に古代朝鮮半島の百済から仏舎利が献上され、同時に寺院建築に必要な技術者集団が渡来し、奈良の明日香村に日本最古の寺院である飛鳥寺（別名：法興寺）、後の元興寺が建立され、瓦が葺かれたと言われています。千四百年余りも前のことです。当時焼いた瓦が今も場所を変えて奈良の元興寺極楽坊の本堂・禅堂の屋根の一部に葺かれています。

日本の屋根材は瓦だけではなく、草・藁《わら》・樹皮・板・石・金属などもそれぞれの特性を生かして使われてきました。

かつて瓦は寺院・国分寺など、宗教的・政治的な権威を象徴するステータス性の強い屋根材でした。その後、安土桃山時代に武将たちが競って重厚な瓦葺きの城郭建築を次々と築城し、屋根を飾り立て、

「これでもか、まいったか…」とばかりに威風堂々と統治・権威のシンボル的な瓦の使われ方をして、結果、粗製乱造になりました。今の世の中にもこんな現象があちこちで見られますが…。

一般に庶民階級の民家に瓦が多く使われるようになったのは主に明治以降です。江戸時代の中期以後大きく膨れ上がった江戸の城下町に大火が頻発し、紆余曲折がありましたが商人・職人を中心に一般の町民の家にも広く瓦が使われ始め、急速に各地で生産が伸びてゆきました。

最初に話しましたが、瓦の需要が多くなり、瓦を専門に焼く窯も変わってきました。丘陵地の斜面をくり抜いた穴窯から平地を掘り込んだ半地下式の平窯・登り窯になり、窯の頭部を地上に出した〝達磨窯〟が出現してきました。その呼び名は窯の外観が坊主頭の達磨さん二人が背中合わせに座禅をしているような姿・格好なので、単純に達磨窯と呼ばれました。「エ！ほんとに…」と言いたくなるような定説です。

達磨窯は江戸中期から始まり、特に明治に入ってから日本各地で築窯され、瓦の生産量は百年余り増え続けました。

この国の不幸な戦争が終わり、昭和二十年代も瓦の需要は伸び続けましたが、二十年代から三十年代の初めにＪＩＳ（日本工業規格）が粘土を焼いた瓦に良くも悪くも厳しく適用され始め、〝達磨窯〟はその特有の姿を消してゆきました。各地の達磨窯を使っていた窯元は昭和四十年代から四角い金属製の単独ガス窯が主流になり、瓦業界の大手はフルオートメーションの百メートルもの長さのトンネル窯が昼夜連続で稼働し、大量生産へと突っ走ってゆきました。長いトンネルを抜けると真っ白の雪景色だった…ではなく、無表情で画一的で単調な瓦ばかりの軽い屋根瓦の風景ばかりになってしまいました。

前回しゃべりましたが、カメラマンからカワラマンに転職・転住した淡路島の瓦屋ばかりが寄り添った〝瓦集落〟には当時（一九八二年）、達磨窯は数基、瓦を焼いていました。が、昭和の終わりと共に全国津々浦々と淡路島の達磨窯はほとんど全部が消滅しました。昭和三十年代に淡路島の小さな瓦集落に二百基もの窯で瓦を焼き、空が見えないほど黒煙を上げて稼働していました。

かつて瓦造りは粘土を手と足で練り、成形・乾燥した瓦の白地を土の窯、達磨の焼成室に一枚一枚手作業で詰め、口を粘土とレンガで蓋をして、両側の燃焼室の焚き口から同時に火を点けて、雑木・薪を燃料に一昼夜焚き続け、モウモウと黒煙を吐きながら焼いてきました。焼き上がった瓦の寸法精度はバラツキがあり、表面にも焼きムラが出ますが、これが何とも表情豊かな土の味であり、〝風味萬感〟と私は自画自賛しています。そんな能天気なことを言っている時代でないのですが、七年前に地元瓦屋の長老と若い瓦師たちに声を掛けて達磨窯の復活・復元・復権に臨み、悪戦苦闘…の末に築窯し、存在感のある〝瓦たち〟が焼けてきました。

海に囲まれた島国日本の四季折々の風情ある景色の中で、緑豊かな樹々の間から垣間見える〝甍《いらか》の波〟の景観がどんどん消え去ってゆきます。残念無念です。

静かな盆地の山里の田舎でキラキラと移ろいながら輝く甍の波は、貴重な〝いなかの波〟ですが、もう世の中から〝いらない波〟になってしまいそうです。

「面壁九年」。達磨大師は壁に向かって九年の修行で大悟しましたが、達磨窯で焼いた瓦たちが今後どうなることやら…。

（15・6・14 放送）

二〇一六年七月竣工の一心寺存牟堂一階の床全部と二階の一部に、達磨窯で焼いた「敷瓦」が約三千五百枚敷き込まれています。硬質のタイルなどとちがい、軟らかな豊かな質感・表情がありま す。

事典にない大阪弁

講談師　旭堂　南陵

講談師というたら、ええ男（好男子）のようなそんな感じでございますが。最近本を出したんです。『事典にない大阪弁』という本ですけれども。大阪にいながら大阪のことを知らない人がずいぶんといらっしゃるなあと思てね。それが本を出すキッカケなんですが。例えば大阪のオバちゃんと言えば、ヒョウ柄。何でも「まけて。まけて」という。そんなんおったらね、近所の商店街のおっちゃんから「もう二度と来てくれるな」と言われんのがオチでっせ。ヒョウ柄なんて電車に乗って、どう思います？　実は博報堂が調べたら東京の人の方が持ってるパーセンテージ高いんですよ。

そういうことも書いてるし、ホルモンというと「ほかすもん」から来てるんやと言われてますよね。あれもウソです。それは単なる語呂合わせで、本当は医学用語のホルモンから内臓料理ということで来てるんやと。そんなこともいっぱい書かせてもらってます。

これがよう売れてまんねん。嬉しい限りで。ちょっと印税も入ってまいりましてね。それは亡くなった家内に対しての追悼みたいな意味もあってね。一心寺さんにはずっと、私の両親もそやし、妻の両親も

きょくどう　なんりょう

講談師
1949年　堺市生まれ
1967年　近畿大学入学と同時に入門
1978年　旭堂小南陵襲名　真打昇進
2006年　四代目南陵となる
2011年　芸術祭大賞並びに寄席芸人初の博士合取得

お骨佛で納まってるんですよ。僕もいざ自分の妻のことになるとね、もうちょっと家に置いときたいなという、いまだにお仏壇の所に入ったまんまなんですよ。もう一年半ですけれどもね。

男も家事せんならんな、というのはよう分かるんです。奥さん死んでから男ってすぐ死ぬでしょ。あれはね、絶対家事とかそんなん知らんからですわ。幸か不幸か、妻にとっては不幸だったんでしょうけれども、事故で全身不随で寝たっきりになりましてね。そん時からもう家事を僕が皆やるようになって。それでやれるようになったから、今はもう得意の料理やとかいっぱい出来ましたな。

男は家事せなあかんということがよう分かりました。おそらくね、寝たっきりの介護なさってる方もこのラジオお聴きやと思うんですけども、家内も最初は「自殺したい。自殺したい」言うてたんです。でもね、僕はある言葉を思いついたというのか、「いや、そうやないんや。お前の存在そのものが俺の心の支えだから、何にもしなくていいし、お前が生きてるということ自体が家族の支えだから」と言うたら、それからね、やっぱり気が持ち直したんですかね、明るくなりました。自殺したいとか、そんなんも言わんようになりました。だから葬儀の時でも悲しさというよりもね、もう、やりきった！　というふうな思いの方が強かったですね。えらい愁嘆な話になって申しわけないんですけど、一心寺さんにお世話になってるんで。

宮村　またいずれ師匠が納得したら、奥さまもお骨佛になるんですね。

旭堂　そう、そう。これがねえ、よう放さんねんなあ、これがなあ。やっぱりそばに置いときたいという思いですねえ。そら散骨とかね、そういうこともいろいろあるんでしょうけれども、人それぞれの考え方ですからね。でもやっぱり私が死んでからですな。私が死んでから息子の代になった時にね、一緒にね、一心寺さんのお骨佛になるのもよかろうと、そう思うんですよ。ひょっとしたら向こうが嫌がるかもしれんけどね。分からんけれども、やっぱり一緒にという思いの方が強いですね。人間死んだらそれまでや、と言えばそれまでなんですけどもね。

それまでずっとね、珍しい言葉とか集めてたんですよ。集めてて、出そかいないう時に家内が寝たきりになって。そやからしばらく編集作業とかも皆中断したんです。それで介護している間にいろいろまた言葉も集めましたし、朝日放送の高校野球中継でね、「外野のまあ真ん中に破りました」という、「ど真ん中」と言わずに「まあ真ん中」と言うてくれたこの嬉しさ！　大阪人としては「まあ真ん中」というてほしい。「ど真ん中を破りました」ではなくてね。それ聞いた時に思わずメモしましたよ、私。ヒット打ったことよりも、まあ真ん中の方が嬉しかったですね。この頃ね、そやなあ、若者は「待ってたのにこうへん」という言い方するねんな。僕らの世代は「けえへん」。平成の何年ぐらいからかなあ、言葉がね、逆転してますね。そやから若い子と話しょったら、「なかなかあいつこうへんわ」っていう。僕は始め神戸弁かなと思たんですが、どうもそうやなくて、「来ない」に「けえへん」の「へん」がくっ付いて「こうへん」と。

だから「ふみちゃちゃこにしやがってな」とか、「ちゃちゃくる」とかな、「ちゃちゃくりしやがってな」とか、そんなん完全な死語ですね。「犬が来て芝生ふみちゃちゃくりしてな」とかな、そういう使い方したりするんですわ。そやから「ちゃちゃくる」とかそんなんとか、いっぱい入れてます。

（15・6・21　放送）

大阪の「都市格」

立命館大学名誉教授・『上方芸能』元発行人　木津川　計

今朝は大阪が全国の人にどう見られているかという話をさせていただきます。例えば東京人が大阪人をどう見ているかですが、誤解も甚だしい見方をされてるんです。東京人に聞いた大阪人のイメージ調査というのが二〇一二年の一二月にgooリサーチモニター一〇五九人になされたんですが、その結果がgooランキングで公表されています。

それでは東京人が持つ大阪人のイメージです。一位は「大阪のオバちゃんパワーがすごい」。二番目は「阪神タイガースが好き」。ここらはこの通りですけどね。三位はこうなるんです。「オバちゃんがヒョウ柄の洋服を着ている」であります。そらね、着てるオバちゃんもいてますけど、皆が皆着てるわけやない。ほとんど見かけることはないんですよね。

で、四位はどうなるかと言いますと、「会話は常にボケとツッコミの応酬」て、そら漫才師のやりとりやないか。漫才師と普通の市民との区別が東京人には付いてないのですね。九位になりましたのは、「大阪人は会話にオチが無いと怒る」て、そんな話聞いたことがありません。「お前の話にはオチが無いやないか」て怒る大阪人がどこに

きづがわ　けい

1935年高知市生まれ。1968年『上方芸能』を創刊。2016年６月、200号を機に終刊。1986年立命館大学教授。2016年定年退職。現在名誉教授。ＮＨＫ「ラジオエッセイ」を今も毎週担当して36年目。著書に『人間と文化』（岩波書店）『上方芸能と文化』（ＮＨＫ出版）他多数。京都市芸術功労賞、菊池寛賞、日本学士会アカデミア賞などを受賞。

いてますか。他にも「アホ！　と怒る」など、ろくな人種でないと見られてるんですね。

今に始まったことではないんですが、例えば『大阪人と日本人』というＰＨＰ文庫があります。藤本義一さんと丹波元さんの共著で、一四年前の本ですが、こう書かれているんです。「大阪人や大阪はガラが悪い。下品。騒がしい。怖い町。せっかち。厚顔無恥。脂ぎっている。抜け目がない。ケチで守銭奴で食い倒れ。際限も無く褒め言葉にならない表現を並べ立てられるのが大阪および大阪人だ」と書いてあります。残念やけどこの通りでしてね。実はケナされてばっかりなんです。

なぜこうなるかと言いますと、京阪神の三大都市の中で大阪の都市格が低いからなんですね。一体都市格の高い低いを決める条件は何かて言いますと、三つあるんです。一つは「文化の蓄積が有るか無いか」です。二つ目は「景観の文化性が有るか無いか」です。三つ目は「発信する情報」でして、魅力ある情報を発信するほど都市格は高まるんですね。で、ことに三つ目の「発信する情報」ですが、大阪は一九六〇年代以降です。「がめつい」に「ど根性」に「どてらい」に「どけち」や「ど派手」、そんな情報を多く発信してきたんですね。で、大阪の作家も全てでは決してありませんが、「ど根性」に「がめつい」他、脂ぎってるドロッとした人間像を書いてき過ぎたんです。

しかしこういう作家に混じって、清潔で、都会的で、ヒューマンで、繊細な小説やメルヘンを書く一群の作家たちがいたんです。名前を挙げますと、『プールサイド小景』で芥川賞の庄野潤三。『土の器』でやはり芥川賞の阪田寛夫。『ロッテルダムの灯』で日本エッセイストクラブ賞の庄野英二。他にも藤澤桓夫、長沖一、詩人の杉山平一といった作家たちやったんです。気がつきますと、この人たちは帝塚山学院の短大や大学に関わっていた人たちであります。何で気ぃつかなんだかと言いますと、どの人も皆「含羞の美学」を湛えたピアニッシモな人たちでして、喧騒の時代や大阪にあって、片隅でひっそりとはにかみながら創作をしておいでやったんですね。

私も迂闊でした。気づいたのは六年前で、私どもの雑誌『上方芸能』の「巻頭言」で私はこう書いたんです。「この大阪の作家たちを私は堀辰雄の四季派になぞらえ、帝塚山派と捉えたい。大阪はこれら帝塚山派の作家たちをさほど顕彰し、語ってこなかったのである。原色でドギツく、品位に欠ける。そんな大阪像の氾濫する中で、私たちは大切で美しい文学をないがしろにし過ぎたのである」であります。

堀辰雄の文芸誌『四季』は一五年戦争のさなかに出されていましたが、戦争にほとんどなびかず、詩の音楽性と叙情性を守るために出されました。そしてこの文芸誌を研究する四季派学会が設立されて、今も活動を続けているんです。

実は嬉しいことに、昨年帝塚山学院が来年の学院創立百周年の記念事業のメインに「帝塚山派文学学会」を設立することになりまして、今年の一一月一日に設立総会を開くことが理事会で正式に決定され、すでに学会の会長も決まり、事務局も設けられて活動を続けているんです。帝塚山派文学学会の設立は帝塚山学院のグレードを確実に引き上げるだけでなく、大阪のイメージを良くしていくことに必ず繋がります。

大阪は決してど根性やがめつい都市ではないんです。本来の大阪は人に優しく、人情に篤い、信用を重んじる都市。しかも元禄時代の大阪は水準の高い文化の、また文芸の都市でもあったんですね。これが元々の大阪やったんです。この大阪像に戻していきたい。文化にルビを振るとしたら、はにかみですと言ったのは太宰治でございました。大阪はかつて高い文化の都市やったということは、高いはにかみ、すなわち含羞都市やったということです。ふたたび含羞都市へ。そういう大阪にしていきたいと思っているのです。

（15・6・28　放送）

異文化理解への挑戦

立命館総長・立命館大学長　吉田美喜夫

今回は「異文化理解への挑戦」というテーマでお話をしてみようと思います。

二〇一五年一月に立命館総長、立命館大学長に就任いたしました。ちょうど定年の年だったので新しい生活を考えていたわけですけれども、予想外の人生を経験することになりました。私は一九六八年に立命館大学法学部に入学いたしまして、以来四七年間、立命館で生活をしてまいりました。その意味で言いますと、立命館での生活というものが私の人生そのものになってしまった、ということになろうかと思います。

私は法律学の中で、労働法という分野を勉強してまいりました。その理由ですが、誰もが結局は働いて生活をしなければならないということから、人々に最も身近な法分野であると考え、労働法を勉強してきました。それから私ども大学の教員の場合は、教育だけではなくて、研究にも従事するわけですが、私の場合はタイの労働法を勉強してまいりました。このタイという国を対象にしたのは全くの偶然であります。一九八八年に本学に国際関係学部という新しい学部が出来たり

よしだ　みきお

立命館総長・立命館大学長
1949年岐阜県可児市生まれ。立命館大学大学院法学研究科修了。博士（法学）。立命館大学法学部教授、法科大学院教授、法学部長、図書館長を歴任。著書『タイ労働法研究序説』、編著書『労働法Ⅰ・Ⅱ』、『人の国際移動と現代日本の法』ほか。

わけでありますが、やはり新しい学部を作った以上、研究の面でも成果を出すべきだということで研究チームが編成されたんですね。その際に、法学部から新しい学部に移られた先生がいまして、当然知り合いなんですが、その先生から私に「研究チームに入りませんか？」ということで声を掛けていただいたということがあったのです。もともと私は、大学院以来、ドイツを勉強してきましたので、全く新しいタイという国の勉強をするとなりますと、一番困ったのは、やはりタイ語なんです。これどうしようか、ということで一つの方法を考えました。タイに「労働保護法」という法律がありますが、これを訳すことにしました。タイ語の法律条文と、それから政府が英語に訳した公定訳と、そしてすでに日本語の訳もないわけではありませんでしたので、その日本語訳、これら三つを並べましてね、一日一条ずつ訳していくことをノルマにしました。訳し終えるのに一年半ぐらいかかりました。一七〇の条文があったからです。

こうしてタイ語にかかわる中で一つ記憶に残っていますのは、いま挙げましたタイの労働保護法の中には、物を運ぶ時の重量を制限する条文があるんです。これ以上の目方の物を運んではいけない、ということを定めた条文があるわけです。その条文を対象にして、私が持っていたタイ語の日本語辞典を使って訳していますと、タイ語の単語は違うのに、どれも日本語訳が「担う」「担う」「担う」になってるわけです。つまり規定が全部違うのに、どれも「担ってはいけない」になってしまう。それでは意味が通じませんので、私、大変困ってしまいました。そこで「タイ英辞典」に当って調べてみました。そうしますと、例えば棒がありますね。その棒の真ん中を肩で担い、荷物を前と後ろに吊るして運ぶ、という担ぎ方があります。それから二人で棒の両端を肩にして真ん中に荷物をぶら下げて運ぶということもあります。ほかにも頭に載せたりとか、あるいは背中に載せたりとかいう方法がありますが、これら全部タイ語の言葉は違うんです。ところが日本語はみな「担う」「担う」「担う」なんですね。その違いが訳し分けられていないわけです。日本でも畳文化と言いますか、畳の上で生活している時には、「正座をする」とか「胡坐をかく」とか、座り方でも言葉が違って全部使い分けますよね。同じようにタイではまだ人の力で物を運ぶということが広く行われていますので、その運び方一つ一つに違った単語が当てられているわけです。タイの労働法を研究する中で、このような文化の違いを知る経験をしたというのが一つです。

それからもう一つタイのことで印象に残っていますのは、まだタイに行くようになって間がない頃だったのですが、バスに乗ったところ、たまたま席が空いておりました。その席の隣にはお坊さんが座っておられました。席が空いていましたので私はそこに座りました。そしていくつかバス停を過ぎたところで、おばあさんが乗ってきたんです。そこで私は、これはお年寄りだから席を譲ってあげなければいけない、というふうに思いましてね。立ち上がってそのおばあさんに「ここに座ってください」というふうに手招きしたんです。そしたらそのおばあさん、血相を変えて「とんでもない」という様子で、もう固辞するわけです。結局、座ってもらえなかったんですが、私、その事情が分からなかったんです。ところがあとで聞きましたら、タイのお坊さんというのは非常に戒律が厳しくて、特に一番厳しいのが女性に触れてはいけない、ということだったんですね。ですから、あの時のおばあさんにとっては、お坊さんの隣に座るということは滅相もないことだった、ということがよく分かったわけです。

そういう経験に照らしてみても、やはり異文化理解ということがコミュニケーションを取っていく上で非常に大事だなということを感じたわけです。私自身、高校以来いろんなことをしてきました。写真部だとか、文芸部だとか、いろんなことをして、いわば学校生活をエンジョイしてきたわけですけれども、これからも様々な課題にチャレンジして異文化への理解を深めていきたいな、と思っております。

ビール祭のやばい話

作家　椎名　誠

だいぶ暑くなりましたので、今度もやっぱり外国の話をしてみたいんですけど、夏になるとビールの季節なんで、僕は本当にビールが好きでね。世界で一番ビールを飲んでる国は中国なんですけど、その次あたりが多分ドイツだと思うんですが。中国は人口が多いですからね。うまさでいったらドイツの方がうまいわけで。

毎年一〇月末になるとオクトーバフェストがミュンヘンで行われるんですけど、これは世界一のビール祭りで、大体朝一一時から夜一一時まで一日二〇万人〜二五万人がずっと飲んでるんですよ。大きなサーカスのような仮のテントがいくつも出来まして、ひとつのテントに千人ぐらい入れるんですけど、そこで皆ずっと飲んでるんです。僕もそこに行きたかったんで、ドキドキして行ったんですけど、とても賑やかでね。

大体ビールって陽気なお酒じゃないですか。大勢でワアワアやりながら飲むんですね。日本酒ってチビチビと、四畳半ぐらいでね、密かに。そんなんじゃなくて、ビールというのはひとり一リットルぐらいは、女の人で平均一〇リットルって言いましたからね。男はもっと際

しいな　まこと

作家
1944年東京都生まれ。1979年より、小説、エッセイ、ルポなどの作家活動に入る。これまでの主な作品は、『犬の系譜』（講談社）、『岳物語』（集英社）、『アド・バード』（集英社）、『中国の鳥人』（新潮社）、『黄金時代』（文藝春秋）など。旅の本も数多く、モンゴルやパタゴニア、シベリアなどへの探検、冒険ものなどを書いている。

限無く飲むわけですよ。

　大体その大きなテントの中の中央にはプロレスでいうリングみたいな、ロープは無いですけどステージがあって、四方八方から見られるような。そこに行進曲をやる楽団がいるんですよ。で、いろんな元気になるような音楽をやりながら、周り中の人がガアーッと飲みまくっているわけです。ビールというのは飲めば飲むほど嬉しくなりますから、時々ドイツ語で、日本風に言えば「ビール飲め飲め行進曲」か「飲め飲め音頭」みたいなのをやるわけですよ。すると全員が立ち上がって、千人ぐらいがね、それで肩を組んで、グラスを前に出して、ウェーブをやるんです。皆自分がビールの原料である麦になっちゃうんです。それで体を揺らして、ドイツ語で「乾杯！」っていって、ワアーッと飲んで。それが三〇分に一度ぐらいあるんですよ。

　で、僕も今よりもっと飲んだ時だったから、九時間ぐらい続けて飲んでましたかね。それでいい話になるかどうか分からないんだけど、非常に印象的だったのはトイレでしたね。やっぱり五時間も飲んでればば何回も行くわけですよ。最低五回は行きますよね。トイレも年に一回のビール祭りのためだけに作りますから、仮のトイレなんですよね。でもとても広くて、小学校の教室の二クラス分ぐらいの広さで、コの字型に鉄の雨樋みたいな物が打ち付けてあって、傾斜を付けて。そこで常時百人ぐらいがやるんですよ。僕はすごいなあ！　と思ってね。で、自然に流れていくわけですけどね。今飲んだ物が流れていくわけです。

　僕は帰りに、もう霧が出たのかと思って辺りを見回したんですよ。裸電球がいっぱいあるんですけど、それが煙ってるんですよね、夜霧みたいに。まだ夜じゃないなと思って、何だろうと思ったら、しぶきなんですよ、出したオシッコのね。のべつ百人から二百人がしてるわけですから。これが細かい霧になって部屋中に漂ってるんです。だから五回も出入りすれば、全員小便のシャワーを浴びたみたいになっちゃうわけですよ。ちょっとやばい話ですけど。でもさすがドイツって感じがして豪快ですね。ドイツ人て結構日本人が好きでね。歓迎されるんですよ。日本人が何人か来ると必ず「さくらさくら」を楽団が演奏するしね。ドイツ人が寄ってきて、「お前日本人か。一緒に乾杯しよう」とか、気軽に話しかけてくれてね。

　本当賢い頭脳持った国ですからね、ドイツというのはね。僕も写真なんか撮る時はドイツ製品のライカというカメラを一番信用してますからね。車もベンツはドイツで、テクノロジーが最も進んでいる国ですね。ビールの思い出で言えばフタ付きのジョッキっていうのをその時生まれて初めて見たんです。今は結構日本にもありますけどね。大きなジョッキの上にフタが付いていて、簡単に開けられるようになっていて、これはビールは炭酸がいっぱい出ますから、これが蒸発しないようにフタをするんですね。

有名なフーフブロイハウスというビアホールがあるんですが、そこにはマイジョッキをお風呂屋の下駄箱みたいな所に皆それぞれ入れるんです。行くとそれを出してきて。お店の人が洗っといてくれるんですね。だからすぐその乾いた自分のジョッキで自分の好きなビールが飲めるようになってるんです。羨ましかったですね。

（15・7・12　放送）

植物の感性

「一社」テラプロジェクト理事長　小林　昭雄

今日は植物についてのお話をさせていただきたいと思います。植物は私たちに食べ物を、そして酸素を与えてくれますね。なくてはならない存在です。植物は数億年の昔から地球上に存在しています。三億五千万年前に植物がホントに旺盛に茂っていて、それが地下に埋もれて、石炭の原料が蓄積したわけですけれども、その頃は私たち人類は影も形もありませんでした。命の、生命の起源を遡りますと、そのルーツは植物と同じと考えている学者も多いんです。

私たちは五感、即ち味覚、触覚、嗅覚、視覚、聴覚を持っていますけれども、植物は五感を持っているのでしょうか。また、私たちの体の仕組み、口、腕、胃腸、足などの働きを持つ器官が植物にあるのか、という素朴な問題ですが。口に相当するのは二酸化炭素を取り込む気孔と考えることが出来ます。私たちが健康を保つ上で最も大切なのは大腸の働きですけれども、植物の場合は根の周りが健全に保たれていることで、大腸菌のように根の周りに善玉菌が生存圏をつくり栄養分の吸収を助けている、ということが知られています。地上の葉っぱですが、これも口の役目を持っています。葉っぱからも水分を取り

こばやし　あきお

「一社」テラプロジェクト理事長
植物は地球上で最も栄えている生物種。ヒポクラテスの医食同源提唱どおり、根幹の治療薬は植物成分。京大・岡大時代、有用物質探索を通じ「植物の化学的活用」を目指す。阪大時代では「工学的活用」にと杜仲ゴム生産を中国で実践。退官後は「植物の社会的活用」に専念。「みどりのサンタ」の命名者であり、智の木協会創設者。

込むんです。よく「葉水がいいよ」というんですけれども、葉水は植物の喉の渇きを癒しますし、栄養分も取り込みます。その実感はウツボカズラという、袋をもって虫を食べる食虫植物で得ることが出来ました。その袋を補虫袋というんですけれども、これは葉が分化して出来た器官で、虫が溶けて生じますアミノ酸やリンなどを直接取り込んで自分の栄養にしています。ですから瘠せた場所でも生き延びることができます。

二番目の触覚ですけれども、これはですね、ネムノキやオジギソウ、それから先程の食虫植物などを観察しますと、触れれば枝や葉がそれを感知して動きます。ですから触覚はありそうです。そうしますと次に匂いを感じる嗅覚ということになりますが、これは結構植物にとっては大事なんですね。たとえば青いバナナを買ってきて早く食べたい、熟れさせたいというときに、リンゴに少し傷を入れたものと、青いバナナを一緒に袋に入れておくか、食べやすいようにばらして一本一本のバナナにすると早く黄色に熟れて来ます。これはリンゴはエチレンという気体を生じやすく、バナナの房に傷を入れたりすることによっても、やはりリンゴと同様エチレンが出てきます。このエチレンは果物が早く熟すのに役立ちますし、野菜を成熟させたり、果物の果肉を柔らかくしたりします。もっと身近な例ですと、盆栽にはさみを入れた時にもエチレンを発生して新芽の生長を遅らせる作用があります。形の良い盆栽になるわけですよね。更に詳しい話をお聞きになりたい場合はですね、私たちがやっておりますか富国生命ビル四階の第三世代大学、塾 SiN で授業を受けていただければと思っております。

次の感覚である視覚ですけれども、これはもう皆さん実感しておられると思います。葉や枝の先端がですね、光を感じてそちらの方向に伸びようとする。これを屈光性というんですが、箱の中にもやしなどを閉じ込めて一か所、三センチほどの穴を開けて育てますと、その穴からもやしの先端部分が顔を出します。箱の中で光を求めて生長したことを示しています。鉢で植木を育てた場合なんかですね、光の方向が一定になりますとそちらの方にばかり伸びてしまいます。鉢回しをした方が格好良くなると思いますね。

そして音を聴くということですが、よく、音楽を聞かせると野菜や果物がよく育つと言われます。音は空気の振動ですから、この空気の振動が植物の体にいい影響を与えるんですね。私たちが例えば筋肉が疲れた場合に、バイブレーターを使って振動させるのと同じことかもしれませんね。植物にいい音楽を聴かせるということで、どんな音楽がいいのか、リストがいいのかシューベルトがいいのか、この辺りを研究するのも面白いかもしれません。また、手を打ちますとその振動を感じて動き出す植物、萩の仲間にそんな植物があるんですよね。こうしてみますと植物と人間はよく似ているなと思います。これから暑くなってお腹を壊しやすい季節です。大事に育てておられる野菜や花々がお腹を壊すことのないように、根の部分の健康に注意してあげていただきたいと思います。水やりが最も大事です。やり過ぎても危険ですから注意して下さい。

私どもテラプロジェクトは曾根崎警察署前の、富国生命ビル四階でまちラボ（個有名詞）を展開しています。植物や食べ物、サプリメントや健康をテーマとした事業支援を進めています。皆様のアイデアを形に、をモットーに消費者目線で欲しいもの、欲しいことつくりを進めております。くつろげる場所でございますのでぜひお越しいただきたいと思います。いつでもお立ち寄りいただけますので、ぜひお出かけ下さい。

（15・7・19　放送）

夫婦チャンピオン

東洋太平洋ライトフライ級チャンピオン　**好川　菜々**

現在夫である野上真司と夫婦チャンピオンとして、いろんな施設に行って病気のお子さまたちと触れあって、いろいろと勇気を与えたり、与えてもらったりしようという形で活動させてもらっているんですけれども、そのお話をしたいと思います。

あるきっかけでＦＯＰという、筋肉が骨になってしまう病気をお持ちの山本育海君という高校生の方とお会いました。育海君はお母さんと一緒に「今こういう病気と戦ってます。皆さん応援お願いします」ということと、「難病は自分だけじゃなくて、他のいろんな難病もあるから、そういういろんなことをお伝えして、僕もだけど皆も一緒に頑張ろう」というふうにして活動されている方なんです。

お会いして病気のことや、今までどんなふうに活動されてきたのかということをお話しました。特にその時感じたのが、お母さまと活動されてるんですけども、本当に私たちでいうマネージャーと選手みたいな形で、全然闘う舞台は違うんですけれども、お話して一番感じたのがやっぱり支援者や応援してくださる方々がいて、自分たちも病気と闘おうと思って頑張れるっていうことを度々言われていたんです。

よしかわ　なな

WBO女子世界フライ級チャンピオン
アマチュア歴13年、全日本3階級制覇。元WBOアジアチャンピオンの野上真司と結婚。35歳でプロ転向。史上最短3戦で東洋太平洋チャンピオンとなり、5戦目で世界に挑むも敗れる。8戦目で世界再挑戦し、WBO女子世界フライ級チャンピオンとなる。日本で初のボクシングチャンピオン夫婦として活躍。

で、私たちもリングに立つのは自分ですけれども、たくさんの支援者の方や十数年ずっと応援してくださってる方にいろんな形で支えられているということはもちろんよく分かっていたつもりですけど、そういう子たちとお話することでまた改めて感じるものがありました。

あと、もうひとり女の子なんですけども、脳に腫瘍があって、お医者さまから「いつどういうような形になってもおかしくない状態だ」っていうふうに言われて、その女の子はお父さんと一緒に闘病生活をされているんです。その子もやっぱりマネージャーと選手みたいな、私はそういうふうにしか見えなくて。選手が闘っているという感じですけども、お父さんも涙ながらに力を込めていろんな話をされてるところを見ると、本当に自分たちと重なって、私も力が入ったんですけれども。

その女の子とは去年の一二月に初めてお会いしました。で、私の世界戦の「応援に行くんだという目標で頑張っていきます」というふうに約束していただきまして。で、試合前にお会いして「応援に来てくださいー」というふうに伝えると、今は進行が止まっている状態ですのでということで、来ていただいたんですけれども。やっぱりそういう病気で闘っていて、「菜々ちゃん、頑張って！」という声も私にとって励みになりました。闘っている場所が私とは全然違う所で、本当にすごい所で闘っている子たちなので、私が力を与えるよりも、反対に与えられてしまったというところがあるんですけれども。四月二九日の世界戦はそういうたくさんの思いを改めて感じた試合でした。お医者さまに「いつどうなるか分からない」と言われている状況で、その時も「絶対に応援に行きます」って約束してくださったので、そういう気持ちでいてくれたんだなと思うと、本当に私も心強く思いました。

本当にどちらの力も気持ちもぶつかって、お互いに力を与え合えればというふうに思うんですけれども、闘うというところでは打ち勝たないといけないものなので。自分たちの姿というのは意外に自分では絶対見られないんですけれども、お母さまと育海君やお父さまとその女の子を自分の目線で見ると、すごいタックルだなあというのが分かるので。

宮村　まだ世界戦終わったばっかりなんですけど、今後の目標はどんなふうになるんでしょうか。

好川　やはりデビュー戦の時から世界を目指して突っ走ってきましたので、今現在は具体的には決まっていないですけれども、世界を目指してこれから来るチャンスをしっかりと勝ち進んでいきたいと思っています。

宮村　変なこと聞いていいですか。痛いじゃないですか。試合の後というのは顔が腫れてしまったりとか。気にはならないですか。きれいなお顔がもったいないと思ってしまうんですけれども。やっぱり、でも二人で目指して世界に挑戦、勝っていくということですよね。

好川　腫れとかアオタンはもちろんあるんですけれども、そういうのは必ずひくので問題は無いです。スポーツを始めた時から世界という大舞台に憧れてスタートしたので、ここはひとつ足を掛けて、後は乗り越えて踏み込むだけだと思ってるので頑張っていきたいと思っています。

（15・7・26　放送）

知らないと言える勇気

マンガ家　里中満智子

私のデビューはまだ高校生の頃でした。漫画家になりたいとハッキリ決心したのは中学生の時なんですね。ちょうど団塊の世代で、ものすごくたくさん子どもたちがいて、「将来は大変だ」と言われながら育ってきたんですけれども。あの頃は「子どもが多くて大変だ」と言ってて、今は「子どもが少なくて大変だ」って言ってるのでおかしいんですよね。どっちに転んでも大変は大変なんですけども、大変じゃないと言えば大変じゃない。

そう思いますが、いずれにせよ将来大変なんだから「進路考えてらっしゃい」と学校で言われまして、真剣に考えたんですね。だからどの高校を目指すかとか、そういうことだけでよかったんですが、私は真面目に考えまして、自分は何が一番好きで、何に一番燃えることが出来るんだろうか。じゃあ、それを目指すためには学校はどこを選べばいいんだろう。自分がやりたいとハッキリ自分に言い聞かせた、よし決心しようと思ったのは漫画の道なんですよね。

小学校の頃から好きだったんですが、何かというと漫画だというだけで差別されてましして、一九五〇年代ですからね。大昔なんですけ

さとなか　まちこ

マンガ家
1948年大阪市生まれ。1964年、高校２年生の時『ピアの肖像』で第１回講談社新人漫画賞受賞、プロデビューする。2006年全作、全作品及び文化活動に対して文部科学大臣賞受賞。50余年にわたり500タイトル近い作品を描き、子供物から大人物まで幅広い作品を発表。代表作『天上の虹』は32年かけて完結。大阪芸術大学学科長。

ど。漫画なんていうのは子どもの一時の嗜好品であるから、積極的に子供に与える物ではないと大人たちが言っていて。でも私は漫画も活字も何もかも全部ひっくるめて感動出来る物語は感動出来ると。漫画というだけで特別扱いされたり差別されるのはいかがなものかと思っていたので、どうも漫画が端に追いやられていることが悔しくてね。こんな素晴らしいものを書いて、なのに世間からは「漫画なんて教育に悪い」って言われて、漫画家の先生たちはいい暮らしをしてるかと思ったら、自画像を見れば、昔は情報が全然無いですからね、すごい貧しい自画像ばっかりなんですよ。そんな清く、貧しく、美しくという、この人たちの後輩になりたいと思ったんです。

漫画家になりたい。それはもう学校は関係ないと。広くいろんな知識を身に付けなければいけない。尊敬する手塚治虫先生のようになりたいと思ってたんですよ。で、人生最後の青春の思い出に集団生活でしか出来ないクラブ活動をやりたい。ドラマ表現として、演劇部で脚本を書きたい。だから演劇部がある高校へ行ければそれでいいやと思ってたんですが、中学校の時に「漫画家になりたい」って言ったら、職員室の先生方とか、もちろん親もですけど、「漫画家って、何それ?」と。「もっとまともなことを考えなさい。地に足着いた考えをしなさい」って、皆が悪い道から引き戻そうとするわけですよ。

で、そう言われれば言われるほど、どうして漫画がそこまで否定されるんだと余計思っちゃうんですよね。で、先生方も熱心に「里中、落ち着いて考えろ。人間はこうやって、こう生きるべきだ。お前はそれを漫画だなんて、何を言ってるのだ」って一生懸命おっしゃってくださる。これがある日、中学一年の時担任だった女の先生が「里中さん、漫画家になりたいからって職員室で先生が困ってるけれども」って話しかけてこられて、またこの先生にも何か言われるのかなと思ってたら、ひと通り話を聞いてくださいました。どの学校に行ったから漫画家になれるわけでもない。自分で頑張るしかないし、職業として何の保証もない。でも頑張りたいと。そうお話したら「ああ、そう。じゃあ大変ね。でもね、私漫画って何にも知らないの。何にも知らないから、何にもアドバイス出来なくてごめんね」って言ってくださったんです。「でも夢が叶うといいわね」って。

それ聞いてホッとしましてね。その時に思ったのが、周りの大人たちは一生懸命子どもを正しい道に引っ張っていこうとして、あれやこれやおっしゃる。でも「こっちが正しいよ」って誰も言えるわけじゃないんですよね、本当は。大人になっても「知らないことは知らない」って言ってもらったほうが子どもってホッとするんですよ。分かったように言われて決めつけられると、反発するんですね。その先生は「知らないことは知らない」と、言える勇気がおありだったわけですね。大人になったからと言って何もかも知ってなくてもいいんだ、というのがすごくホッとしました。だから本当に温かい気持ちになれたというか。それでこの先生が「よかったね」って言ってくれたら嬉しいから頑張ろうと思いましたね。誰かひとりでも「この人に『よかったね』って言ってもらいたい」のって、モチベーション高まるんですよね。

だから大人は皆悪気無いんですよ。悪気無くこれが子どものためだと思って、一生懸命「こっちがいいよ。こっちがいいよ」って引っ張ってくださるんですけれども、本当は選択肢をいっぱい教えて、それで「選ぶのは自分だよ」って背中押してやるのが大人の役割かなと思います。だから大人も無理して、大人なんだからこうしなきゃいけないって思い過ぎると、かえってギクシャクしちゃって。何か言ってあげなきゃと思っても、言ってあげなくてもいいんですよ。ニッコリ笑うだけで本当にホッとして力になることっていっぱいありますからね。

知らないことを知らないと言える。だってどんなに長生きしたって、分からないこと知らないことって山ほどありますもの。それを子どもとたかだか二十か三十しか違わない大人が全部分かるわけないんですよ。その時の先生とは「素敵な先生だなあ、こんな大人になれたらいいなあ」って思って今でもお付き合いしています。

（15・8・2　放送）

大阪の「南北戦争」

講談師　旭堂　南陵

この前、この番組に出てたOSK日本歌劇団の桜花昇ぼるも私の弟子で「南桜」というんですけれどもね。もうひとり異色がおりますね。ジョージア州のアトランタから来ました「旭堂南春」と言います。本名がキャロル・アン・ローズで、春が好きなんで日本名を勝手に「春子」って付けてるもんですから、それで南春ということにしたんですけどね。

アメリカの高校で日本の文化を学んだんですね。それで坂本龍馬が妙に好きになりまして。それで日本へ来て坂本龍馬の研究してるうちに、もちろん講談にもありますので、講談に興味を持ってこっちの方へ振り向いてくれたんですが、そのかたわら英語浪曲だとか、英語落語の監修もしてたんですね。そんな中で大衆芸能に深入りをしていってうちへ来てくれたというわけですね。落語はシャレが入ったりするもんですから英訳しにくいわけですわ。でも講談はストーリーがあって、五W一Hがあるもんですから入りやすかったんですね。坂本龍馬ばっかりです。

南桜の方は真田幸村が当たり役なもんですから、真田幸村ばっっかり。その幸村のネタを、というんでね。ちょうどこの番組提供の一心寺の裏辺りが茶臼山ということでございましてね。ゆかりの人の本多出雲守忠朝、酒癖の悪い。で、一心寺のそこのお墓へ参るというと、酒癖の悪いのが治るという。私ちっとも治らんのです。で、「霧降の松」とかいうのもいろいろ一心寺にありますね。

面白いのが、あの辺りで大戦をするわけですね、五月七日ぐらいに。それは替え玉だという、実は家康はその前の五月五日に殺されていたという言い伝え、伝説。人は伝説というんですが、私はこれは本当だと思うんです。堺の南宗寺に墓があるんですよ。で、そこには三木啓次郎さんが松下幸之助さんに出資してもらって建てた墓があるんです。

その三木さんというのは徳川御三家の水戸家の家老の血筋の方なんです。何で松下幸之助さんが墓を建てる時に出資したかというと、二股ソケットだとか、ああいうのを作って売り始めた時にちょっと困りはったんですね。資金面だとかいろんなところで。その時に三木さん、何せ水戸家の家老でしたからお金があったんですね。で、出資し

きょくどう　なんりょう

講談師
1949年　堺市生まれ
1967年　近畿大学入学と同時に入門
1978年　旭堂小南陵襲名　真打昇進
2006年　四代目南陵となる
2011年　芸術祭大賞並びに寄席芸人初の博士
合取得

てる。で、家老の血筋の方にずっと私の所に口伝で残ってると。家康は後藤又兵衛の槍にかかって死んで、その後は身代わりなんだという口伝が残ってる。で、私は「これは伝説ではないんじゃないか」というと、大阪城天守閣館長の北川さんが「それは違う！」いうてね、南北戦争するわけです。北川さんの北と南陵の南で「南北戦争」。南宗寺には「ここに埋めましたよ」と書いた目印の卵塔もあるわけですね。

で、うまい具合にあってるんですよ、この伝説の信ぴょう性というのはね。信ぴょう性というのはおかしいけれども。東大阪の吉田という所がありますね。昔の河内の吉田村に矢惣次という家康そっくりの人がおったんです。で、大久保彦左衛門とかが「どうしよう」というた時に、「おりまっせ。私この茶臼山の辺りに来るまでビックリしました。吉田村に大御所にソックリなんがおる」という。で、連れてきた。そっから身代わりを立ててやった。で、翌年もう用が無くなったので毒殺された。鯛の天ぷらに毒を盛られて。でもこれは伝説やけど北川館長が面白いものを見つけてくれたんですよ。日光東照宮で葵の紋散らしの籠。大坂夏の陣で家康が乗っていた籠を見つけたんです。何とその籠の天井に槍の跡があるんです。で、これで私の方が正しいんじゃないか。面白いでしょ？

でね、何でも替え玉にするんですね。その後藤又兵衛は玉手山で五月三日ぐらいに死んでんちゃうんかと。あれは替え玉やで。鵤幸右衛門という替え玉や。ソックリさんや。昔は影武者というのがたくさんおりましたから。真田幸村も実は秀頼共々に鹿児島へ落ちのびた。木村長門守重成の奥方も一緒に行ったんだけども、産気づいたから福岡で下りはったんです。で、そこでずっと子孫が繁栄して。誰や思います？　その木村長門守重成の直系。ニュース解説に出てくる木村太郎さん。タロリンのホームページ見たら書いてあります。どうだ！　この信ぴょう性のあること（笑）。本人がいうて笑てたらあきませんね。「これが真実です！」言わなあかんのかな。それぐらい面白い伝説がたくさんあるということですね。

（15・8・23　放送）

江戸時代の美しい日本

小説家　朝井まかて

時代小説・歴史小説を書いていますので、ちょっと江戸時代に皆さんをお連れしたいと思います。時々「小説家ってアイデアが天から降ってくるものなんですか?」なんて聞かれるんですけど、私はそんなええもん降ってきたためしがありません。ただ足元の今生きているこの土地の下から湧いてくるような、そういう感覚は何度か味わったことはあります。それは何でかな? と思うと、やっぱりたとえ三百年前の江戸時代であっても、現代と地続きだからなんですね。特に日本の今の文化・価値観・美意識というのは江戸時代にそのルーツを辿ることが出来ることが多いと、そんなふうに思っています。

例えば江戸時代の日本はどこも清潔で、町全体がさながら美しい庭のようだったそうです。これは幕末に日本を訪れた多くの外国人が、あまりにも町の風景がきれいだということでビックリしてるんですね。お城や大名屋敷、お寺や神社には常緑の深い緑が繁っていて、町の細い路地に入っても、それこそ裏長屋のちょっとした軒先にも、今の季節ですと百合や朝顔、撫子などの鉢植えが丹精されています。

実はこれは当時のヨーロッパには無い、日本独特の文化なんです。

あさい　まかて

小説家

甲南女子大学文学部国文学科卒業。2008年、小説現代長編新人賞奨励賞を受賞し、作家デビュー。2014年、『恋歌』（講談社）で第150回直木賞を受賞。同年、『阿蘭陀西鶴』（講談社）で第31回織田作之助賞、2016年、『眩』（新潮社）で第22回中山義秀賞を受賞。他の近著は、『落陽』（祥伝社）、『最悪の将軍』（集英社）、『銀の猫』（文藝春秋）など。

ヨーロッパでは花を愛でるガーデニングに凝るなんて趣味は、もうごく限られた王侯貴族だけの贅沢な趣味だったんです。けれども、日本では庶民の家のちょっとした軒先にも、鉢植えが丹精されている。これは当時の世界から見ると奇跡的なことで、それがなぜ起きたかと言いますと、そもそも四季に恵まれた気候・風土である。それから日本人は好奇心が強い。手先が器用。いろんな理由があるんですけれども、そういう時代が成立した一番大きな理由は、やはり平和が長く続いたということですね。明日も今日と変わらない日が訪れると信じられるから、皆種を播くんです。ふた月もしたら花が咲くということを楽しみに出来るのは平和が担保されているからなんですね。

ここで、ある手紙をご紹介したいと思います。「非常に素朴で、彼ら自身が花であるかのように自然の中で生きている。これらの日本人が我々に教えてくれることは、ほとんど真の宗教と言ってよいのではないだろうか。そして日本の美術を研究すれば、ひとりでにずっともっと陽気で、ずっと幸福になれるように思える。僕たちは因習的な世界で教育を受けて仕事をしているけれど、自然に立ち戻る必要があるだろう」

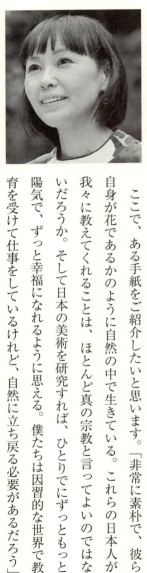

これは誰が書いた手紙だと思われますか？　よくご存じの画家、ゴッホなんです。一八八八年に弟に宛てて書いた手紙で、日本にかなり憧れた人なんですね。明治維新後、北斎や広重の浮世絵は輸出品の包装紙として海外にどんどん流出しましたけど、奇しくもヨーロッパの芸術家が日本人の自然観や自然との付き合い方に多大な影響を受けたわけです。

で、彼らが感心したのはさっき申し上げた街の美しさだけではなくって、人間の誠実さです。いかに貧しい人でもお釣りをごまかさない。それはちゃんと算術が出来るということでもあるんですね。それからチップをあてこまずに親切を尽くす。もちろん江戸時代にもコスカライ人やズルい人、人を陥れるような人もいて、小説家としてはそういう人間も面白くて書き甲斐もあるんですけれども。ただ、今でも日本人はいざとなったら劇的な状況にあったら冷静にふるまって、力を合わせて、力の弱い人を守って、奪わず、助けることが出来る。江戸時人に根っこのある、私たちの心性だと思います。

さて、江戸時代の恋愛、結婚、子育てなどの事情をヤブ医者を主人公に書いた作品があります。『藪医ふらここ堂』と申しまして、「ふらここ」って古い言い方でブランコのことなんです。小児科医なんですが、実は実際に江戸時代にいた人で、せせこましくて、助べえで、でも人情は粋。もし最近疲れたなあとお感じだったら、この一冊が効くと思います。よろしければお楽しみください。

（15・8・30　放送）

変化していく図書館

立命館総長・立命館大学長　吉田美喜夫

今回は最近の図書館がどのように変化しているかについて、大学の図書館の変化を中心にお話したいと思います。この放送をお聴きの皆さんの中にも、趣味が読書という方はきっと多いと思います。そして日頃自分で本を買って読まれる場合が多いかもしれませんが、自分の持っていない本とか、特に何か調べ物をしようというような場合には、どうしても図書館に足を運ぶということになるかと思います。

この図書館についてなんですが、一時期、もう図書館はいらないのではないかと言われた時期がありました。なぜかと言いますと、コンピュータが発達してきて、大量の情報が簡単に手に入るということになってきたので、もう図書館はいらないのではないかというわけです。特にデータベースが発達してまいりますと、非常に検索も楽になるということもありまして、そのような考え方が広まってまいりました。

しかしながら、コンピュータ化が進んでまいりますと、やはり弊害も認められるようになってきました。皆さんも経験されると思いますけれども、あまりにも大量な情報に翻弄されてしまって、その中から

よしだ　みきお

立命館総長・立命館大学長
1949年岐阜県可児市生まれ。立命館大学大学院法学研究科修了。博士（法学）。立命館大学法学部教授、法科大学院教授、法学部長、図書館長を歴任。著書『タイ労働法研究序説』、編著書『労働法Ⅰ・Ⅱ』、『人の国際移動と現代日本の法』ほか。

何が大事かということを探すためにむしろ時間を取られてしまう、というようなことがあります。それから、コンピュータ関係の機器というのは技術の進歩が大変速いので、今使ってる機器が将来も使えるかどうかという不安もあります。やはり書物という形の情報媒体も大事にしていかなければならないのではないかということで、改めて図書館というものが見直されるようになってきたと思います。何と言っても図書館に行きますと膨大な書物がありますね。それを目にしますと、人間というのは何て素晴らしいんだろう！　という感じを持ちますし、さらには本を手に取らなくても、背表紙をずっと眺めていくだけで、いろんなことが勉強出来るというように思うわけです。

ところで図書館と言いますと、おそらく皆さん方は静かな空間というイメージをお持ちではないかと思います。図書館では、しゃべってはいけないし、本を汚すといけないから飲み物も禁止ということもあると思います。ところが最近、図書館の中にパソコンを持ち込んで仕事をするということがあります。そうしますと、当然キーボードを叩きますので、カタカタと音がする。静かだった図書館がこういうふうに変わってくるわけですね。そこで、これからの図書館というものは、もっと別の理念に立って、その役割を考える必要があるのではないか、ということで出てきたのが「コモンズ」という概念なんです。

コモンズと言うのは「共有地」という意味なんですね。例えば里山とか、あるいは入会地という場所があったと思いますが、これらは村人が自由に出かけていって、木の実を採ったり、キノコを採ったり、薪を拾ったり、いろんなことに利用するわけですね。当然そこに出かけていきますと、村人たちの出会いがあります。出会えばそこで会話が交わされる。そして情報の交換が行われる。まさに「学びの場」にコモンズがなるわけです。そうだとすると大学の図書館というのは、まさに学びの場にしていかなければならないのではないかということなんです。

今までと違って、これからの図書館というのは、そこに来た人たちが互いに議論をする。つまり、必ずしも静かな空間ばかりではないということです。こういうものに変えていく必要があるのではないかということですね。そのためには、当然ですけれども、情報機器も要りますし、あるいはホワイトボードのような物を用意して、そこに色々なことを書いて皆で議論する、ということをするのです。そのような場所として図書館を造り上げていく必要があるのではないかという考え方なんです。

もちろん、それでは図書館全体をそんな賑やかな場所にしていくのかと言いますと、そうではなくて、通常は一階からだんだん上の階に行くに従って静けさが増していく。そしてそれに合わせてフロアの色とか壁の色とか、こういうものも明るい色から大人しい色に変えていく。そいうふうな工夫もしながら新しい図書館というものを造っていく。当然一番上階では私語は禁止です。静かに勉強しなければなりません。こういう図書館にしていこうということです。

このような図書館の変化というのは、大学の教育のあり方というものを変えていこうということと密接に関係しています。従来、大学で勉強するという場合、ふつうは教員が教室で講義をする、いわば一方的に話をする、という形で行われておりました。もちろんこういう方法はこれからも維持されるだろうと思いますけれども、やはりこれからは、学生の皆さんが問題を発見する、考える、そしてさらには創造する、といった能力を養っていく必要があります。ですからそういう力をつけるためには一方的に話を聴くだけではなくて、いろんなテーマについてお互いに議論する、先生も含めて議論する、という学び方が大事になってくるわけですね。図書館の中にコモンズを設けようという考え方は、このような大学における学び方の変化を採り入れたものだ、というように理解をしていただければよいかと思います。

多くの大学では、広く市民の方々にも図書館を開放しております。ぜひ皆さんも大学の図書館に足を運ばれて、今の図書館というものに触れていただけたらな、と思います。

（15・9・6　放送）

浪速の食い味

浪速料理研究家　上野　修三

今日は、僕は料理人なので、大阪にいて大阪で仕事させてもらう以上は、少しでも大阪の役に立てるように持っていきたいと思って、大阪料理ということをテーマにやってるんですけど、そうすると大阪料理とはどういう物かとよく聞かれるんですよ。それはひと口でなかなか説明出来ないですよね。そこを敢えていうならば、京都は主都だったゆえに、対外的な考えから形式的な料理を作ってる。それに対して大阪は庶民的で、どっちかいうたら形式よりも実を取るというふうな、いわゆる真味を大事にするという料理でしょうね。

大阪は商売人の町ですから。そして仁徳さんの都が造られたその時代から、もう都市化するのが一番早かった。期間は短かったんですけどね。でもそれで人がたくさん集まってくるじゃないですか。人が集まってくると、各地から寄ってくるのでいろんな味覚の人たちがいるわけです。北の人も南の人もいますからね。その人たちが全部満足するということは難しいですから、そこそこ納得していただけるという味のひとつの線みたいなものを作ったんですよね。

それはどういうことかと言いますと、塩とか砂糖で甘いとか辛いと

うえの　しゅうぞう

料理研究家
昭和10年、大阪河内長野生まれ。仕出し店「川喜」で修行に入り、料理長を経て、昭和40年独立し「㐂川」を創業。浪速割烹として商う。大阪料理とは？を問い続け、料理書多数。浪速エッセイも連載。大阪市民賞、卓越した技能者賞（厚生労働省）、平成29年黄綬褒章受章。

か、濃いとか薄いとか、そんなことではなくて、食材が自ずから持ってる持ち味をさらに深めるという手段をとってるわけですね。京都の場合は公家さんの町ですから、公家はあまり労働がありませんよね。だから「京の持ち味」て言いまして、京都はその食材の持ち味で生きるよという、極端な表現ですけどね。

で、それに対して大阪は「浪速の食い味」というて、その持ち味をさらに深めるという。さっき申し上げたように塩とか砂糖で濃くする、薄くするというのではなくて、持ち味を深めるという意味では昆布の味というものを大事にした。それまで鰹が多かったんですけど、昆布と鰹のブレンド出汁を使うようになって、それで持ち味を深めるというのが食い味なんですよね。

それが大阪の味ということになるんですけど、これは形で見えるもんではないんです。商売としてのというか、料理屋としての大阪料理ということになると、見栄え的にはちょっと京に劣るかもしれませんが、その代わりにっていうか、徹底的に物を使いこなすというか。これ「使いこなす」というと、ケチという、そういう聞こえ方するでしょ？　そうじゃなくて、「始末」っていう言葉を大事にするんですけど、始末というのは帳尻を合わすということで、いわゆる採算というんですか、贅沢をしてもいいけどその代わり後で始末が付くように。お金を惜しむというんじゃなしに、普段は節約をして、大事な時にポンと財布の紐を解くというようなのが大阪人の気質ですからね。

形式を考えると、魚ひとつおろしてもやはり上等の身の部分ばっかり使うようになるじゃないですか。ところが実は本当に美味しいのは頭にあったり、唇の所にあったり、ほっぺたの所にあったり、眼の周りやったり、今でいうコラーゲンというかな、そういう物がたくさんあって。役的なとばっかりじゃなくて、味もその通り美味しいので、行儀とか作法ということを気にしてると食べられませんよね。だから大阪の場合は「なりふり構わず」ということと言いますけど、これは言い方良くないですけどね。それぐらいにしてまで、骨なんかあってもそのままで口へ入れてしまって、固い物は出してしまうというような、食べ方ですから、他府県の人にとったらちょっと行儀が悪いなということになるんですけど、そうしてまで美味しさを求めるというのが大阪の気質もあるし、それに合うた料理法をしないといけません。

だから大阪料理で何が名物かいうたら、昔から通ってるのは荒炊きとか骨蒸しなんですよね。今は頭なんて食べない人が多いでしょ。だから魚屋さんでも家庭料理で使うような養殖の鯛の頭なんていうたら、ボンボンと捨ててしまう。そんなのもったいないから「焼いて売ったら売れるぞ」というたらね、この頃焼いて売ってる魚屋さんがあるんですよ。僕らは鯛だけじゃなくて、徹底的に上等な物を使って。その代わり徹底的に使い切ってしまう。さっきも言いましたように、実際美味しい所はあまり人が手を付けないような所に本当の味がありますのでね。だけどこの頃それを嫌う人があるから、「逆にそこが美味しいんですよ。行儀悪くてもいいから食べなさい」いうて教えるんですけどね。大阪料理はそんなに行儀を考えずに美味しくいただいたらいいんですよ。料理料理ですけどネ。元々は家庭料理をちょっと上級にしたような物ですから、行儀とかあまり気にしなくていいと思いますよ。それが大阪料理ということで、京都行ったらそうはいきませんから、大阪だけにしときましょうという話です。

（15・9・13　放送）

神様が創った植物のすごさ

「一社」テラプロジェクト理事長　**小林　昭雄**

　今日は植物の素晴らしさを皆さんに知っていただきたいと思います。植物を調べてみますと、不思議なことがたくさんあります。もう十年前でしょうか、私の研究室にインドネシアのスマトラ島から留学生が来ました。彼の案内でスマトラ島を訪ねた時に「一度赤道を見に行きましょう」と誘われまして、スカブミという町の近くへ行きました。左足が南半球、右足が北半球といった貴重な体験をすることが出来ました。

　しかしそこからたった百メートルほど歩くと、そこはもうスマトラの虎が棲むジャングルなんです。ジャングルの入り口でビックリするような、奇妙な植物に出会ったんです。それはネペンタスという虫を食する食虫植物で、日本語ではウツボカズラと言います。さっそく袋の中を覗いてみますと、溶液の中に蟻や蜂の死骸が沈んでいるのが見えました。不思議なことにこの暑い熱帯の中で虫を捕まえる袋、補虫袋というんですが、そこに溜まった水が透明で臭くもなく、濁っていないんです。私どもが空きビンやペットボトルを置きますと、雨水が溜まりまして、ボウフラが湧くか、藻が生えて緑色になりますが、こ

こばやし　あきお

「一社」テラプロジェクト理事長
植物は地球上で最も栄えている生物種。ヒポクラテスの医食同源提唱どおり、根幹の治療薬は植物成分。京大・岡大時代、有用物質探索を通じ「植物の化学的活用」を目指す。阪大時代では「工学的活用」にと杜仲ゴム生産を中国で実践。退官後は「植物の社会的活用」に専念。「みどりのサンタ」の命名者であり、智の木協会創設者。

れが袋の中を見ると透明でした。

そこでやっぱり研究者魂が目を覚ましまして、じっくり観察することにしました。袋に溜まった水を舐めてみますと、酸っぱい味がしました。後でペーハー（pH）を測りますと、ペーハー（pH）が三で胃酸のように酸性を示すことが分かりました。ペーハー（pH３）。これは酢が腐りにくいのと同じで、袋の中では物が腐りません。袋の上には傘のような覆いがありまして、熱帯に付きもののスコールを防ぐ役目を持っているんじゃないかなと思いました。この袋の上に傘のように突き出たフタは、雨で袋の中の液体が薄まらないようにあるんじゃないかなと思います。

この袋のへりはベトついていまして、ここも舐めてみました。蜜のような甘い味なんですよね。袋の中に虫を誘うために甘いんじゃないかなと思われます。袋の中には細かい毛が下向きに生えていて、袋の側面はワックスで滑りやすく出来てるんですね。一度落ち込みますと這い上がれない構造になっています。この蜜に引き寄せられて中に入ると、上がろうとしても滑りやすくてまた落ちてしまいます。袋の中の酸性の液体が落ちた虫を溶かし始めるわけです。どうして溶けるかというと、液体には虫の体を作っているタンパク質やキチン質などの生体成分を溶かしてしまう力があります。虫の体が分解されてできましたアミノ酸とかリンとかアンモニアは、この袋の壁から植物が吸い取るわけですね。虫の目でこの袋を見ると袋のへりが光っているらしくて、この光を目印に虫が集まってくると言われています。

私どもの研究で分かったことがいくつかあります。袋の中でどんな酵素が作られるか。袋はどうやって虫が入ったことを知るのか。袋の中に虫が入るとペーハー（pH）が酸性であれば、その酸性度が高いほど働きが強くなるタンパク質分解酵素が即座に作られてきます。虫が入ると虫の体から出るアンモニア性の物質が一気に溶け出して、その刺激を受けて袋の底にある細胞が消化分解酵素を作り出すわけですね。虫はお風呂に入ってませんからアンモニアの臭いがします。これが引き金になって虫を溶かす分解酵素を作ることになります。本当によく出来た仕組みだなと思います。

このような不思議な植物、その生態をインドネシアの研究者は全然気付いていなかった。ラッキーでした。この植物の研究で私の研究室から博士が生まれました。世界で初めての研究がいくつかなされ、この植物のすごさに改めて驚いたわけです。このようなすごい仕組みが組み込まれた植物は神さまの知恵で創られたと言えるかもしれません。全てが合目的なんですね。そのような神さまの存在を信じないとしますと、進化の過程で生まれたと考えざるをえません。時の長さはすごいですよね。時の長さはこのような形・特徴を持った植物を作り上げたことになります。

私たちが化石燃料を燃やして生じた二酸化炭素は、今降り注いでいる太陽の熱を蓄えますから気温が上がってきます。速やかに二酸化炭素を減らす必要がありますが、それを可能にするのは植物なんですね。私どもテラプロジェクトは、みどりの風を感じることが出来る大阪を目指して、都市圏で生育可能な植物の育成、ベランダ栽培で簡単に育成出来る手法などを開発しておりまして、ヘップナビオの先端の花壇でその実証実験を行っております。ぜひ一度見学にお越しいただきたいと思います。今日はどうもありがとうございました。

（15・9・20　放送）

関西弁で万葉集を

マンガ家　里中満智子

関西に来ても関西弁を聞くことが最近少なくなりましたね。電車に乗っても車内アナウンスが標準語のイントネーションだったりして。昔はもっと関西っぽいったらおかしいですけど、大阪の出身ですから、帰ってきて関西っぽい車内放送を聴くと何となくシックリくるなと思ってたんですけども。私は大阪芸術大学で教えてるんですけども、通学の電車の車内アナウンスもどんどん標準語っぽいイントネーションになって寂しいなと思うんです。方言ていうのはやっぱりその言葉でないと、なかなか理解しずらい固有名詞とか、いろいろあると思うんですよ。こんなことというと古いものを大事にしなさいみたいな固いオバさんみたいですけれども、やっぱり大事だなと思いますね。

私は長い間書いてた連載で『天上の虹』っていう持統天皇を主人公にして書いたんですが、三十年以上かかって書いて、ようやく終わってホッとしてるんです。元々万葉集が好きで、きっかけは中学生の頃ですね。まだ私の世代だと「女の子のくせにおしとやかにしなさい」とか「男は男らしくあらねばいけない」とか、戦後男女同権と言いながらまだそういう、男はこうで、女はこうでというイメージがあった

さとなか　まちこ

マンガ家

1948年大阪市生まれ。1964年、高校２年生の時『ピアの肖像』で第１回講談社新人漫画賞受賞、プロデビューする。2006年全作、全作品及び文化活動に対して文部科学大臣賞受賞。50余年にわたり500タイトル近い作品を描き、子供物から大人物まで幅広い作品を発表。代表作『天上の虹』は32年かけて完結。大阪芸術大学学科長。

と思うんですが、何かつまんないなと思ってて。

でも周りの大人がいうんですよ。「元々日本男児は後ろを振り向かなかった」とかね。「言いわけしなかった」とかね。「決して泣かなかった」とかね。「昔の日本男子は」って言って、皆見てきたようにいうんですよ。「昔の大和撫子は決して逆らわなかった」とかね。そうなんだと思い込んでたんですね。ところが万葉集を読むと、まあ何と切ない恋の歌！　と思うと作者が男だったり、あらまあキッパリしててすてき！　と思うと作者が女性だったり。あと昔は身分の高い男性が下の身分の女性を好きにしていたとか、ちょっと思い込んでたんですね。ところが遺された歌に、やんごとないお方が「彼女の心が得られなかったら生きた心地がしない」とか詠んでる。「え！　好きに出来たんじゃないの」って意外な発見がありまして。

学校の授業だとその時代の歌を習っても、文法とか何とかでつまんないんですよね。ところが学校の図書室に行って万葉集を読むと、現代語訳と意味と解説、歌の背景、いろいろと書いてあるので面白かったんですよ。それで私は目から鱗だと思うことがいっぱいありました。まず男性が女性を自由にしていたわけではない。身分の上の男性が下の女性を自由にしていない。心を欲しがってたと。あと面白いことに、お上を恨む歌とか、クーデターの首謀者に同情する歌とかも国を讃える歌と同等のあつかいで平気で載ってるんですよ。だから何という民主主義的な歌集だろうと思って、こういう時代を書いてみたいなと思って、それがキッカケで古代史をいつか書きたいなとデビュー当時から思ってたんです。でも、実際に書くようになるまでにはプロになってから二十年くらい経ってからですけどね。

それで『長屋王の残照記』とか『女帝の手記』とか書いたんですが、『天上の虹』が万葉集に近い世界ですね。何とか万葉集が書きたいと思って書いたんです。で、それを書きながら気付いたことがありまして。どうしても漫画を描いてると読者に目から入る言葉としてセリフを書くんですよ。耳から入る言葉じゃないんですね。目で読むわけですよね。で、目で読んで分かるセリフを書くわけで、当然標準語でセリフを書くんです。標準語で書くからこそ読みやすいんですよね。

でもね、「標準語じゃないでしょ、当時の人たちは」と思いながら書くんですが。でも標準語で書かないと今の読者に分からないですよね。そういうことっていっぱいありますよね。この、標準語で書くか、現地語って言ったらおかしいですけど、その物語の舞台になった土地の言葉で書くかは悩ましいですね。万葉集の舞台の中心はほぼ関西ですよね。関西を舞台にした現代ものの漫画を描いたことあるんです、バリバリの大阪弁で。ただし耳から聞いたような言葉をそのまま書くとまどろっこしいんですよ。整理しなきゃいけない。だからそれがあったので『天上の虹』では関西らしい言葉、しかも古代の関西弁は私もよく分かりませんので、基本は標準語で描きました。でも万葉集に遺された言葉を見るとこれこそ関西弁というようなのがいっぱいあるんですよね。声に出して万葉集を関西弁のイントネーションで読んでみる。有名な額田王の「あかねさす　紫野行き　標野行き　野守は見ずや　君が袖振る」。これを標準語でよみあげるとロマンチックな恋の歌ですが、関西弁でよみあげると「ゆるい冗談」のようなふんいきになるので歌のイメージが変わります。

だから当時の方たち、飛鳥・奈良時代もそうですし、その後の平安時代も皆さん関西弁のイントネーションなんですよ。だから平安時代の歌とか物語をぜひ皆さん関西弁で一度読んでみたら、何か世界が違うかもしれない。古典ていうと、面倒くさいとか難しいとか思うんですが、その当時生きていた人たちにとっては自然な言葉なんですよね。声に出すということはすごく身近になるので、そういう楽しみ方もあるかなと思いますね。だから何でも「難しくて分からないわ」とか「どうせ自分興味無いし」なんて言ってないで、いろいろとチャレンジしていただけたらいいかなと。私もそれでいろんなことに気が付きましたので、日曜日の朝はちょっと違う気分で一首関西弁でぜひ。

（15・9・27　放送）

成仏した研究

立命館大学教授　中川　毅

福井県に三方五湖という景勝地がありまして、その五湖の中の一番大きな湖、水月湖というんですが、ここで明らかになった過去の地球の出来事・姿、この話が最近一部で注目していただけるようになりまして、その話をご紹介させていただこうと思います。

まず過去の気候をどうやって知るかという話からなんですが、実は化石を使うんです。化石を掘ってくると、その場所で昔こんな生き物が生きていたんだということが分かる。で、例えばそれがペンギンだったら、これはどうも寒いであろうと。熱帯魚みたいなのが出てくれば暖かかろうというように、生き物は昔の環境を知るいい指標なんですね。

化石を探しにいくというと、砂漠の真ん中に崖を殴りにいくというイメージを持たれると思うんですけれども。じゃあ何で福井県の湖なのかと言いますと、実はこの湖は非常に特殊な湖でして、湖の底に一年に一枚極めて薄い地層が何万年もの間溜まり続けてるんです。これを観察しますと、一年に一枚地層が出来ていくもので、これを湖底から深い方へ深い方へ数えていくと、例えば百枚目の地層は今から百年

なかがわ　たけし

立命館大学古気候学研究センター長
1968年東京生まれ。京都大学理学部卒業。エクス＝マルセイユ第三大学（仏）大学院修了。Docteur en Sciences（理学博士）。元ニューカッスル大学（英）教授。大和エイドリアン賞受賞。著書『時を刻む湖』『人類と気候の10万年史』ほか。

前に溜まった。で、一万枚目の地層は今から一万年前に溜まった。というふうに時代を非常に細かく知ることが出来るんですね。

で、その土の中に植物の葉っぱですとか、あともっと便利なのが花粉の化石。春になると空気の中に植物の花粉がたくさん飛びますよね。これはいつまでも飛んでるわけじゃなくて、やがて湖に落ちて、水の中を沈んで湖底に積もって、その一年に一枚の薄い地層の中に含まれて何万年もそこに残ってるんですよ。これを湖底から掘ってきて、実験室に持ち帰って、花粉を一粒、二粒と数えていくわけですね。これは杉の花粉だ、これは樫の花粉だ、ということをひたすら数えると、例えば一万二千三百四十五年前の土の中には杉の花粉が何粒、樫の花粉が何粒ってのが分かるので、その時代が暖かかった、寒かったというのが分かるんです。

実は福井県にそういう特殊な湖があるということを最初に発見されたのは、私の師匠で当時京都の国際日本文化研究センターにいらっしゃった安田喜憲先生で、一九九一年に発見されてるんです。当時安田先生の研究室の助手をされていた北川浩之さんという方がいらっしゃって、この方は現在名古屋大学の教授をされているんですけれども、一九九八年までの七年間この土をひたすら研究したんです。過去の地球の出来事、過去の水月湖の出来事を知るために必要な、この土は何年前、この土は何年前という、言わば時間を測るための目盛りですね。それを完成させて、それを世界に発表して、そこから水月湖の研究というのが世界の注目をある程度浴びるようになりまして。ただ残念ながら北川さんの仕事というのは、ある意味時代の先をちょっと行き過ぎていた部分がありました。あと、北川さんの仕事を助けることが出来る人が当時周りにあまりいなかったということもあって、全部一人でやられたんですよ、最初。もうものすごい集中力で。私は学生として同じ研究室にいたんですけれども、もう誰よりも早く研究室へやってきて、誰よりも遅くまで研究室に閉じこもって。月曜から金曜はもちろん週末も働いている。そういうような努力をされたんですが、時代なりの技術的な制約と、あと、やはり一人の研究者が数えた結果をどこまで信じていいかという疑問とか、いろいろ問題があって、その一九九八年の仕事というのは全世界が「あれは正しい」と認める結果にならなかったんです。可能性はあるんだけれども、ある意味「世界一惜しい湖」として水月湖は一旦表舞台から退いてしまうんですよ。

それを私たちが、北川さんが一度やったことを全部やり直したんです。当時私は実はイギリスの大学にいました。で、私一人ではとても同じようなことは、たとえ出来たとしても上回る仕事は出来ないので、主にイギリスとドイツの一流の研究者たちに声を掛けて、そして同じ仕事を二〇〇六年から二〇一二年までやりまして、自分たちのデータが出ただけじゃなくて、北川さんのデータが果たしてあれでよかったのかどうか、ということももう一度検証し直したんです。

そしたら部分的に問題はあるけれども、ほとんどのデータは実はちょっと工夫すればちゃんと使えるんだということが明らかになって。自分たちのデータだけじゃなくて北川さんのデータを組み合わせて、その合わせ技で二〇一二年にもう一度論文を出して、今度これが認められたんです。

実はこの話を北川さんご本人としたことはないんですけど、本当は悔いを残してしまった最初の仕事をもう一度完成型にもっていく仕事は、ご自分でなさりたかったんじゃないかなと思うんですよね。でも私は私でイギリスの大学に事情があって引き抜かれて成果を出す必要に迫られて、ある種の焦りを感じながら、北川さんを差し置いてその仕事をやっちゃった側面があって、心に多少トゲを抱えていたんですけれども。二〇一三年の国際標準として運用が始まるという話が決まって内輪でニュースになった時に、北川さんとまた再会してお酒を飲む機会があって、その時に「僕の仕事が成仏した」とおっしゃっていただくことが出来ました。

これからは世界中で年代を測定する人がほぼ全員、私たちと北川さんのデータを無意識のうちに使っていくということになっていきますので、それが一体どういう結果に繋がっていくのか楽しみに見ていきたいと思います。楽しみです。

（15・10・4　放送）

『すかたん』とOsaka Book One Project

小説家　朝井まかて

私は時代小説・歴史小説を書いているんですが、「大阪人は体面よりも実を取る」ってよく言われますが、実は大阪の特徴としてよく言われる「食い倒れ」の本質もここにあります。今日食べる物を始末していい着物をどんどんため、子孫に受け渡していく。これが「着倒れ」の方ですけれど、食い倒れは明日しっかり活動するために、しっかり働いて、今日の食事をケチらない。安くて栄養がある物、美味しい物を食べる。だから大阪人はケチじゃないんです。

しかも、江戸っ子っていうのは喧嘩っ早いのが売りですけれども、大阪人は「すること今日せえ。いうこと明日言え」っていう言葉があります。「すぐカッとなるな。ほとぼりを冷ませ」。商いで暮らす町らしい、これはもう生きる知恵ですね。大体は逆になりがちで、やらなあかんこと明日に回して、今日無駄口きいてしまうんですけど。大阪の人は昔からしゃべりはしゃべりでしたね。面白い話が好きで。

『阿蘭陀西鶴』という作品を書かせていただきました。元禄の頃のあの井原西鶴が主人公でありますけれども、西鶴も「大阪人はようしゃべる」と、そんなふうに書き残していますから、大阪のしゃべくりは

あさい　まかて

小説家
甲南女子大学文学部国文学科卒業。2008年、小説現代長編新人賞奨励賞を受賞し、作家デビュー。2014年、『恋歌』（講談社）で第150回直木賞を受賞。同年、『阿蘭陀西鶴』（講談社）で第31回織田作之助賞、2016年、『眩』（新潮社）で第22回中山義秀賞を受賞。他の近著は、『落陽』（祥伝社）、『最悪の将軍』（集英社）、『銀の猫』（文藝春秋）など。

三百数十年の年季が入っていると思っていただいていいと思うんです。

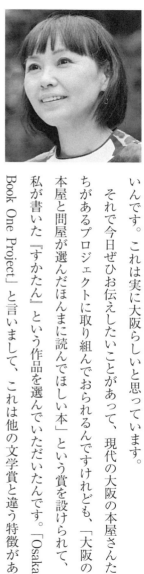

そして実によく学ぶ土地でもあったんですね。大阪の文人、いわゆる文化人というのはほとんど経済力を背景にした商人で、彼らが全国から面白い書物・絵・珍品・奇品を集めて。江戸のお侍もそういう人の名前は知ってて、大坂に赴任してきはるんですね、皆幕府から命じられて。そういうお侍さんがまず商人の家を訪ねる。ですから相当なインテリでした。しかも商人だけでお金を出し合って「懐徳堂」という学問所まで造ったんです。で、ここは独自の学風を追求しただけじゃなくて、いわゆる奉公人でも学びたい意志のある子は通わせてもらえた。この学問の自由を庶民に開いた功績っていうのは、大阪は早いんです。これは実に大阪らしいと思っています。

それで今日ぜひお伝えしたいことがあって、現代の大阪の本屋さんたちがあるプロジェクトに取り組んでおられるんですけれども、「大阪の本屋と問屋が選んだほんまに読んでほしい本」という賞を設けられて、私が書いた『すかたん』という作品を選んでいただいたんです。「Osaka Book One Project」と言いまして、これは他の文学賞と違う特徴がありまして、本屋さんと、それから問屋さんが垣根を越えて大阪に関する本を一冊選ぶんですね。で、そこで得られた利益の一部を使って、児童養護施設の子どもさんたちに本を寄贈するというプロジェクトなんです。期間が半年間ありまして、今その真っ最中なんです。これは全国でも大阪だけの取り組みのようで、私は実に大阪らしいなと。作者としてもとても嬉しく思ってるんですけれども。

『すかたん』では青物問屋のすかたんな若旦那と、ちょっとツイてない江戸の女がいろんな問屋さん、小売り業者さん、それから生産者さん、そういう枠を超えて動くんですね。で、実際に起きた野菜の直売をめぐる訴訟沙汰を題材にした小説なんですけれども、「人の口に入る野菜が、安かろう、悪かろうでええんやろか。問屋の役割て何やろ。生産者が出来ることて何やろ」、そういう問いかけもしながら主人公たちはいろんなことを乗り越えていくんですけれども。

私はいわゆる生産者です。で、本屋さんや問屋さんたち、皆と一緒にこの活動をすることで、それからこのラジオをお聞きの皆さんが一冊買ってくださることで、その子どもたちに辞書とか参考書を送る活動に参加していただけることになるわけです。『すかたん』は文庫になってますから、税別で六九〇円と比較的お安いんですね。しかも大阪の美味しい物、大阪らしい心意気、おもろい言葉もたくさん出てきますので、どうぞよろしゅうおあがりくださいませ。

（15・10・11　放送）

旧平野郷の話

坂上七名家第十七代　末吉勘四郎

宮村　坂上七名を私の方から簡単にご説明させていただきますと、何とご先祖が、征夷大将軍の坂上田村麻呂。そこから三二代目。そして末吉家としては一七代目ということになるんですよね。代々続いているお家なので、お家の話をするだけでもアッという間に時間が過ぎてしまうんですけど、今日はどんなお話でしょう。

末吉　私が住まいしております平野区は、人口が二十万人ほどで、ひとつの市ですね。しかも戦国時代から江戸時代の都市形態が今でも残っている地域ということになります。特に平野郷とか、喜連村とか呼ばれている地区は大坂の陣で家屋は焼けてましたけど。今でも江戸時代からの家が現存していて、なかなか見ごたえのある地域だと思います。

さてその旧平野郷のお話ですけども、ひとつの神社のお話です。杭《く》全《また》神社と申しますけれども、神社はこの地に貞観四年（八六二年）に第一殿を創建されて、今年で一一五三年を迎えます。その創建から一一五〇年、今から三年前ですけれども、その節目にいろいろな整備がなされ、神社管理の池の改修工事もされました。今までは池の周りに

すえよし　かんしろう

1947年生まれ。大学卒業後、金融機関に就職。その後、株式会社の監査役を３期勤める。退職後は国際ロータリークラブの一員として、地域での社会奉仕活動に力を注ぐ。勘四郎名は代々襲名している。

生け垣があり、池を眺めるなんて滅多と無かったんですけども、今回、少し小さく周囲に遊歩道を付けられて憩いの場所とされました。それ以後、水も入れられて池として価値が上がったと思います。

で、そのままで放っとくわけにいかないので、またそこに錦鯉を放流しまして、大きな金色の可愛いい錦鯉で、それも二匹や三匹で終わらんとたくさん入れたんですが、それ以後池の周りを散歩されてる方がその場で立ち止まって、池を眺めておられる方々もおられたりして、以前と全く雰囲気が変わって良くなりました。

散歩されている方々の中に車イスでお見えのご夫婦がおられて、「毎日こうして主人と鯉を眺めに来てるんです」とおっしゃって、「主人が患ってからこの池を眺めてずいぶんと病状が回復しました」と。やっぱり錦鯉を放流してよかったなあと思いました。私が放流したんじゃなくてこれは神社も崇敬会に入ってますから、それで放流されるようにしたんですけど、人間てやっぱり自然に癒されるんかなあと思いました。しかも隣接した所に神田がつくられたんですね。そこに稲が植えられてお米も獲れるんですけども、秋にはトンボがたくさん稲穂の上を飛び交います。池の上にもものすごい数のトンボが飛び交います。ああ、トンボが増えたなと。自然が帰ってきてるなと。もう本当に痛感しております。で、小さな子ども連れのお母さん方も池の鯉を眺めに来られてるんですね。今気付きましたけども、身近に池ってほとんどありませんね。皆埋め立てられてしまってます。だから余計にこんな所に必要なんやなと私はもう痛感しました。メダカもいてますし、大きなカエルもいてます。ザリガニもいてます。畑行って全部獲ってきたんです（笑）。まあそれでもね、自然がいっぱいの神社の敷地です。昔は僕らお寺とか、神社で本当によく遊びましたね。

しかもこの地域では素晴らしい方がたくさんおられて、毎日神社にお参りに行かれて拭き掃除されたり、また会をつくられて月二回神社にご奉仕され、隅々まで拭き掃除されてるんですよ。暑い日、寒い日、また雨の日とか、風の強い日、関係無くですよ。だからすごくきれいになって、拝殿に上がっても汚れることはありませんね。でもこの会も始まって十年になったんですけど、お祭りの時私も時々直会《なおらい》に参加させていただくんですけども、決して強制はないんです、この会自体に。だから続くんですね。それがまたいいんです。私ところも平野と共に代々続いてきたわけで、もう千年ですけどね、代替わりしまして、それが平野のいいとこやと思います。

（15・10・18　放送）

本物の家庭料理とは

浪速料理研究家　上野　修三

今日は家庭料理のお話なんですが、一心寺さんでやらせてもらってる料理教室ではプロの研究会もあるんですけど、家庭料理もやってまして、そこでいつもお話してることをお話しようと思います。

食事ということは、常食、つまり毎日食べてる食事と、それと反対の非常食というのがありますよね。常食というのはいわばケの料理というか、毎日の食事ですけど、対してハレの料理という物もありますよね。ハレの時の料理というのは、婚礼とかの時の楽しみのある料理なんですけど、非常食というのは弁当のように持っていくか、行った先で物を買うか、とりあえず食事をすませようというのが非常食ですからね。それを毎日続けたらどうなると思います？　体が持ちませんよね。そうすると、毎日ほとんど家庭で自分たちの手で作るのが本筋ではないかという話なんですけど。

料理というものはただ物を食べるだけじゃなくて、体・精神をつくるその根源ですからね。だから家族の体調とか、精神状態とか、そういうことが一番分かるのが家庭の、この頃はお母さんというと「何でお母さんばっかりやねん」と叱られますが、それではお父さんでもお

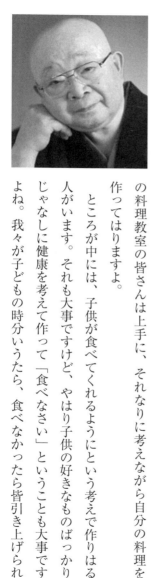

うえの　しゅうぞう

料理研究家
昭和10年、大阪河内長野生まれ。仕出し店「川喜」で修行に入り、料理長を経て、昭和40年独立し「㐂川」を創業。浪速割烹として商う。大阪料理とは？を問い続け、料理書多数。浪速エッセイも連載。大阪市民賞、卓越した技能者賞（厚生労働省）、平成29年黄綬褒章受章。

母さんでもどちらでもいい。家庭にはひとり、家族に責任を持って、毎日の言わば薬代わりとも言える食事を責任持って作る人が必要だと思いますね。それをまずわきまえてほしいということ。

それに「時間が無い」とか何とかいうて、本当に時間無いんですかね、これ。時間無いからというんで、自分で作らないで買って帰るとか、子どもにお金を持たせて「勝手に食べときなさい」みたいなんは良くないと思うんですよね。子どもは自分の好きな物買って食べてしまうじゃないですか。そうすると食事の微妙なバランスがとれなくなるから、当然体調が崩れますよね。いわゆる医療費を少なくするには食事の方から加減出来るんじゃないかなと思ったりしますね。私とこの料理教室の皆さんは上手に、それなりに考えながら自分の料理を作ってはりますよ。

ところが中には、子供が食べてくれるようにという考えで作りはる人がいます。それも大事ですけど、やはり子供の好きなものばっかりじゃなしに健康を考えて作って「食べなさい」ということも大事ですよね。我々が子どもの時分いうたら、食べなかったら皆引き上げられてしまったじゃないですか。するとお腹空いてくるから食べなしょうがないですよね。お父さんにしろ、お母さんにしろ、そういうふうにしてでもやはり家庭料理は家庭で作ってもらうということをもっと大事に考えてほしいなと思いますね。家庭料理というのはあくまで食養ですからね。おうちの作り方でいいんです。そうでないとプロの料理なんて毎日は食べられませんよ。飽きてしまいます。僕らは物を煮る時に、ダシはもちろんとりますけど、家庭ではプロ的なダシをとる必要は無いと思うんですよね。昆布の一番ダシとか二番ダシとかいうてプロは言いますけど、家庭ではそんなんやる必要無いですよ。一番ダシというのは、すまし椀を作るためにとるわけなんです。でもそんなん家庭では必要ない。味噌汁があったらいいわけですから。ダシのとり方というたら昆布は沸騰する前に取り出すとかいうことを別にしなくてもグタグタ焚いてもいいんですよ。ダシを倍ぐらいの濃さでとっといて、あと野菜とかを茹でたりするじゃないですか。その茹で汁をダシに合わすともっと栄養があるでしょ？　そんなふうに考えてもろうたらいいんじゃないかな。

家庭料理は家族のことを思って、家族の健康を守ってるんだということを誇りに考えたら、家庭料理もちっとは楽しくなるんです。楽しくなって誇りを持てないと、本物の家庭料理は出来ないと思いますのでね。家庭料理を作る方は家庭の宰相ですよ。大統領ですよ。奥さんにも頑張ってもらわないといけませんけど、奥さんばっかりいうたら叱られますからね（笑）。お父さんも頑張って料理作ってください。

（15・10・25　放送）

元高校球児たちとボランティアの熱き思い

マスターズ甲子園副実行委員長　高田　義弘

　マスターズ甲子園は、全国に元高校球児が二百万人いると言われていますが、その方々にもう一度高校野球に戻って甲子園を目指していただこうという企画で始まった大会です。今年で一二回目となりますが、最初始める時は本当にこの大会に参加してくださる方がおられるのかと我々も心配したのですが、始めてみると現在加盟校が五一五校になり、全国で予選大会が繰り広げられて甲子園を目指していただいています。この大会の特徴は高校単位でOB会を組織していただいてチームを作っていただくということです。年齢も下は一八歳から上は年齢制限無しまで、多世代にわたって参加していただくというのが特徴です。年齢で言えば七十越えて八十近い方もプレーされてます。高校野球を卒業して、もう一度野球しようと思っても、九人揃わないとか、なかなか休みが合わないということなんですが、「甲子園を目指そう！」という目標を持つことでたくさんの方がこの大会に賛同していただいて参加していただいております。特にOBの皆さんたちが元気であればまた後輩たちが刺激を受けて、卒業したらまたあの先輩方と一緒にマスターズ甲子園を目指すんだ、というお話もいただいてお

たかだ　よしひろ

マスターズ甲子園副実行委員長
1962年大阪市生まれ。神戸大学教育学部体育科卒、同大学院教育学研究科保健体育専攻修了、教育学修士。神戸大学大学院人間発達環境学研究科准教授、神戸大学野球部元監督。著書『International Research in Sports Biomechanics Part One-5, Influence of Lateral Trunk Tilt on Throwing Arm Kinetics during Baseball Pitching』、『キーワード　人間と発達』ほか。

ります。

最初甲子園球場にこういう大会をしたいのでお借りしたいということをお話させていただいたんですが、最初はなかなかＯＫの返事が出なかったんです。でもやはり皆さん甲子園でやるからもう一度野球をしようという気持ちになってくださると思って、舞台はやはり甲子園を用意したいと思ったんですが、なかなか首を縦に振っていただけなくて。でも実行委員長の長ヶ原先生が粘りに粘った結果、「じゃあ一回だけやっていただけますか」と言っていただきました。それが一二年前ですね。

それから次の年と三年目までは何とか日程をいただいたんですが、四年目以降は、実は甲子園の改修工事でシーズンオフはグラウンドが使えないということで、我々も三回やっていろいろ問題点を洗って整理して、次のステップのための大会を企画しようとしたんですが、参加された方が「ここでやめるんですか。中断するんですか。ぜひ続けてください。やってほしい」という声をたくさんいただきました。甲子園に「何とか続けられませんか」とお願いしましたら、その時に球場、球団、阪神園芸の方からお話いただいたことは「プレーヤーだけでなく、それを支えるボランティアの方も素晴らしい。その方たちのためにもぜひこの大会を続けさせてあげたい」ということで、シーズン中の六月に一日だけですけど、日程をいただいて続けてきまして現在一二回目に至っております。

二日間の大会ですが六百名、応援ブラスバンドのボランティアを入れますと千名近い方が球場の内外でこの大会を支えてくださっています。選手の誘導とか、またプレーを終えた選手にインタビューするボランティアもあるんですが、プレーを終えた選手がインタビューの最中に感激して泣きながら答えている内に、ボランティアのインタビュアーが一緒にもらい泣きしたりしましてね。そういう姿を関係者の方が見て「これは素晴らしい」という評価をいただいて、大会を続けられるようになったというエピソードがありました。

この大会では星野仙一さんに大会名誉会長をしていただいたり、重松清さんに応援団長をしていただいたり、浜田省吾さんに楽曲を提供していただいたりとか、本当にたくさんの方に支えられて現在に至っております。

その応援団長の重松清さんの原作で映画『アゲイン 二八年目の甲子園』が公開されて、その主題歌を浜田省吾さんが歌って下さいました。映画の撮影の時も浜田省吾さんが球場に来て下さいまして、また神戸大学で映画のロケがあったんですが、そこにまで来ていただいて撮影現場を見られて曲を作られたというエピソードもあります。浜田省吾さんも元高校球児で、我々も楽曲を提供していただくまで知らなかったんですが。マスターズ甲子園に対して浜田さんからコメントをいただいて、パンフレットにも載せてあるのですが、我々もそれを読んでちょっとウルッときました。

一二回目を迎えるマスターズ甲子園ですが、今年は七日の土曜日と八日の日曜日に開催されます。一般のお客さまは無料でご覧いただけます。ただグラウンドでプレーするだけじゃなくて、応援のブラスバンドとか、本当の甲子園の春の大会、夏の大会に近い感じでやってますので、ぜひプレーもお楽しみいただきたいですし、周りで応援している方々の姿もぜひ観ていただきたいなと。特にプレーしているオジイちゃんを孫が応援している姿とか、そういうのも観ていただけると思いますので。元気なお父さんの姿を子どもが応援してるとか、本当の高校野球ではありえない場面が観られますので。本当に楽しい仕事ですので頑張ります。

（15・11・1　放送）

理想の夫婦

ブリキのおもちゃ博物館館長　**北原　照久**

僕は感激屋だから感動することはよくあるんですけど、最近すごい特に感動したことと言えば、鎧塚さんと川島なお美さん夫婦のことですね。なお美ちゃんは若くして亡くなって。それも最後九月二四日に亡くなるんですけど、九月は舞台も勤めていたんですけどね。

そのなお美ちゃん、鎧塚さん夫婦って本当にサプライズが大好きなんですよ。僕は二人と本当に親しくしていて、八月の終わり頃にはゴルフも一緒にやって、その時は本当に元気だったんですよ。でも鎧塚さんはなお美ちゃんがもう後何ヶ月って知ってたんですよ。なお美ちゃんはもちろん全く知らなかった。

宮村　「知らせないで」って言ったと、テレビで観ましたけど。

北原　そう、そう。だからその時はまだ元気で、亡くなる十日くらい前でした。一〇月一九日が鎧塚さんのちょうど五十歳の誕生日なんです。それで「これは鎧塚には内緒だけど、サプライズのバースデーパーティーをやるから、何人か仲のいい友達呼ぶからスケジュール空けてくれない。絶対内緒だから」って言って、病院から電話がかかってきたんです。僕は「うん。もちろんいいよ」って言ったんですけ

きたはら　てるひさ

ブリキのおもちゃ博物館館長
横浜・箱根・河口湖・羽田空港・柏・松島にてコレクションを常設展示。
テレビ「開運！なんでも鑑定団」他、ラジオにも出演。講演会でも活躍中。
『夢の実現　ツキの10か条』『こころに響く100の言葉！』など著書多数。

ど、そしたら亡くなってしまって。

で、鎧塚さんは誕生日会のことはずっと知らなかったわけです。後でメールを見たらそのことが書かれていた。「なお美ちゃんは病室からこういうメールを皆に打っていたんだ」と言って涙が止まらなかったみたいです。それで一〇月一日がお通夜で、二日に告別式でしたから、一九日の誕生日会は流れるかなって思っていたんです。でもね、やればやったで元気になるのかなと、そう思ってたんです。そしたらちょうど誕生日の三日か四日前に電話がかかってきて、「やることにしましたんで」って。「そうだね。もう元気出した方がいいよ」って言って、それでバースデーパーティーに行きました。

僕は乾杯の音頭を頼まれて、「大変だったね。鎧塚さん、痩せて。でも神さまは人間に忘れるという特典を与えてくださったんだ。だからどんな悲しみであっても、いつかは思い出になるから。だから今日こうやって誕生日のパーティーやるのは、きっとなお美ちゃんも喜んでるよ」っていう話をしました。それで会がずっと進んでいって、最後の最後に鎧塚さんの秘書の方、女性の秘書なんですけど、その方が

「プレゼントがあります」って言って包みを渡したんですね。それで鎧塚さんは「え、何なの？」って言って箱を空けたんです。そしたら腕時計が入っていました。それはＩＷＣっていう、スイスの本当に手作りの高級時計なんです。それで鎧塚さんが「これ、僕がすごく欲しがってた時計だけど、皆からこんな高いプレゼントなの？」って言ったら、秘書の方が「いえ、これはなお美ちゃんからのプレゼントなんです」って。もう泣けます。

鎧塚さんがスイスでパティシエの修行をしてる時に、やっぱりお菓子というのは手作りじゃないですか。だからＩＷＣという時計は同じように手作りですから、「欲しいけど、とても僕には買えなかった。だけどいつか欲しいよね」って言ってたんです。それをなお美ちゃんは聞いていて、五十歳の誕生日に用意をしてたんですよ。完全に内緒で。それを見た時に、鎧塚さんの何とも言えない顔。「なお美ちゃんはそうやって自分のことを最後の最後まで思っていてくれたんだね」って。「とても悲しいけど、これからも二人の時を刻んでいくのかな」みたいな。

Ｏ・ヘンリーの『賢者の贈り物』という短編小説があります。それは若い夫婦がいて彼らは貧しいんです。それでご主人の方はお父さんの形見の懐中時計を持ってるわけです。でも鎖が無いんです。「いつか鎖が欲しいね」なんて言ってたわけです。で、奥さんの方は誰もが羨むような長い美しい髪をしていて、「髪飾りが欲しい」って言っていた。それでクリスマスに、ご主人は奥さんに髪飾りを買ってあげたいけど、お金が無いんで懐中時計を売って髪飾りを買ってあげるんですよ。

それで奥さんの方は自分の自慢の髪を切って、それでご主人に鎖を買ってあげるんです。
それでクリスマスの日になった時には時計は無い。髪は無い。でもね、これこそは「賢者の贈り物」で、相手のことを思いやる。どっちも使えないんだけど、でも温かい贈り物だなって思います。いつも相手のことを思う。これがとても大事なことなのかなって。で、なお美ちゃんは生前、「北原さんご夫婦って理想的なご夫婦だ」ってよく言ってくれたんですよ。でもお二人こそ、本当にお互いを思いやる理想の夫婦だったと思いますね。

（15・11・4　放送）

編集部の伝統

『あまから手帖』編集長　中本由美子

『あまから手帖』の製作がどんなふうに行われているかについてのお話をさせていただきたいと思います。最新号は第一特集で、京都の五一皿のお料理が紹介されてるんですけれども、まずはこの五一皿を事前に食べに行きまして、もちろん五一皿以上にたくさん食べまして。で、その中から今回掲載したいと思った料理をピックアップして、最後五一まで絞ってご紹介させていただいてるので、結構たくさん食べるという仕事内容があります。

部下は三十代を中心にいるんですけれども、昼から京都に出かけまして、一日平均で三軒ないし四軒食べ歩きまして、一つ一つ印象を書き留めて持ち寄って、大きな会議をして五一まで積み上げていく、というような仕事の仕方をしています。

宮村　食べ歩きは私から見たら羨ましそうに見えるんですけど、絶対違いますよね。かなりキツイお仕事ですよね。

中本　そうですね。うちは新人さんという形で入社をすると、大体三ヶ月から半年ぐらいで背中がちょっと丸くなってきまして。そうすると先輩の編集者たちがその背中を見て、「ようやく『あまから』の

なかもと　ゆみこ

『あまから手帖』編集長
1970年生まれ、名古屋育ち。青山学院大学経済学部を卒業後、東京の旭屋出版にて飲食店専門誌を編集。1997年、クリエテ関西に転職。『あまから手帖』編集部に在籍する。2001年フリーランスに。『小宿あそび』『なにわ野菜割烹指南』などのMOOK・書籍を担当後、2010年から現職。

編集部の子になってきたな」と言うんですよ。私は毎度申し訳なく思うんですけども。

とにかく食べにいくところからじゃないと始まらないというか。その時のお店の感じで、実際に普通にお客さんになってお金を払う。その時のお店の感じとか、どんなふうに接してくださったかとか、最終的に財布からお金が出ていく時に「ちょっと高いな」とか「すごくリーズナブルだな」とか、そういう思いというのはお店を紹介する上ですごく大切なことだと思っているんです。それから、食べてみて気付く、「こんな物を使ってるんじゃないだろうか」とか、そういうような発見ももちろんありますし、写真では分からないボリューム感というようなことも含めて食べ歩いてくれて、その報告が私の所に集まってくるというシステムになってます。

宮村　その報告で中本さん自身も驚いたりとか、いろいろあるんですね。

中本　そうですね。この号では表紙を飾らせていただいてるのが秋の…

宮村　お皿の上に柿と柿の種が乗ってるみたいな感じですよね、これ。

中本　そうなんですね。それは実はういろうなんですね。まさかそんなファッショナブルな、そして季節の果実のフレーバーが味わえて、姿も柿そのものというようなお菓子が世の中に存在するとは思っていなかったのですごく驚いたのと、作ってる方が和菓子をもちろん学んで独立されたんですが、その前にフランスでパティシエール（女性の菓子職人）をされていたということで、和菓子の発想と洋菓子の技術とを併せ持って、非常に軽やかで独創的なお料理を作られる方なんです。

写真を最初に見たのはもちろん柿ではなくてイチゴとかパッションフルーツだったんですけど、すごくきれいなイチゴのピンクとか、パッションフルーツの真っ黄色だとか、そんな写真が送られてきた時には、何とすごいことをする人がいるんだろうなと驚きました。写真は柿のういろうの横に柿の種がありますけど、これも実はアーモンドのキャラメルでして、それを乗せてるんです。見た目はもう柿の種そのものという遊び心がいいでしょう。それから柿の姿を再現するのにお尻のスジみたいな物も本当に細かく再現されてて。お尻に黒い粒があるんですけども、それもゴマを乗せて再現して、そういうひとつのお菓子の中にいろんな遊び心、楽しめる箇所を盛り込んでるところがすごく素敵だなあと思って、とても楽しい表紙の撮影になりました。

宮村　たくさんいただいて五一皿に絞り込むという苦労、努力があるわけですね。

中本　そうですね。やっぱり食べにいくことが好きという子が集まっているということももちろんあるんですけども、雑誌の場合は机の上で企画を練ったり、机の上でいろいろ考えるというよりは外へ出ていって情報を得ることが大切なんです。やっぱり関西の雑誌ですから、関西の町の飲食店を食べ歩いたりとか、物を買いにいったり、市場に行ったりとかいうことの中にたくさんのヒントがあると私は常々思っています。

私自身は『あまから手帖』の編集に携わって一九年経つんですけども、私が入社したばっかりの時の編集長が二代目でらっしゃって、その方が「机の上に答えは無い」いうのをいつもおっしゃっていて。「外へ出ろ。体験して、好奇心を持っていろいろ見たり聞いたり、人に会ったりしないと、二十代の君が四十代の本の企画アイデアが浮かぶわけがないじゃないか」と、それをずっと実践していって、今はもう伝統になってるという感じだと思います。

宮村　そうすると今の後輩の皆さんは頼もしい人ばっかりですね。

中本　そうですね。本当によく楽しんで編集してくれてるなって。その姿を見るのが編集長の醍醐味だなと思います。

（15・11・15　放送）

研究者の就活事情

立命館大学教授　中川　毅

　ここ数年水月湖の研究をやってきて、成果を取り上げていただけるようになってきたんですけれども、今成果が出ている研究の大半はイギリスでやったものでして、実は十年ちょうど、二〇〇三年から二〇一三年までイギリスのニューカッスル大学という所にいたんです。

　そのニューカッスルに行く前は京都の国際日本文化研究センターという所で二年間、ポスドクという正規の職員じゃない、半分居候みたいな研究員をさせていただいて、その後三年間は当時の言葉でいう助手、今の言葉でいう助教をさせていただいて、非常にいろんな経験をさせていただきました。いい時代だったんですけれども、残念ながら研究者の就職事情がかなり厳しくなっていた時代と重なりまして、私の雇用も最初から三年間と決まってたんですね。その三年の間にきちんと就職活動とか成果発信が出来てればよかったんですが、なかなか私の能率が悪くてそうもいかなくて。

　実は三年間雇用していただいた最後の半年間は、当時の文部省、現在の文部科学省から奨学金をいただいて、イギリスのロンドン大学のロイヤルホローウェイ校という所に留学させていただきました。私の

なかがわ　たけし

立命館大学古気候学研究センター長
1968年東京生まれ。京都大学理学部卒業。エクス＝マルセイユ第三大学（仏）大学院修了。Docteur en Sciences（理学博士）。元ニューカッスル大学（英）教授。大和エイドリアン賞受賞。著書『時を刻む湖』『人類と気候の10万年史』ほか。

三十代前半の代表作とおそらく見なされる論文をそこで書いたんです。六月から翌年の一月までいたんですが、最初の年の一二月に論文を書き上げて投稿したところ、幸い一月にアメリカの『サイエンス』という科学雑誌に掲載されました。帰国が迫っていて、その直前にその論文がちゃんと出るということが決まって、非常によかったんですが、イギリスで私を受け入れてくださったジョン・ロウ先生が「帰国前の忙しいのは分かるけども、この成果はなかなか面白いから、帰る前にイギリスの国内学会で発表していったらどうか」と声をかけてくださったんです。本当は行きたくなかったんですよ。家財道具をもう全部まとめて、帰国の飛行機に乗る、その三～四日前の学会でしたからね。そんなタイミングで学会発表なんてやってられるかと思ったんですが、ロウ教授の顔を潰すわけにはいかないと思ったのと、成果に自信があったので発表したいという気持ちも確かにあって、結局は行くことにしました。

そのイギリスの国内学会は毎年いろんな場所でやるんですが、その年の会場がニューカッスルでして、そこで発表させていただいたんですね。その時は拍手で終わって。ま、学会ですから皆拍手するんですよ（笑）。されなかったらショックです。で、よしよしと思って。そして日本に帰ってきました。

実は三年で雇用が切れると言いつつ、失業したくはなかったので裏技で延長出来ないかといろいろ思ってたんですけれども、それも叶わなくて一旦失業者になりました。その後正規の職員じゃない研究員に逆戻りをして、ハローワークに行ってみたり、京都大学に助けてもらったりしてたんですけど、ある時見たことも聞いたこともないダレル・マディー教授という人からEメールが入りました。私はスパムだと思ったんですよ。だけど、一応開けて読んでみたら「お前のこないだのニューカッスルの発表を聞いた」。その人はニューカッスル大学の、会場になった大学の教授だったんです。で、「お前は失業しているとロンドンのジョン・ロウから聞いた。今度うちで講師の募集があるから応募しないか」と言われて、ダメ元だと思って書類を整えて一応送ったんです。

その二か月後ぐらいに「お前が最終選考に残った」というメールがまた同じ人から来て、「今度面接があるからイギリスに来い」というわけです。行けるわけがない（笑）。退職金も底をついて、失業保険も出ない状況でそう言われても身動きもとれないので、「気持ちは非常にありがたいんだけれども、私には旅費が出せないから残念だけどこの話は諦める」というメールを返したんですね。そしたら「旅費は全額出すから来い」というんです。それならというんで行ったんですよ。

そしたら結局三人候補者がいたんですね。私がどうも最有力ではあったらしいんですけども、ただそれまでイギリスに住んだのはロンドンでの半年しかなかったし、イギリスの大学の内部事情は何も分かりませんから、大して期待もせずに面接を受けたんです。日本だとその後一旦また日本に帰って何週間、場合によっては何ヶ月も待たされて、しかも選ばれなかった場合は知らせすらも来ないということがあるんですが、イギリスは結構考え方が違って、面接をするともうそれ以上新しい情報はこの候補者から出てこない。だから判断を保留する理由は何も無いということで、その日のうちに結論を出してしまうんです。私はそんなことは知らなくて「空港まで送ってやるから待ってろ」と言われて部屋で待っていたら、ダレル・マディー教授がにこやかにやってきて握手をしてくるんです。何かな？　と思ったら「お前に決まった」って言われて。

それがその後の研究に繋がったわけですね。だから何が人生を変えるか分からないですね。実は立命館に呼んでいただいたのも全く同じような話で、私は主に福井県の水月湖で研究してるんですが、その水月湖の近くにある博物館で一般向けの講演会をやったんです。そこに立命館大学の副総長で研究担当の渡辺公三先生がたまたま来てらっしゃって、まさかそんな方がいらっしゃるとは知らずに、水月湖の研究成果の話を私がさせていただいて、その後、イギリスにちょうど十年いた頃だったので「そろそろ日本に帰ってもいいかなと思ってるんですよ」という話をポロッとしたんです。でも、僕自身そんな話は忘れていたんですが、二～三週間ぐらい経った時に突然メールをいただいて、「うちに来ませんか？」って。すごいフットワークですよね。で、古気候学研究センターを立ち上げさせていただいて、今は最高の研究環境で仕事をさせていただいてます。これからまた成果を出していきたいと思います。

（15・11・22　放送）

三陸の漁村・大指のこどもハウス

ノンフィクション作家　**山根　一眞**

宮村　山根さんと言えば「『はやぶさ』の人」というイメージです。渡辺謙さん主演で映画化されました「はやぶさ　遥かなる帰還」の原作をお書きになったんですよね。

山根　ノンフィクション作品として書きベストセラーとなった『小惑星探査機はやぶさの大冒険』が映画化されたんです。小惑星探査機「はやぶさ」は二〇〇三年に打ち上げられましたが、打ち上げ前から地球帰還まで七年間にわたり取材を続けましたが、当初は一般の方々はほとんど関心がなかったですね。しかし、小惑星「イトカワ」に着地成功し、地球に帰還したことで大ブレークしたわけです。

今、「はやぶさ2」が「リュウグウ」という小惑星に向けて大宇宙航海中で、２０１８年には到着します。「はやぶさ」の成果も含めて昨年『小惑星探査機はやぶさ2の大挑戦』という本も出しました。宇宙取材を初めてすでに三十年ぐらいになりますが、宇宙開発は人類の挑戦の究極の物語がいっぱいで、わくわくします。

ところで私にとって、巨大災害も大事なテーマのひとつです。阪神淡路大震災では五日後に現地入りし、大阪から原チャリで毎日、神戸

やまね　かずま

ノンフィクション作家

1947年東京生まれ。獨協大学国際環境経済学科特任教授。宇宙航空研究開発機構（JAXA）客員、理化学研究所相談役、福井県文化顧問、日本生態系協会理事、日本の技術者・科学者を取材した20冊を越える「メタルカラーの時代」シリーズ（小学館）、『環業革命』（講談社）、映画化された『小惑星探査機はやぶさの大冒険』（講談社＋α文庫）など著書多数。

に通いました。以降、中越地震、中越沖地震、福岡県西方沖地震、有珠山噴火、福井豪雨などの現場取材を続け、東日本大震災では災害発生から約三週間後に、仙台の南を振り出しに数日かけて三陸海岸沿いの被災地を巡りました。どこもかしこも津波で壊滅状態で茫然。死者、行方不明一万八〇〇〇人以上という巨大災害の現場は、昔の「地獄絵」どころではないホントの地獄でした。

その取材の途上で、石巻市から約1時間ほど北上した北上町十三浜大指（おおざし）という小さな漁村を訪ねました。津波で全滅した漁村です。人口わずか一八〇人余。救援活動をしていた医師から「見捨てられた被災地があるので支援に行ってほしい」と言われ、ささやかな支援物資を積んで訪ねたんですが、すべてを失った漁師さんたちと親しくなりました。全員が一丸となって自給自足のような避難生活をされていて、そのエネルギーに感銘。以降、この大指に通うようになりました。東京からクルマで往復約八〇〇キロですが、すでに四〇〜五〇回は行っています。

最初の訪問の一〇日後、支援物資を集めた大指に行きました。この時、親しい女性建築家を連れて行ったんです。建築家に、人が作る建築がいかに巨大災害に弱いものかを知ってほしかったからです。私たちは小さな避難所の隅に泊めていただき、私たちに何ができるかを話し合いました。避難所では、被災された皆さんが毎日びっしりと布団を並べて寝ている姿を見ました。プライバシーも何もあったもんじゃない。すでにそういう生活が一か月以上です。

ところでこの漁村では人口一八〇人中、子どもが五五人。少子高齢化ではなく多子低齢化の村であることに驚きました。それは、目の前の海が「世界三大漁場」の一つで、豊かな海だからです。その豊かな海をもとにワカメやホタテの養殖などのビジネスを興す努力をした結果、「地元で稼げる」と、若い世代が続々と戻ってきて、子供も増えたからだとわかりました。大指は、そういう三八家族の漁村だったんです。そこで、こんなことを考えたんです。各家族が、せめて一ヶ月に一日だけでも避難所ではない場所で家族水入らずで過ごせる、ホテルの一室のような施設を作ってあげたいな、と。

そんな話をしたところ、「ぜひ作ってほしい」と言われました。そこで、悲惨な被災地だからこそ、東京にもない、小さいがおとぎ話に出てくるような楽しいおうちを作ろうと考えたんです。さらに一〇日後、そういう絵を集めて大指を訪ね、皆さんに見せたところ、「これがいい」という意見が大きかったのが、自然木で作る「ドームハウス」でした。

調べたところ四〇〇～五〇〇万円でできそうだというので、「大指復興アクション」という組織を立ち上げ、支援金を募る一方で、工務店を探しました。しかし、どの業者も復旧工事で忙しく請け負ってくれる工務店がないんです。やっとやっと栃木県の工務店がボランティア同然で協力してくれることになったんですが、工事のための人件費や資材の急騰が続き、二〇〇〇万円くらいが必要になりました。あちこちに呼びかけても、「もう支援募金はしているので」と断られることが多く、本当に苦労しました。

災害発生から半年後の九月、大指を訪ねて、「募金が集まらず建設は断念するしかない」と事情を話しました。ところがオバちゃんの一人から、「山根さん、聞いてよ。私たち、もう精神的にもまったくおかしくなっているのよ。子供たちもわけもなく夜になると泣いているし」と訴えられたんです。

そう聞かされて覚悟を決めました。支援活動の仲間と、東京へ戻る途上で、「赤字になろうとも覚悟して実行するしかないね」と話しました。その後、支援金集めにさらに駆け回り、ライオンズクラブやＪＡＬの有志の方々、さらに海外からの寄付もいただき、何とか資金のメドがつき、被災から九か月半後の一二月二三日に「大指十三浜こどもハウス」を竣工、あわせてクリスマス会を開催して、大指の子供たちにこのハウスの鍵をプレゼントできたんです。東京からも支援をして下さった多くの皆さんが参加してくれるなど、最高の日となりました。

巨大災害の取材は続けてきましたが、こういう支援活動をすることになるなんて、思ってもみなかったですね。「大指十三浜こどもハウス」は当初の狙いだった家族水入らずで過ごす宿泊施設ではなく、遊び場を津波で失った子供たちの、安全で楽しい遊び場になりました。お父さん、お母さんたちは漁業の復興仕事でとても忙しく、子どもの面倒を十分には見られないんですが、子どもたちは「こどもハウス」で遊んでいてくれるので安心なんです。

今も施設の維持保全は私たち「大指復興アクション」が担っていて、時々現地にも行っています。行政の取り決めで二〇一八年度末には取り壊さなくてはいけないのが残念ですが、「大指十三浜こどもハウス」が大指の復興の一助になれたことは、大きな喜びです。

（15・11・29 放送）

平野環濠跡草刈り奮戦記

坂上七名家第十七代　末吉勘四郎

私が居住してます平野区は昔は環濠の自治都市として発展してきたんです。環濠とは何かと言いますと、周りに堀を巡らして、外敵から町人を守るために土塁とかで囲って外から見えないようにした集落なんです。その集落の出入りには一三ヶ所の、今でも残ってますかね、出入りをチェックする門があって、高野街道とかいろいろな街道がそこへ集まってた。そこで住民の生命とか財産を守っておったわけですが、その環濠の一部が整備されて、幅や深さは当時とは全く比較にならないほど縮小されておりますけども、残されています。

当初は平野川という、大和川の分流で柏原の方から天満の方まで流れてる川ですが、そこにゴミがものすごく落ちてましてね。電化製品から自転車などが不法投棄され、それにゴミが引っかかって汚くなっていました。ここがきれいになればいいな、放っておくとますます荒れるし、汚染されるのではないかなと思って、確認に行ったんです。そしたら浅いようには見えてるんですけど、やっぱりヘドロが一mぐらい溜まっているんですね。「そこは入らないでください」と言われていて、川の横にドブ川みたいな細い、整備されてフェンス付いてま

すえよし　かんしろう

1947年生まれ。大学卒業後、金融機関に就職。その後、株式会社の監査役を３期勤める。退職後は国際ロータリークラブの一員として、地域での社会奉仕活動に力を注ぐ。勘四郎名は代々襲名している。

すけど、汚いゴミ捨て場のようになっていたんです。当時はすごいお金をかけて整備したんだと思いますけど、草が生い茂って、空き缶・ビニール袋・ペットボトル、そんな物が散在してました。

で、ふと見たらそこに鯉がたくさんおったんです。こんな中でも生き物が生存してるんだと思って、これは何とかきれいに出来ないもんかなと思って、神社にも相談にいって、管理先にも相談にいきました。それでやっぱり草刈りしようと。ところが一七〇ｍぐらいあるんです、長さが。だから私ひとりだけでは出来ませんので、クラブに「あそンググロータリークラブに私所属しておりましたんで、大阪イブニこの草刈り出来へんかな」と持ちかけたところ、メンバーの方はほとんど平野の方なんで「よし、やろう」と言ってくれたんです。これは心強かったですね。で、八時半に集まって、鎌持って長靴履いてやり始めたんですが、えらい時間かかって。余計なこと言わんといたらよかった（笑）。腰が痛いし、しゃがんでやってるから、これはもうダメでしょ。で、次の年になったらそれのための草刈機買ってるんですよ、皆さんが。皆、会社の役員さんですから、普段そんな機械使うことありません。私も買いました、それだけのために（笑）。

そうこうしている内に遊歩道歩いてる方も「私もお手伝いしたいな」ということでいろんな方々に入っていただいて、平野の事業所の方もいろいろご協力いただいて。朝八時半集合ですから、商店街の皆さんも本当はお店を開かないかん時間でしょ？ でもお店を放ったらかして来ていただいたんです。平野ってそういういいところがあるんですね。高校生も教職員と一緒にこれはボランティアで、授業の一環で入っていただきました。たまたま私はその学校のオーナーを知ってたんです。それで、話をしたら校長先生はじめ皆さん始めは四〇人くらいだったんですけど、今は二百人になってまして、ものすごいいい活動に出来たなあと喜んでくれています。

それだけで終わったらいかんので今度は、役所が大和川もきれいにせなあかんと。いまはもう鮎が遡上してくるようになってますけど、大和川は以前に水害があったりして、誰も近づかなくなってビニール袋が引っかかったりして汚くなっていたんですね。その清掃に協力してあげたらなと思いながら行きました。去年は雨で中止になりましたけど、やっぱり皆で力合わせてやるというのはすごい活動になるんですね。ゴミを散乱させておくというのは、風紀上も好ましくなくてやっぱり非行に繋がっていくなと。だから皆できれいにしようと。この先、震災とかがあって川の水を飲まなければならない時もあるでしょ。やっぱりきれいにしとかなあかん。そういうことが頭の中にあるんでね。皆で協力して町の美観を守っていきたいなと思っています。

（15・12・6 放送）

幸せになる魔法の言葉

ブリキのおもちゃ博物館館長　**北原　照久**

クリスマスが近いですね。横浜の山手に一年中クリスマスという「クリスマス・トイズ」という名前のお店を開店して、そのお店がもう三十年になるんです。僕はクリスマスがすごい好きなんです。なぜ好きなのかというと、両親が「キタハラスポーツ」というスキー専門店と「京橋園」という喫茶店と両方やってたんです。それでスキー専門店ですからクリスマスの頃が一番忙しいわけです。喫茶店も忙しいんです。だから街にクリスマスソングが流れてくる頃はお店は一番景気がいいんですよ、一年中で。それで景気がいいと親は嬉しそうな顔をしてるわけですよ。やっぱり親が嬉しそうな顔をしていると、子どもは絶対嬉しいんですよね。それで、クリスマスソング、イコール親がいつも嬉しそうな顔をしてる、という僕の中で刷り込みがあるんです。それでクリスマスソングが大好きで、だから自分の大好きなことで、「ブリキのおもちゃ博物館」も好きなことなんですけど、その次に好きなのがクリスマスということで、「クリスマス・トイズ」というお店をやったんです。それでクリスマスが大好きなのでいろいろ調べたんです。そしたらこれね、すごくいい話なんですよ。それを今日

きたはら　てるひさ

ブリキのおもちゃ博物館館長
横浜・箱根・河口湖・羽田空港・柏・松島にてコレクションを常設展示。
テレビ「開運！なんでも鑑定団」他、ラジオにも出演。講演会でも活躍中。
『夢の実現　ツキの10か条』『こころに響く100の言葉！』など著書多数。

はお話しようかなと思って。

実はサンタクロースの意味なんですけど、四世紀ですから、今から、相当前ですね。そこにセント・ニクラウスという司祭がいたわけです。セント・ニクラウスはとても慈悲深い方で、とにかく困った人たちに何かしてあげたいなといつも思ってたわけです。それでクリスマスが近づいた頃に街を歩いていると、とある家があって、普通はその時期だから煙突から煙が出てるんですよ。でもその家は人はいるみたいなんだけど、煙突から煙が出ていない。それで何か暗い。灯りも少しなんでしょうね。

気の毒だなあと思って。自分がしてあげられることはないか考えてみると、金貨を持ってたんですよね。それを煙突から放り投げてあげたんです。きっと音がするから気が付けばいいよね、みたいな感じで金貨を放り投げてあげた。それでまた歩いていくと、また寂しそうな家があったわけですよ。でも洗濯物が干してあるわけです。子どもの靴下だとか、洋服だとか、洗濯物を干してあるんだけど、煙突からも煙が出てないし、気の毒だなと思ってその靴下の中にそっと金貨を入れたんです。これは気が付くよね。

それで翌日また街を歩いていたら、煙突から金貨を投げ入れた家は煙が出て笑い声が聞こえて、とても幸せそうなんです。そして靴下の中に金貨を投げ入れた家もすごく華やいだ感じで、笑い声が聞こえて、「気が付いたんだね。よかったね」っていう、すごく嬉しかったんですね。

ということで、サンタクロースは煙突からやってくる。で、プレゼントは靴下の中に入ってるというのはそこから来てるんです。だから僕はそれを知った時に、「すごい！　そうなんだ」って思ってね。だから「自分以外の誰かのために働いた時から、本当の人生が始まる」という言葉があって、自分がやったことで人が喜んだり、幸せになることって、やってあげるんだけど幸せになるのはやった方ですよね、という。本当にそうだなって思うんですけどね。

宮村　北原さんはFACEBOOKに毎日言葉を載せてるって伺ったんですけど。

北原　そうですね。二〇一二年から毎日です。「今日の言葉」というのを毎日、一日も欠かさず立ち上げてやってますよ。でも言葉って元気になりますから。それじゃあ、幸せになる魔法の言葉を言いましょうか。幸せになる魔法の言葉は簡単なんです、実は。人生っていい時だけってありえないんです。悪い時だけのこともありえないんです。いい時と悪い時がバイオリズムみたいに来るんです。いい時は「感謝」なんです。悪い時はなぜ悪いかと考えた時に、災難があるから悪いんです。難があるから悪い。「難がある。難がある。難がある」って言ってたら「ある難」じゃないですか。「ある難」と書いたら何ですか？　って。「有り難う」なんです。ということは自分が良くない時、「これ難があるな。あ、難がある」んだ。「ある難」だ。「ピンチはチャンス、ありがとう」って言っちゃえばいいんです。だからいつも「感謝」と「ありがとう」という言葉を言っていれば、必ずラインが右肩上がりになっていくんです。いいことは長く、悪いことは短くなっていくということなんですよね。

宮村　心がけたいと思います。

（15・12・20　放送）

普通の暮らしの幸せ

佛教大学学長　田中　典彦

今年の四月から佛教大学の学長という職責をいただきまして、さてどのように学生さんに育ってもらおうかなと、毎日考えたんですね。現代の世の中というのは「共生きの社会」と呼ばれています。「共生」ですね。その共生きの社会で、自分を生かしながら生きていける、そういう人をお育てしたいなあというように考えたわけです。そこでその方法はどうなんだろうと考えますと、やっぱり教育。私の申し上げている教育は「教え育てる」じゃなくて、「共に育つ」と書いて「共育」というように読むことにしたのです。

そのキッカケとしまして、お昼の時間になりますと大学の庭とか、食堂の外とかで、暖かい日には学生さんがこぞってお食事をとってお られるんですね。そこへ出かけていきまして、中へ入り込んじゃうんです。大学には、たくさんの学部がありますから、例えば文学部であったり、仏教学部であったり、歴史学部であったり、福祉学部であったり、いろんな所の学生さんが集まってきますから「一緒に話をしよう」というわけですよね。

で、よくおしゃべりいただける学生さん、福祉学部の女子学生さん

たなか　のりひこ

佛教大学学長
1944年大阪府生まれ。佛教大学大学院博士課程単位修了。佛教大学学長。浄土宗孝恩寺住職。論文「今昔物語集天竺部に関する一考察─十方七歩と誕生偈」ほか。

が多いんですね。どうも男子学生は少し気が引けるのか、女子学生が堂々ともの言ってくれるんですが、ある時、「あなたは何学部ですか?」と聞くと「福祉です」とおっしゃるから、「そうか。じゃあ福祉の学生さんは何人おられますか?」。四～五人おられたんです。

そこで、その学生諸君に問いかけてみたんですよ。「福祉って本来どういう意味なの? 皆福祉学部で勉強してるんだから分かるでしょ。教えてください」と言ったんですよ。すると「先生こそ福祉をどう考えてるんか。それを教えてください」と逆に質問されちゃったんですよ。それで私は元々はインドの思想の研究をしてるものですから、しかも教員だから、ちと恰好つけならんじゃないですか。それで福祉って書いてみたら福も祉も幸せという意味を持ってると、辞書的には出てくるんですね。だから「福も幸せ、祉も幸せだよなあ。すると幸せ幸せでは意味が分からない。ただ祉という字の方は止めるという字を書きますね。だからこれを僕は砦と読みたいんだ。幸せの砦というように理解するのが私の理解なんですよ」と。それは、それぞれの人には、「よかったなあ、生きてて。楽しかったなあ。嬉しかったなあ」と思えるその人だけのテリトリー（領域）があるはずだ。そういうテリトリーをそれぞれの人がちゃんと持てるようにお互いに認め合い、そして生かし合っていくことだと。

例えば旅行に行ったとしましょうか。友達でもいいし、夫婦でもいいし。そして昨日から旅行に行って、「いいホテルに泊まって、お酒も飲ませていただいて、きれいな景色も見させていただいてよかったなあ」って、今日の夕方帰ってくる。帰ってきて、お風呂に入って、「あんなにいい物たくさん食べてきたから、晩ごはんは何もいりませんよね」と、例えばご夫婦でね。「そう、そう。もういいよ。何も要らないから」っていうて、その次どういうか。「何がいいったって、自分とこがやっぱり一番いいなあ」っていうんです。なら最初から行くなって。いうことになるんだけど、ホッとする。自分のありのままの姿に帰れた時に人間てホッとするもんでしょ。だから「それぞれがこのホッとした状態をどう保っていくか。これが僕は福祉やと思うんやけど」と言ったんです。

するとある学生さんが「先生、そうじゃなくて、福祉は「ふ」「く」「し」でしょ」。従って「ふ」は「普通の」。「く」は「暮らしの」。「し」は「幸せ」。「普通の暮らしの幸せ」。頭だけ取ってみますと見事に福祉になるんですね。いや、いや。一本取られましたよ。それで彼女に「福祉ってそうか。そういう意味なのか」。学生さんてやはり頭が柔らかいんですね。だから我々のように固くはとらなくて、しかも最も分かりやすい的確な言葉で示してくれたなあと思って感心しましたよ。

人間というのはやはり、それぞれの普通の暮らしの幸せの状態を生きていく権利というのを持ってますよね。だからこの人間の基本的に持っている権利というものを、皆さんこぞって出来るように。そういう社会を実現していく。これが社会の中に生きている私たちの勤めでしょうと、こういうことになるんだろうと思いますね。ぜひ今日こうしてお聞きいただいてる皆さんには、寒い師走の中ですが、どうぞ、いろいろと思うところがありましょうが、お元気でいい年をお迎えいただきたいと思います。ありがとうございました。

（15・12・27 放送）

岸和田だんじり祭りの魅力

編集者　江　弘毅

私は生まれ育ちが岸和田なんですね。岸和田と言いますとだんじり祭りですね。一昨年江戸時代から続いております祭礼年番という、その年の祭礼を全部仕切る、町を離れて代表として出る組織があるんですけれども、うちの町が年番長に当たりまして。で、私は年番長ではなくて総務として、二一年ぶりにうちの町が当たるんですが、なかなか大役でして。一年三六五日のうち、勘定したら一一〇日ぐらい寄り合いがあって。もう仕事もいっこもしてないというか（笑）、出来ないと言いますか。

遡りますと平成二二年に、私の所は五軒屋町っていうんですけれども、そこの曳行責任者、普通の祭りでいうところの総代をやらせていただきました。またさらに遡ると平成一五年に若頭の筆頭をやらせていただきました。私は勤め人でもありますから、祭礼の役が当たるとその年なかなか大変なんですよ。岸和田の人をよくご存じの方は言われるんですけど、「盆暮れには帰らなくても祭りには帰ってくる」とか。

そのだんじり祭りの組織というのは世代ごとにどんどん上がってい

こう　ひろき
編集者
1958年大阪府岸和田市生まれ。編集者／著述家。神戸松蔭女子学院大学教授。1989年京阪神エルマガジン社で『ミーツ・リージョナル』誌を立ち上げる。93年～2005年編集長。著書『岸和田だんじり讀本』（ブレーンセンター）、『街場の大阪論』（バジリコのち新潮文庫）、『「うまいもん屋」からの大阪論』（ＮＨＫ出版新書）など多数。

くんです。一六から青年団て言いまして、前を曳いたり、乗り込んで太鼓を叩く係。その後うしろに回りまして、後梃子っていうんですけど、拾五組というパート。大体年の頃でいうと二八～九ぐらいからですね。それでまた十年間。その後は若頭というのがあって、三八～四八でずっとやっていくんですが、何か星回りでずっと責任者が当たる年になるとそれをやってきたというか。

一昨年はその年番ということで町を離れて、平成二六年なんですが、江戸時代から勘定して年番長二一二代目やったと思います。それぐらい歴史が続いてるんですが、役に当たると全部やるんです。警察と折衝して「ここを警備してください」。あるいは道を工事したらそれを点検して「ここ工事して直ってんねんけど、だんじり曳行に支障がないか」とか。あるいは各町の曳行責任者との会合とか多岐にわたってまして、とにかく忙しいのなんの。

だんじりというのは各地にあるんですけど、岸和田旧市にはだんじりが二二台あるんです。九月の祭りなんですが、他所は大体一〇月に曳かれるんですね。「地車」と書いて「だんじり」と読むんですけど、大体大阪湾の沿岸、摂津、河内、和泉、大和、紀州、その辺りにだんじりがあって、神戸にもありますし、淡路島にもありますが、合わせて大体七百台〜八百台あるというふうに確認してるんですが、その内の二二台が岸和田です。遣り回しで有名になって、それと他所と違うのは、宮入＝お城入り、なんですね。岸和田城のお城の中に岸城神社があって、その時の岡部さんという殿さんが「年に一回入ってこい」ということで有名なこなから坂を上って宮入をする＝城に入るという、割りと見せ場が他所の地区に比べまして恵まれてるんですね。そして遣り回しを見せるという美意識、そういう構造になってるわけです。だんじり本体も彫刻が彫られていて、『難波戦記』とかそういうのが多いんですよ。一心寺にお墓がある本多出雲守忠朝が井戸の所から突かれる場面の彫刻がうちの町のだんじりに彫られてます。

だんじりにずっと携わっていると、他人には経験出来ない楽しみがあります。祭りというひとつの神賑わいがあって地域コミュニティの結束感と言いますか、絆って言いますか、やっぱり社会に出て他所に行きますと、自分が属している企業や取引先などの人間ばっかりが固まりますけども、元々そこの地縁的な人間が祭りの寄り合いに帰ってきて、そして九月の二日間の祭りを迎えるという、「人の一年は祭りの二日間や」みたいな、そういう喜怒哀楽が全部含まれているのが岸和田のだんじり祭りですね。だから幼い頃の友達にいつまでも会うことが出来る。町内でも会いますし、だんじりとだんじりが会ったりする時に「おっ」という感じで今年も元気で出てるな、と分かるわけです。いうなれば大きな同窓会みたいな、祭りを舞台にした同窓会みたいな、そんな感じですね。

だんじりってともすれば衝突したりだとか、転倒したりだとか、事故が起こったりすると、そういうのが大きく報道されたり、部分的にクローズアップして面白おかしく喧伝されるんですけど、そうではなくてキッチリ前年者の積んできたこと、諸先輩方の守ってきた約束事、その上に成り立っている祭礼なんです。祭り二日間は勇壮ですし、荒っぽいですけど、そういう祭りでずっと過ごしてきて、もう六十前でございます。

（16・1・10　放送）

夢叶うマスターズ甲子園

マスターズ甲子園副実行委員長　髙田　義弘

マスターズ甲子園はいろんな方に応援いただいて支えていただいているのですが、その中で直木賞作家の重松清さんが応援団長になっていただいており、重松さんには『夢・続投！　マスターズ甲子園』という本と『アゲイン・二八年目の甲子園』という本を書いていただいて、マスターズ甲子園を応援していただいております。その『アゲイン・二八年目の甲子園』が映画化されて、ちょうど去年の今日、公開されました。

ヒロインのお父さんが東日本大震災で亡くなって、その亡くなったお父さんが目指していた甲子園というものがどういうものなのかということを、ヒロインの波瑠さんが神戸大学の学生となって経験されたお話です。私たちも何度も観させていただいたんですが、一緒に観に行った元高校球児が「中井貴一は俺がモデルやな」とか「ギバちゃんは俺やで」とか話して、元高校球児の人たちが主人公になれるという面白い話もありますが、元々はモデルはいないんです、架空の高校ですので。それだけに皆さん自分をヒーローにして楽しんでたんですよね。浜田省吾さんが主題歌を歌ってらっしゃって、重松清さんも浜田

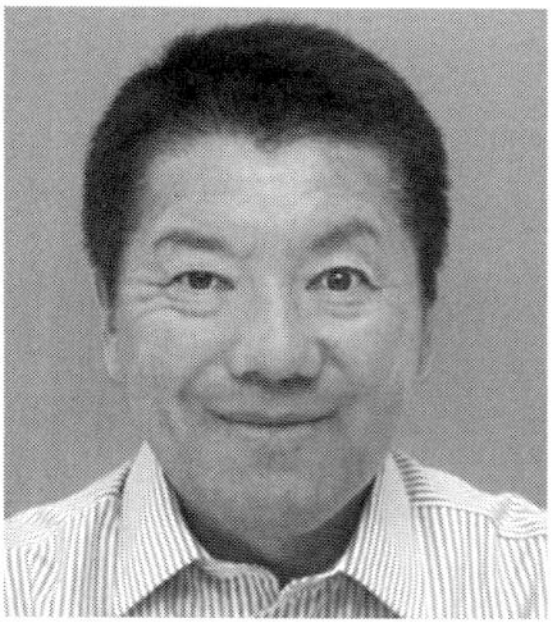

たかだ　よしひろ

マスターズ甲子園副実行委員長
1962年大阪市生まれ。神戸大学教育学部体育科卒、同大学院教育学研究科保健体育専攻修了、教育学修士。神戸大学大学院人間発達環境学研究科准教授、神戸大学野球部元監督。著書『International Research in Sports Biomechanics Part One-5, Influence of Lateral Trunk Tilt on Throwing Arm Kinetics during Baseball Pitching』、『キーワード　人間と発達』ほか。

省吾さんも撮影現場に来ていただいたり、実際に撮影してる所で雰囲気を味わっていただいて、そのイメージを曲にされたりだとか、本当にたくさんの方に応援していただきました。

　いろんなエピソードがあります。例えば球児だけではなくて、甲子園を目指したいという方々が、もうひと団体ありました。夏の大会でも持って歩いた市立西宮高校のプラカード嬢です。その人たちがマスターズ甲子園の大会にボランティアとして参加していただいてて、現役時代持てなかった方々にマスターズ甲子園でプラカードを持たせたいというようなことでですね。皆さんマスターズ甲子園のためにボランティアで来ていただいたりとかしてます。

宮村　西宮高校の女子生徒の皆さんはあのプラカードを持ちたくてあの高校に行く方が多いんですってね。でもやっぱり数も限られたりだとか、体調問題とかで持てなかった方がいらっしゃる。それがこのマスターズ甲子園で夢が叶ったということになるんですよね。

高田　そうですね。それから、例えば甲子園のプレーで欠かせないのはやっぱり応援なんですね。これも出来るだけ実際の応援に近い形でしたいということで、兵庫県下、大阪、近畿圏のいろんな所にお願いして、高校生、中学生のブラスバンド部が、オジさんのためにか、お父さんのためにか分かりませんけれども「甲子園で応援させてください」ということで、毎回たくさんの学生さんに応援に来ていただきました。皆さんボランティアで、六百人ぐらいが球場内外で。中には球場の外で駐車場の整理とかそんなので一日が終わるという方もいます。プレーも観ずに、甲子園の中に入らずに仕事をしてくださる方もおられます。そういう方々に支えられてやっと一二回目を終えることが出来ました。

このマスターズ甲子園を参考にしてということおこがましいですが、マスターズ花園を立ち上げようという我々の仲間もいますし、マスターズ陸上とかマスターズ水泳とか、いろいろマスターズスポーツが盛んになってきていますので、そういうのにまた繋がっていけばなと思ってます。若い人たちと年輩の人たちが一緒にスポーツを楽しんでいく。夢をまた追いかけるみたいなイベントですね。多世代の交流、これを我々は目指しておりますので、ぜひたくさんの方に関わっていただきたいなと思います。プレーヤーだけじゃなく、ボランティアでも結構ですので。

マスターズ甲子園では親子でプレーされたりとか、親子三代で出場されたりするケースが多いです。オジイちゃんもお父さんも息子さんと参加して、甲子園キャッチボールというイベントが試合の後にあるんですね。元高校球児同士、どちらかが元高校球児であれば参加していただけるというイベントなんですけども。実際に甲子園のグラウンドでご夫婦でキャッチボールされたりとか、元球児同士とか。ご夫婦でキャッチボールされて「日頃お父ちゃん野球ばっかりして」とか言って愚痴っている奥さんの球速がやたら速かったとか、いう楽しいエピソードもありました。

高校球児は球児でありながら甲子園に当時行けなかった方々がほとんどですから、その方たちの夢が叶って甲子園に行けるということで、その方々のエネルギーを受け止めるのが大変ですけど、我々も楽しくてですね。大変なんですけど楽しくて、私も一応プレーヤーとして予選には参加してますので、いつかはあのマウンドに自分が立ちたいなと思っています。こうして我々は野球のイベントをしてますが、他の所でもこういう盛り上がりがあったらなと思います。それこそ昨今のラグビーブームで、また花園で息子さん、お父さん、オジイちゃんがラグビーしてるっていうのがあっても楽しいですね。これから日本で二〇一九年にワールドカップラグビー、二〇二〇年に東京オリンピック・パラリンピック、また二〇二一年にワールドマスターズゲームズ関西というイベントが行われます。ワールドマスターズゲームズはトップアスリートであったかどうかに関わらず、皆さんに参加していただけますので、野球だけではなくいろんなスポーツがありますので、ぜひ皆さんに興味・関心持っていただいてご参加いただけたらなと思います。

（16・1・17　放送）

難聴と補聴器の話

東京医科大学教授　河野　淳

私は難聴の方の医療に取り組んでいます。聞こえが悪くなるのには多くの原因があるのですが、年をとるとどなたも聞こえが悪くなる可能性があります。今日は特にお年を召して聞こえが悪いと感じている方、そして年をとっているおじいさんやおばあさんと一緒に生活している、接する機会のある方に聞いていただければと思います。

難聴というと通常中耳炎とか手術をするような病気を思い浮かべられる方も多いと思いますが、突発性難聴という病気があります。これは最近ですと日本人の大体年間三万人から四万人がなっていると言われています。大体が働き盛りの方が原因不明で聞こえが悪くなるという厄介な病気です。いわゆる何らかのストレスが関係していると言われているので、現代病ということが出来ます。

この他にも加齢で聞こえが悪くなるというものがあります。大体年をとると皆様悪くなるのですが、なぜ悪くなるかというとその原因のひとつが騒音と言われています。ご存知かと思いますが、アフリカのマサイ族がとても目が良いと言われています。彼らは実は眼だけじゃなくて耳も良いと言われています。それはアフリカの大地の中には、

かわの　あつし
東京医科大学教授
東京医科大学耳鼻咽喉科学分野教授、東京医科大学病院聴覚・人工内耳センター部長。熊本県生まれ。昭和60年防衛医科大学校卒業。１年の研修の後、東京医科大学耳鼻咽喉科へ入局。その年、日本で最初の人工内耳手術を東京医大で施行する。人工内耳手術計900例、他手術計約2000例。現在、聴覚障害者の連携である「ミミ連」構想を訴える。

僕らが日本の中で日々受けている騒音が無いということによって、耳の神経が悪くなってないということなのです。通常僕らは大きい音はもちろん、不快な音ですと本当に数分で難聴になります。大きい音ですと一日聞いているとそれだけでも難聴になると言われていますので、ほとんどの人が年をとると難聴になっていくわけです。ＷＨＯでは若い人でも騒音を受けることによって約十億人の難聴者が発生する可能性があるという報告を出しております。

では実際に聞こえないと何が困るか？それはなぜ耳があるかということに関係します。耳がなぜあるかというと、いろいろな音を聞くということですけれども、ひとつは外の音声を聞く。で、先ほどのアフリカの大地ではないですけれども、いわゆる動物が敵を察知するために、身の危険性を察知するために聞くということです。更に、人間はコミュニケーションをとるために聞く必要があります。

耳というのは左右に二つありますが、片方でももちろん聞こえるのですが、ふたつあるのはそれなりの意味があります。では、三つ以上あった方がいいかというと、必ずしもそうではないんですね。体というのは最低限のものを効率良く、今の社会じゃないですけど必要以上の情報があると却って混乱してしまうので、二つあればいわゆる立体感、方向感、更に左右から聞くことによって聞き取りがとても良くなります。そのような理由で、二つあるということになっております。

で、実際には難聴で何が困るかということですけれども、先ほどお話したようにひとつは身の危険性ですね。で、会話も成り立たなくなります。中には寂しい生活、聞こえないといろいろ生活が寂しくなったり、情緒あふれる生活が出来なくなるという人もいます。逆に、聞き取れない人がいると周りの人が迷惑するということも、実はあります。最近は皆さんご存知のように超高齢社会となって全人口のうちの大体二五％が高齢者と言われています。そして、高齢者は実は三分の一が難聴になっています。いわゆる老人性難聴ですね。ではその老人性難聴で高齢者が、何に困っているかというと、実はよく聞き取れないために生活の中で仲間はずれにされたり、家族の中でも相手の話が分からなくて惨めな思いをするとか、いわゆる疎外感を感じるんですね。ですから、難聴があると、どうしても情緒あふれる生活が出来なくなるということをお年寄りはおっしゃいます。

ではその難聴をどうするかということですけれども、本当は聞こえないということを恥ずかしがらないで相手に伝えることが一番です。アメリカではレーガン大統領がそうですけれども補聴器を使っていました。補聴器を使うのに全然抵抗が無いわけですね。でも日本人は民族性と言いますか、どうしても体裁などを気にして補聴器を付けたがらない。実際は補聴器を付けることによってかなり聞き取れるのですけれども、日本での補聴器の普及というのは欧米諸国に比べて大体五分の一から十分の一と言われています。ですからそういう意味ではもっと普及して良いのではないかと思いますね。

先日も大学病院に八十歳ぐらいのご夫婦の方がお見えになりました。外来の診察室の中でも結構話をしていますが、聞いているとどうも怒鳴ってるように聞こえるんですね。実際診察室に入ってきていろいろと話を聞くと、二人暮らしでいらっしゃるようですが、数年前から聞こえが悪くなったので何とかしたいということでお見えになりました。確かに難聴があるのですね。お二人とも同じようにいわゆる老人性難聴。そんなに重くはないのですけれども、早速補聴器を合わせてみました。そうすると「外の音がよく聞こえる」ということで急にお互いに静かな声で、もちろん怒鳴り合うような声じゃなくて話すようになられました。で、補聴器はその後の経過を見ていく必要があるのですけれども、後日来られた時に「帰ってテレビの音を聞いてみたら、今まで聞いてきたテレビの音量がかなり大きかった。うるさ過ぎた」ということをおっしゃっていました。

このように、おじいさん、おばあさん、お父さん、お母さん、ご年配の人と生活している人の皆さんでは、聞こえが悪くなっていると困っている方もいっぱいいらっしゃるかと思います。いろんな所で仕事上もそういう方と接する方がいらっしゃるかと思いますが、聞こえないと本人もそうですけども、自分が困るということがあれば、ぜひ補聴器も考えていただければ良いと思いますね。

少しの勇気を持てば聞き取りの改善が出来るのに、聞こえないのを我慢している方がいっぱいいらっしゃると思っています。補聴器を使うことできっと家族の生活が明るくなるのではないかと思います。

（16・1・24　放送）

鮒ずし復活物語

『あまから手帖』編集長　中本由美子

『あまから手帖』の一二月号、今でいうともう書店から無くなってしまってると思うんですけども、「関西良品」という美味しい商品をテーマにした企画をやりました。その企画の裏テーマというか、「関西良品」となぜ名付けたかというと、良心のある作り手の温かい思いがこもっている商品を、醤油ですとか、煎餅とか、牛乳とか、いろんな商品を取り扱った号なんですけれども、今回は可能な限り生産現場におじゃまさせていただいて、いろんなお話を伺いました。「だからこの商品はこんなに美味しいのか」とか「こんなに皆さんに愛されてきたのか」というようなことを取材し、現場に行かないと撮れないような写真を撮らせてもらい、ご紹介させていただきました。

その中に喜多品老舗という店があります。滋賀県の近江高島駅という琵琶湖の北の端の、もうちょっと行ったら福井県というような所で、四百年ぐらい続いている鮒ずしのお店です。二〇一三年に廃業されるということを聞きまして、以前から取材でおじゃまさせていただいたり、お酒を飲むのが好きな方に関西の味を知っていただこうという形でお送りさせていただいたりしてきました。私自身も大好きな鮒

なかもと　ゆみこ

『あまから手帖』編集長
1970年生まれ、名古屋育ち。青山学院大学経済学部を卒業後、東京の旭屋出版にて飲食店専門誌を編集。1997年、クリエテ関西に転職。『あまから手帖』編集部に在籍する。2001年フリーランスに。『小宿あそび』『なにわ野菜割烹指南』などのMOOK・書籍を担当後、2010年から現職。

ずしだったんですけれども、三百何十年の歴史に幕を閉じるということですごく残念な思いでいたところ、今年に入って、「復活するみたいです」というお話が飛び込んで来ました。

それでなんとか連絡が取れないものかと思って辿っていくと、最後に同じ町でそれこそ同じくらい長く営業されている造り酒屋さんに知り合いがおりまして、その方が「本当に復活します。ぜひ応援してあげてください」というお手紙を下さったんです。早速「いつ本格的に復活されるんですか」という問い合わせをさせていただいたところ、一一月二七日だということでした。すると「関西良品」という本が出るのが一一月二三日ですから、その四日後に正式復活でしょう。これは何としても取材に行かなければいけないということでお伺いしたんです。

ここのお店は鮒ずしを三年かけて作るというのが代名詞になっていて、春にニゴロブナというのが琵琶湖であがるんですけれども、その鮒を二年間塩漬けして、一回塩抜きしまして、そこからイイ（飯）に漬けて大体二七〇日ぐらいかけないとそこの味にならないというわけです。ということは一一月二七日に復活するためには三年前に決定しないといけない。それは実に廃業から半年後ぐらいで復活を決意されたことになります。その三年の間の葛藤と三年前に仕込んだ時の気持ち、「本当にやっていけるんだろうか。ついこないだ廃業したばっかりなのにもう一回やっていけるんだろうか。そもそも鮒ずしを食べる人がいなくなっちゃってるんじゃないか」という大いなる不安の中でご夫婦が大量の鮒を仕込んでいたという話を聞きながら、私ももらい泣きしてしまいました。

それからフタを開けてみないことには味が分からない。昔と同じやり方をしてるけれども、たった半年でも蔵を使っていなかったこととか、昔ながらの木桶を使っていなかったということがどんなふうに味に影響してしまうのか、やってみないと分からないんですね。で、開けてみるととても立派な鮒ずしが出来ていたそう。それがすごく美味しく仕上がっているというので、ちょっと前に早寿司という形でお出しになられた。私もそれをいただいて「ああ懐かしい。変わってない」と、すごく嬉しかったのを思い出しました。そういうことに出会う取材は本当に久しぶりだったので大変感動しました。

もちろん鮒ずしってちょっとお高い物なので、良品という気軽な言葉に似合わないかもしれないんですけれども、そのお店の復活物語をお届けしたいという中で、料金的に気安く紹介出来ないかなと考えていたところ、同じことをお店の方も思ってらっしゃって、五百円で食べられるイイという周りに付いているご飯と、刻んだ鮒と、柚子の皮をちょっと甘く漬けた物とを合わせた「和ごはん」という商品を開発されてました。復活に際してそれを売り出していくという情報を得たので、ちょうどその良品というコンセプトとピタッと合いますので、この企画のためにあるようなものだなあということで、すごくいい出会いが重なって、自信を持って作ることが出来ました。

『あまから手帖』は二〇一六年で創刊から三一年になります。最近、長く続けてきている雑誌がどんどん減ってしまっているので、皆さんにぜひぜひ応援していただきながら、これからも関西の食文化をちゃんと次世代に伝えていく役目を担いたいなと思っております。今発売中の寿司の特集もぜひ楽しんでいただけたらと思います。

（16・1・31　放送）

二人の孫に囲まれて

タレント　**桜井　一枝**

今日はちょっといい話ということですけど、いい話ねえ。どんなええ話。でも今となったら、自分はタレントになりたくって、こんなおしゃべりの仕事がしたくってこの業界に入ってますから、ええとこ三十まで続けられたらええかなって思ってました。当時ですから。大方五十年前の話ですから、結婚したら女は仕事やめなあかんとかっていう時代やからね。タレントなんかそんなん若いうちだけやろなって思ってましたから。三十過ぎて、結婚して、なおかつ子どもも出来て、もう今孫二人おるんですけど、ここまで出来るて誰が考えたやろ？　もうありがたい話やなと思てますねん。

宮村　でももう桜井一枝さんて名前聞いたら、すぐに「あの桜井さん」て皆さん分かってくださってるじゃないですか。

桜井　そないいうていただいたら嬉しいですね。大阪の十三のオバちゃんでずっと頑張ってますんでね。やっぱりABCさんとは「ABCヤングリクエスト」。そのヤンリクをやりたくて私この業界入ったんですから。私が短大行ってる時にヤンリクが始まったんかな。その時に奉日本《たかもと》清子さんとか、道上さんの奥さんにならはった熊谷瞭子さ

さくらい　かずえ

タレント

大阪市十三生まれの十三育ち。孫二人に囲まれて幸せに暮らすおばあちゃんタレント。昭和43年からタレント活動を始め、「ABC ヤングリクエスト」を皮切りに、ラジオ、テレビのいろいろな番組を担当。現在はタイトルは変われど30年以上続いている「るんるん土曜リクエスト」のほか、「こんちわコンちゃん」「艶歌でおおきに」に出演中。

んとか、いろいろいてはったんですよ、綺羅星の如く女性タレントが。私は皆さんアナウンサーの方やと思ってたんです、ラジオ聞いてる時は。それでこんなアナウンサーになってヤンリクみたいなお仕事が出来たらいいなあって思ったんですけどね。男性はアナウンサーの方だったんですけど、実は女性は皆それこそＴＴＢのタレント、ほとんど。

宮村　当時女性アナウンサーってあまりいなかったですよね。放送局が出来た最初の頃は関西も女子アナっていう方がいらっしゃったんですけど、ちょっといなかった過渡期の時代があってという…。

桜井　今はもう、女子アナ・局アナっていう方、女子アナウンサーいてはるけど。私らの頃は結構タレントがいろんな番組やらせてもらえてたていういい時期でしたね。だから念願のヤンリクもやらせていただいて、何年か前まで懐メロの番組ＡＢＣでやってて、ここに来たのはめっちゃ久しぶりで。

宮村　よくお声聞いてたのに最近よその局しかなかったですもんね。桜井さんといると昔話ばっかりしてしまいそうですけど、こんな話ばっかりしてたら怒られそうですね。

桜井　今とにかくねえ、私にとってちょっといい話は孫のことしかないんですよ。今からもう五年前、この二月で五年になりますわ。孫ね、上の子。今日二月七日やね。あ、一〇日が誕生日。で、下の子は四月一六日が誕生日で、その子がこの四月で二歳になります。もうお蔭さんでこの可愛い孫二人に恵まれて。ひとり目男の子。下はまたうまいこと女の子。これがまたねえ、上の子がまたほん可愛いねん。関ジャニに入れようと私はしてんねんけどね。テレビ観たら踊りまんねん。私の血筋を引いてんのちゃうかなと思うんですけど。

で、下の子がこれ女の子やけどヤンチャやわ。やっぱり女の子ってあれやね、上のお兄ちゃんがママに怒られてる姿をいつも見てるからね、ジッと観察してるよ。で、これいうたら怒られるなっていうようなことはせえへんわ。だからほん賢い。でもやっぱりねえ、あんな二歳でもねえ、生まれた時から女の子ってすごいね。甘え上手。女の武器をね、最大限に発揮してね。もう抱っこされてもね、しなだれかかっていくんですよ、こうぴたこーんいうてね。こっちにしなだれかかってちょっと来られたら、何か知らんけど思わずギュッと抱っこして、悪いことしてても「もうええかあ」ってなってしまうんですよ。もうよう分かってる！

ほんでねえ、とにかく娘の家行ったら私の小指を、手を繋ぐんですけど届けへんから小指になんねんけど、小指を引っ張ってオモチャがある所へ連れていかれて。ほんで「遊べ」と。とにかく

「遊べ」と。ほんでちょっと飽いてきたらまた小指引っ張っていかれて。で、冷蔵庫の前に行かされて「ジューチュ、ジューチュ」とこういう。「ジュースを飲ませ」と、こういうふうにリクエストされるんですね。

娘が買い物行ったりとか、「ランチ行ってくるから」っていう時に子守りさせられるんですけど、責任あるからね。あんまりそんなジュース飲ませたり、お菓子ばっかりいっぱい、自分が親の時そうやった。おじいちゃんやおばあちゃんが甘やかしてんのをいつも「厳しく育ててんねんから！」って私はいうてましたから、同じことを繰り返してはいかんと思て、「ジューチュはさっき飲んだからもうダメよ」っていうたら、「ジューチュ、ジューチュ、ジューチュ」って三回言われたらもう「分かった。分かった」って飲ましてしまうんですよね。

もうねえ、とにかく孫が出来てからやっぱり世の中変わったね。もう世の中って楽しいことといっぱいあるなって。この子が成長して、せめて二十歳の成人式。いや、ほんまは結婚式って言いたいけど、二十歳になるまでは死なれへんと思います。一心寺さんにお願いして、どうぞ長生き出来ますようによろしくお願いいたします。

（16・2・7　放送）

小さな奇跡

ノンフィクション作家　山根　一眞

前回は、東日本大震災の被災地の小さな漁村の支援活動についてお話しましたが、三・一一では他にもいろいろな復興のお手伝いをしています。今日は、福島市のあるスーパーマーケットのことをご紹介したいと思います。

福島県は、福島第一原発による未曽有の原子力災害に見舞われましたが、地震の揺れで壊れた建物も多いんです。そのひとつに「いちい」という地元の大手スーパーが福島市内で営業していた古いお店がありました。建物が壊れ再建不能で取り壊したんです。そして、これを機に「営業再開を断念する」と決めたんですが、驚いたことに地元の方たちから、「ぜひ、スーパーマーケットを再開してほしい」という署名がたくさん届けられたというんです。大型スーパーの出店が決まると「反対」されることが多い時代ですが話は逆。福島駅から約2キロの市内とはいえ、このエリアにはお店がほとんどないため、とりわけお年寄りにとっては地元からスーパーがなくなることは切実な問題だったんですね。

この「いちい」の経営者の皆さんとは以前から親しかったため、私

やまね　かずま

ノンフィクション作家
1947年東京生まれ。獨協大学国際環境経済学科特任教授。宇宙航空研究開発機構（JAXA）客員、理化学研究所相談役、福井県文化顧問、日本生態系協会理事、日本の技術者・科学者を取材した20冊を越える「メタルカラーの時代」シリーズ（小学館）、『環業革命』（講談社）、映画化された『小惑星探査機はやぶさの大冒険』（講談社＋α文庫）など著書多数。

に、「どういうスーパーにしたらいいか相談にのってほしい」と依頼されました。

じつは、三・一一の直後、放射能災害への心配が大きかったため、その対策で「いちい」のお手伝いをした経緯がありました。スーパーは野菜やフルーツなど生鮮食料品を扱っていますので、放射能汚染への不安がとても大きかったんです。「福島産」というだけで敬遠されがちでしたし。そこで、昵懇である放射線測定機器の商社、テクノヒル株式会社の社長、鈴木一行さんに相談したところ、「できるだけの協力をしましょう」と言ってくれました。そして、福島県の施設よりも早く、「いちい」に高性能の放射能検出装置を提供してくれたんです。確か六〇〇〇万円もする装置です。

そして、テクノヒルの指導を受け、仕入れた生鮮食料品の放射能の徹底した検査を開始、その結果をホームページで公開するようになりました。公開検査結果は、すでに数千点にのぼります。「シイタケから放射能を検出」というニュースがありましたが、それは、その装置のおかげでした。以降、この装置による継続的な検査のおかげで安全が確かめられるようになり、生産農家では震災以前よりも売り上げが大きくなったそうです。その検出能力はたぶん福島県では一番となったはずです。

そういう経緯もあって、次の課題として、崩壊した店の再建のお手伝いをすることになり、「大指十三浜こどもハウス」を手がけてくれた女性の建築家に声をかけたところ、設計をしてくれることになりました。スーパーの再建といっても、単に建物を新たに作るのではなく、どういうコンセプトのスーパーがベストかを考えなくてはいけないですよね。

そこで、「いちい」の若手経営者の意向によって、東京にもない、とてもオシャレで魅力あふれる店を作る構想がまとまりました。店名は「フォーズマーケット」。とても小さなスーパーですが、コンビニよりは大きい店です。たとえばお総菜は、コンビニでは工場で大量生産される規格品が中心だけに暖かみがないですよね。しかしこの店では、総菜や弁当類はオープンキッチンで作り並べる。どう作られているかがわかるんです。また、地元のおばあちゃんたちが伝統の料理を皆さんに伝える機能とか、授乳室、子どもたちが遊べるキッズコーナー、さらに料理教室の部屋を設けるなど、魅力一杯。

商品棚の品も、東京でも手に入らないいいものが結構あって、私もついたくさん買ってしまうんですよ。各種フルーツを美術品のように調理して盛りつけて売るコーナーも人気で、東京の大手スーパーが視察してマネをしたほどです。もし福島に行く機会があったら、ぜひ訪ねて下さい。

この「フォーズマーケット」の設計をしてくれた女性建築家は、私の自宅、人工降雨装置もあるエコハウスを設計してくれてからのつきあいです。「大指十三浜こどもハウス」の前には、やはり私の紹介で長野県の宮田村にある日本聴導犬協会、耳の不自由な人たちを支える聴導犬や介助犬を訓練する社会福祉法人の建物も手がけてもらっているんです。その縁で、「いちい」は、飲料を買うと売上の一部が日本聴導犬協会に寄付される仕組みの自動販売機をたくさん設置してくれました。

また、「いちい」の若手経営者を、私が支援している石巻市の大指漁港の若手漁師に引き合わせたところ、同じ世代ということもあり意気投合。ビジネスでのつながりも深まりました。

東日本大震災では「絆」という言葉が広く使われましたが、こういう「絆」も生まれたんです。震災は不幸なできごとでしたが、その巨大災害をテコに震災前では考えられなかった人と人のつながりの輪が広がり、また新しいビジネスも生まれている。

巨大津波、原子力災害の被災地でこういう明るいストーリーが広がっているのに、三・一一の報道は暗く息苦しいものばかりですよね。不思議です。そこで大手メディアの人に、「どうしてこういういい話があるのに取り上げないんですか？」と尋ねたところ、「明るい話を取り上げると、こんなにうまくやってるならもう支援は不用だと受けとめられてしまうので避けている」と言うんです。これには愕然としましたね。私がご紹介したようなムーブメントは、他の被災者の方々に勇気をもたらすことになるはずなんですが。
日本は世界でも有数の災害大国です。私自身、また皆さんも被災者になる可能性あるんです。それだけに、巨大災害の被災者の方々が直面している問題は、私の問題として受けとめねばならないと思っています。

（16・2・14　放送）

守れなかった約束

前京都大学医学部附属病院病院長補佐・看護部長
（現 岩手医科大学看護学部 特任教授）
秋山　智弥

今日は私看護部長ということで、しかも男性で看護師というのは非常に珍しいと思いますので、看護という仕事がどんなお仕事であって、私がどうしてこの看護の道に進んできたかというようなことについて、少し患者さんとのエピソードも交えてご紹介出来ればと思っております。

ちょうど私今年で看護師になって二四年になるんですけれども、まだまだ一般の方には看護というお仕事の中身が理解されてないんじゃないかなあという思いがございます。私自身も元々は医師を目指しておりましたので、大学に入って看護学というものを学ぶまで実際のところ看護については全く知らなかったんですね。看護というのは女性の仕事であって、お医者さんのお手伝いぐらいにしか認識してませんでしたから、ましてや男性の看護師がいるということも知らなかったんですね。ところがいろいろと勉強していくうちにこの看護というものが非常に重要な仕事だということを理解していくことになりました。

端的に言いますとお医者さんというのは病気の原因を突き止めて、

あきやま　ともや

岩手医科大学看護学部特任教授
1968年大阪市天王寺区生まれ。1992年東京大学医学部保健学科卒業後、看護師として同附属病院に勤務。1998年同大学院医学系研究科健康学科・看護学専攻修士課程修了後、助教授として新潟県立看護短期大学に勤務。2002年より再び看護師として京都大学医学部附属病院に勤務。2011年に同病院長補佐・看護部長に着任。2017年より現職。

その原因になっているものを取り除くというのが仕事なんですけども、看護師は直接そういう原因を取り除くということではなくて、病気の患者さんを非常にいい環境に置いてあげて、美味しい食事を与えたり、心地良い眠りを与えたり、それから安心や希望、そういったものを与えることで元々患者さんがお持ちになってる自然の治癒力というものを引き出す。それが看護の実はアプローチなんですね。

で、例えば手術をして悪い所を取ったりすることがよくありますけども、その縫い合わせた傷が治るからそんな荒っぽいことも出来るわけですね。そういう縫った傷がくっ付くというのはまさに自然の治癒力というわけで、それをどううまく引き出すか。そこが看護にかかってるわけですね。要は医師も看護師も車の両輪のようにお互いがチームとして機能して初めて、患者さんにいい結果がもたらされるというふうに考えております。ですのでもし私がお医者さんであれば、こんな看護師と一緒に仕事がしたいなという思いで看護師像を描きながら看護の道に進んできたわけです。

たくさんの患者さんにお会いしましたけれども、中でも一番思い出に残っているのは学生の時に受け持たせてただいた患者さんなんですね。その患者さん、ここではAさんといたしますけれども、Aさんは七十代後半の男性の患者さんで肺ガンの末期だったんですね。もう医療者が話かけても全然返答も無くて、ずっと窓の外の空を眺めてらっしゃる。で、私もそのAさんを受け持って話しかけるわけですけども、全く反応が無いんですね。

で、一日目が過ぎ、二日目が過ぎ、三日目の朝にいつものようにAさんの所に行って「おはようございます」と声をかけると眉間にぴくっと皺が寄ったんですね。それが私はすごく嬉しかったんですね。二日間まるで反応が無かった患者さんから反応が返ってきた。そのことが嬉しかったんですけれども、そのAさんがこうおっしゃったんですね。「何でお前毎日ここにいるんだ」。普通であれば元ギャンブラーで、ガタイも大きくて、ヘビースモーカーだった患者さんですから、ビビってしまうような場面なんですけれども、Aさんの声を初めて聞いて、本当にとても嬉しかったですね。で、私も思わず喜びを隠せなくて、逆に「Aさんが毎日ここにいるからですよ」って言い返したんですね。そうするとAさんは苦笑いされまして、それからバシバシ私にお付き合いくださるかのように、こちらの世界に戻ってきてくださいました。それまで食事も拒否されておりましたけれども、お話もしたり、お食事も再び食べてくださるようになって。

で、ある時「散歩に行きませんか」とお誘いしたんですね。で、実際久しぶりに病室の外に出て、実際の日光や風にあたってみると本当にいい表情をされておりました。で、「もし出来ることがあればお手伝いしますので、何かやりたいことはないですか」というふうに申し上げたんですね。そうすると「タバコが吸いたい」とおっしゃったんです。元々ヘビースモーカーでそれが原因で肺ガンになってるわけですが、もはや治療する時点ではございませんので医師からも許可が下りまして、タバコを一服するということが出来ました。本当に美味しそうに吸われておりまして、それからというものAさんは散歩に行って一服するのを非常に楽しみにされて、日課になっていったんですね。その代わりしっかりと食事も摂っていただくということで、Aさんも努力して食べられておりました。

実習は二週間で終わったわけですけども、その後も私毎週金曜日に患者さんの所に面会に行って、散歩に行って一服吸うというそれを習慣にしておったんです。Aさんも楽しみにしておったわけですけども。ある日行くと鼻に酸素が付いてたんですね。Aさんも恥ずかしそうに「今日はこれが付いてるからもう帰ってくれ。来週にはこれ取れてるから来週来てくれ」というふうにおっしゃったんですね。で、私もすぐ帰りました。で、翌週の金曜日に患者さんの所に行こうと思ったんですけれども、どうしても外せない用事があって行けなかったんですね。で、次の週の金曜日に患者さんの所に行ってみますと、もうお部屋には患者さんの名前が無かったんですね。お亡くなりになってたんです。

で、足繁く通ってた病棟ですから師長さんもよくしてくださいまして、師長さんのお計らいでカルテを見せていただいたんですね、看護師の卵ですから。フッと見てみますと、ちょうど二週間前にAさんに会ったその日の記録を見ますと、その日の夕方にもう意識が無くなっていたんですね。スタッフの話だと、土曜日あるいは日曜日まで持つかなというようなお話をされてたようですけれども、月曜・火曜・水曜と意識がないままずっと低空飛行を続けて、そして私と約束していた金曜日の夜にそっとお亡くなりになってたということがカルテから分かったんですね。

私もそれを見て、約束を守ってればお別れすることも出来て、お看取りすることも出来たという思いで、お亡くなりになった悲しみと、自分が約束を守れなかった悔しさとで本当に涙が止まらなかったんですね。私たち看護職というのは本当にたくさんの患者さんとお会いするんですが、私たちにとっての患者さんというのは大勢の中の一人かもしれないんですが、患者さんにとってはかけがいのない一人の看護師かもしれないんですね。そう思うと本当に患者さんにとって約束というのがすごく大事だったということが分かりました。

で、ひとしきり泣いた後私が心に決めたのは、患者さんとの約束を守る、患者さんがそれだけ大切な約束をしてるんだということと、それからそれを守るために看護に捧げようという決心をしてこの道に入っていくようになったわけですね。

（16・2・21　放送）

JAL再建の舞台裏

京セラコミュニケーションシステム株式会社代表取締役会長　**大田　嘉仁**

二〇一〇年一月に、皆さんご存知だと思うのですが日本航空が破綻しました。私はその際に京セラ名誉会長の稲盛さんと一緒に日本航空の再建に携わることになりました。その際のエピソードをご紹介したいと思います。

最初にご紹介するのは稲盛さんが会長に就任した後一年近く経った時に、稲盛さんが二百名ほどの幹部社員が集まる会議で話した内容についてです。会長に就任した当時マスコミからは「日本航空の再生は不可能だ。二次破綻は必至だ。特に航空業界に全くの素人の稲盛さんでは再建が出来るはずがない」と大変厳しい報道が続いていました。しかし実際は稲盛会長のリーダーシップの下、業績は急回復を遂げていきました。

このような中、この会議で稲盛会長は幹部社員に対していろいろな話をしたんですが、その後「私はＪＡＬを、そして社員の皆さんを愛している。これからも厳しいことをいうかもしれないけれども、それは皆さんが幸せになってほしいと願っているからだ。まだまだ厳しい見通しが続くと思うけれど、一緒に前を向いて進んでいこう」という

おおた　よしひと

京セラ取締役
1954年鹿児島生まれ。立命館大学経済学部卒。MBA 取得（米国ジョージワシントン大学）。1978年京セラ入社。2003年執行役員。2010年取締役執行役員常務。京セラ創業者稲盛和夫氏の側近として、JAL 再建では主に意識改革を担当。2015年京セラコミュニケーションシステム会長。現顧問。

話をしました。それを聞いた幹部の何人かは感激して涙を流していました。私は少し驚いて「どうしたんですか」と聞いたんですけれども、「こんな時トップはもっと頑張れと叱咤激励するのが普通なのに、稲盛さんは私たちを愛していると話してくれた。愛しているという言葉は自分を犠牲にしてでも相手に尽くそうという時に出る言葉だ。それを聞いて感動して涙が出てきました」と話をしていました。

稲盛さんがＪＡＬの会長に就任して以来、ＪＡＬの官僚的と言われた社風は一挙に変わり、全社員が「自分たちの会社は自分たちで再建するんだ」という強い思いと、組合問題などを乗り越えて職場の違う仲間同士が助け合う強い一体感のある組織となりました。ＪＡＬは奇跡とも言える復活を遂げましたが、その陰には稲盛会長のこの発言に象徴されるような社員に対する大きな愛があるのだろうと、私も感激したのをよく覚えています。実際、会長就任当時八十歳を前にしていた稲盛さんはまさに老骨に鞭打って、無給でＪＡＬの再建に全力を尽くしていました。なぜ何の見返りも求めずに自己犠牲を払い、そこまで努力したのか。それは私はやはり倒産し、本当に困っているＪＡＬ

に集う全社員を救ってあげたい、幸せにしてあげたいという心から、そういう願いを持っていたからに他ならないと思います。

日本航空の社員もそれまで一生懸命働いていたと思いますけれども、トラブルが多発し、実績が上がらないということで、経営トップからいつも厳しい指摘を受けていたようです。またマスコミからも何か起こると「傲慢だ」と常に叩かれていました。そうして実際倒産してしまったので、社会からもさらに厳しい目で見られていました。その中で恐らく社員の心は荒んでいたんだろうと思います。その社員に対して稲盛さんは就任直後から政府から派遣されたトップとしてだけではなく、仲間として、同じ環境に置かれた同志として、ＪＡＬの方々に接していました。そして社員たちは空港現場などを訪れる稲盛さんの謙虚な姿を見たり、会議で本音でする話を聞いたりする中で、稲盛さんの厳しさだけではなくて暖かさ、言い換えれば愛情も感じていたはずです。私はそれが社員の心に火を点け、全社員が再建に向けて一致団結し、全力を尽くすようになったのだと思います。つまり稲盛さんが社員を愛した分だけ社員も稲盛さんに愛を返してくれた。その結果ＪＡＬは見事に再建出来たように感じています。

社員を愛しているという言葉などは簡単に言えないはずですし、もしそう話したところで実態が伴わなければ感激してくれる社員はいないはずです。しかし稲盛さんの場合は常に本当に社員のことを思って行動していたわけですので、この会議の中で自然と「社員を愛している」という発言が出来たのだと思います。そして社員の方々はその愛を肌で感じたからこそ感激して涙したのだと思います。「見返りを求めない無償の愛には偉大な力がある」と多くの宗教が教えています。私自身それまで半信半疑でしたけれども、それが事実であることを今回体験出来て本当に幸せだなと感じています。

次のエピソードは私自身のＪＡＬでの体験です。私は意識改革担当として日本航空に着任しました。日本航空に在籍していた三年間は、特にＪＡＬの社員の方々に稲盛会長の経営哲学、いわゆる「フィロソフィー」を浸透させることに全力を尽くしていました。そのプログラムのひとつとして全社員を対象とした「フィロソフィー勉強会」というものを始めていました。それは職責や職種に関係無く、つまりパイロットや整備などの職種にも関係無く、また派遣社員や幹部社員という職責とも関係無く、五十名ほどの社員がひとつの教室に集まり、一回二時間ほどの勉強会を年四回開催するというものです。

私が日本航空を退任する前の二〇一三年春頃だったと思いますけれども、久しぶりにそのフィロソフィー勉強会に参加したことがありました。私が来ていることに気が付いたからだと思いますけれども、受講者の方が最後の挨拶で「私たちのハードウェアもソフトウェアも二流のままです。しかし現在私たちは最強のヒューマンウェアを持っています。その結果こうして再建が順調に進むようになりました。フィロソフィーを教えていただき本当にありがとうございます」と挨拶され、私も大変感銘を受けました。日本航空は倒産する前からずっと赤字続きでしたのでハードウェア、つまり航空機などの設備は古い物ばかりでした。そしてソフトウェアも時代遅れの物ばかりでした。また長引くリストラや賃金カットにより社員の心つまりヒューマンウェアも荒んでいました。だからこそ再建は不可能だと言われていたわけです。実際日本航空は倒産する前は年間一千億円ほどの赤字が見込まれていた会社でした。しかし物理的条件は倒産当時と全く変わらないまま、一年ほどの間に二千億円近くの利益が出る会社となったわけです。その要因には多くの関係者の多大なるご支援・ご協力があったのは間違いありません。しかし予想を超える再生が出来たその最大の要因は、社員の心のあり方だったとＪＡＬの社員自身が話をしたわけです。よく考えてみますと、ハードウェアもソフトウェアも時間が経てば必ず劣化していきます。

しかし人間の心つまりヒューマンウェアは磨くことで時間が経っても劣化するどころか高めることが出来るわけです。戦後の日本の置かれた物理的な環境も劣悪なものだと聞いています。それでも全国民が日本を再建しようと一生懸命に働き、奇跡的な復活を遂げました。現在の大企業も最初は零細企業として生まれてきたはずですが、創業者の掲げる目標に向かって全社員が一致団結して必死に頑張り、成長を続け、結果として大企業になったのだろうと思います。つまりそこにいる人間の心が国や企業を発展させたのだろうと思います。ＪＡＬの再建を通じて私自身、人間の心には偉大な力がある。このことを改めて学ぶことが出来たと感じております。

（16・3・6　放送）

有難い「縁《えにし》」

佛教大学学長　田中　典彦

もうまた春ですね。もうすぐ花が咲いてまいります。私の勤める大学は京都にあるんです。私は大阪から約二時間半かけて毎日京都の大学まで行くんですが、阪急電車を降りて、それからタクシーに乗ってたんですね。癖でタクシーの車窓から右を見たり、左を見たり、いろんな物を探しながら乗ってるんですけども、丸太町の信号だったと思うんですが、赤信号で止まった時にふと右を見るとお寺の壁なんでしょうね、塀なんだと思います。そこに嵌め込みがありまして、そこに伝道板、仏の教えを伝える言葉を書いた物があるんですね。よく見てみると、ちょっと変わったことが書いてあって素晴らしいなと思ったので、運転手さんに「赤信号が終わって青信号になっても少し待って下さいね」と言うてお願いして無理言って、ジッと見てたんです。

何と書いてあったかというと「花一輪が開くにも天地いっぱい総がかり」という言葉だったんですね。これはやさしい言葉ですが、私たちが見ているこの花が、たった一輪の花が咲くのにも、天の働き、地の働き、天の働きというのは太陽の光であるとか、温度であるとか、あるいはもっというと空間のことでしょうから、窒素だ、酸素だ、水

たなか　のりひこ

佛教大学学長
1944年大阪府生まれ。佛教大学大学院博士課程単位修了。佛教大学学長。浄土宗孝恩寺住職。論文「今昔物語集天竺部に関する一考察―十方七歩と誕生偈」ほか。

素だと言い出すともう無数にありますよね。数え切れないほどの物が働いてる。それから地は土ですから、土が無かったら育たないわけでしょ。従ってこの言葉は「たった一輪の花が開くのにも天の働き・地の働きが皆総がかりで咲かせてくれてるんですよ」とこう言うているんですね。

そこで続いてね、「私ひとりが生きるにも天地いっぱい総がかり」と書かれてあって、それと全く同じように「私と呼ばれてる者がこの世の中で生きていくためにも、いろんな働き、自然の働きもあるし、友達・家族、いろんな社会の人たちとの関わりの中で力をいただいて生きてるのよ」と言うてるわけですね。「生きてるのよ」じゃなくて「生かせてもらってるのよ」という方が正しいかもしれませんね。学生諸君に伝えてあげようと思ってこれをメモって大学へ行って、研究室でその後をいっぺん考えてみようと思たんです、私。自分で作ってみたのです。

すると「しからばご恩に報いにゃならん」。そういうことを加えてみました。生かされているということが分かったんだったら、そのご恩に報いて一生懸命生きていかないかんことになるでしょ。「雨や嵐の苦難を越えて」、人生にはそんなものたくさんありますよ。雨や嵐、それがたくさんやってきますが、そういう苦難を乗り越えて「一生懸命生きねばならぬ」ということになりゃせんか、というように考えて、私自身が実はこういう言葉を作ってみたんです。

全くその通りで、私たち人間というのは縁《えん》ですね、いろんな縁《えにし》をいただいて実は生かされてあるわけですね。私よく話するんだけど、縁《えにし》って仏教では縁起って言いますけど、「縁って何なんですか」ってこういうから、こんな話をよくするんです。Ｈ、水素。水素はＨですね。Ｈ二つと酸素ひとつで、この三つが関わり合うと何になりますか？ 水H_2Oですね。で、Ｈ・Ｈ・Ｏが関わってH_2Oです。このH_2Oというのは、例えば仏教でいうたら、これ物じゃなくて「状態」なんです。Ｈ・Ｈ・Ｏという要素が三つ合わさることによってH_2Oという状態として現われているのです。

それには条件が必要なんです。例えばあまりにも温度の高い所では成り立ちません。温度が低過ぎたら成り立ちますか？ ダメでしょ。圧力が非常に高い所でもダメなんです。低い所でもダメなんです。ありがたいことにたまたま地球という星の上、普通の温度、普通の圧力などの条件が整った時にＨとＨとＯがH_2Oという状態になるのです。「有難いこと」にと先ほど申しましたけど、今のところこのＨとＨとＯがH_2Oという状態を極めて安定した状態に保っていただいてるのが地球という星の上だけなんです。おそらく他の星にもあると思いますよ、ＨとＯが。ところがH_2Oという状態が安定した状態を保つのは地球という星の上だけなんです。

現在一生懸命宇宙へロケット打ち上げて、探査機を出して求めてますよね、水。おそらく水を求めてやってるんだと思うんです、そういう探査をね。だけど今のところは間違いなく私たちの地球という星の上だけです。だからそれと同じようにいろんな条件が整って、私というのは世の中に生かせていただいてるんですよ。それなら、それが分かったとすれば「有難いこと」だなあと我々は思う。それが大事だと思います。どうぞ時々はそういうことも振り返って、有難い存在として私が生かされているんだということを思い知っていただければ、ありがたいなと思います。

（16・3・13　放送）

居酒屋曼荼羅

作家　太田　和彦

私はもういい歳なんですが、四十歳頃から居酒屋に興味を持ち始めました。もちろん酒は好きで昔から飲んでましたが、ただ飲むだけではなく、日本中のいろいろな居酒屋を巡り歩いて本に書き、またテレビ番組も続けているという呑気な男です。その結果日本の居酒屋の特徴がだんだん見えてきたんですね。

日本列島はご存知のように南北に長く北海道から沖縄までかなり距離がある。島国ですから太平洋側と日本海側では違う。海岸と山間部でもまた違う。海も例えば瀬戸内海のような内海と島嶼《とうしょ》。島はまるで文化が違うんですね。いろんな気候・風土が居酒屋にとてもよく反映することが分かりました。当たり前と言えば当たり前なんですけども、土地で獲れる魚も違えば食べ物も違う。もちろん気候も違いますからね。

それからさらに、居酒屋はその町の歴史がよく反映するんですね。城下町、あるいは門前町、昔から長い歴史を持っている町と新興都市。東京・大阪のような大都市と地方都市はおのずと違う。その土地土地が持っている文化や人の気質は居酒屋に非常によく見えてくる。

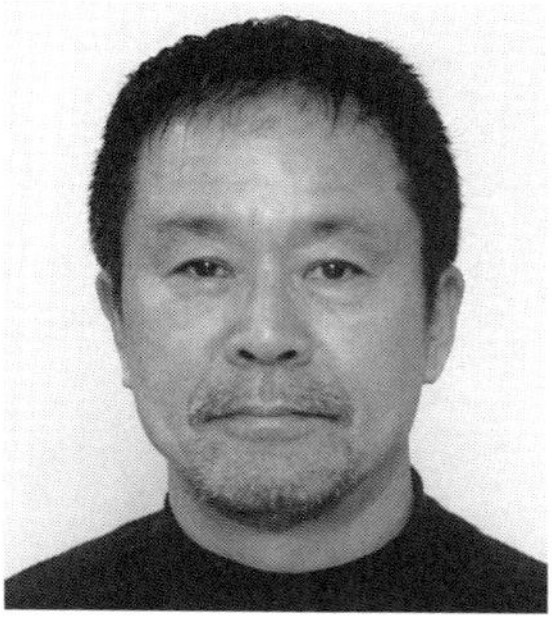

おおた　かずひこ

デザイナー　作家
1946年生まれ。元東北芸術工科大学教授。著書『居酒屋百名山』『日本居酒屋放浪記』『居酒屋おくのほそ道』『東海道居酒屋五十三次』『居酒屋かもめ唄』『みんな酒場で大きくなった』『居酒屋を極める』『日本の居酒屋―その県民性』など。テレビ BS11「太田和彦のぶらり旅いい酒いい肴」ロングラン

気候・風土・産物・歴史さらに文化、そういうものが凝縮して集まるのが居酒屋だなあと思うようになってきたんです。

私は地方へ行くとその町で長く続いている古い居酒屋へ行くんです。町の名物になっている居酒屋。大阪にも数々あり、ご主人も二代目、三代目なら、お客さんも二代目、三代目で、「お前のオヤジはそんな飲みかたしなかったぞ」「へーい」なんて言い合ってる。そういう地元の人に愛されている居酒屋の地元の話を黙って聞いている。「次の市長選はどうなる」という生臭い話から「あそこの美人は嫁に行った」とか、あるいは東北へ行くと「昨日、山でクマを見たぞ」とか。静岡あたりだと「今年のアユはなかなか早いよ」とか、そういういろんな話が聞こえてくる。お酒を飲んでいますから、心が開放されている。遠慮なく話をする。居酒屋ほど地方の特色が出る所は無いなと思ってきたんです。

宮村　全国各地に居酒屋があると思うんですけど、大きく言って関東と関西の違いはどんなところなんでしょうか。

太田　それはくっきりとあります。関東は、東京に代表していいと思

うんですけれども、長い歴史を持つ店が特に下町に多いこと。その反対に流行の発信地として最も新しい居酒屋のスタイルがあること。それから日本中の地酒を並べた銘酒居酒屋が非常に多いですね。それは、東京の客はブランド好きで、知ったかぶりをしたい。「お酒、何置いてんの」「これこれ置いてます」「ふ～ん、割といいじゃない」とかエラそうに。つまり格好つけて飲む。「料理のご注文は」「何でもいい。早くしてくれ」。せっかちですぐに出てこないと嫌なんですね。酒が中心。せっかちだから料理は早く出る物。酒と刺身。それで終わり。あまり凝った料理よりも小粋な「はい、こんなんで」ってそういう品を喜び、大きな料理なんか注文してると「あれは野暮」。しかし酒は弱く三本ぐらいで寝てしまう。口ほどでもないです（笑）。

関東と関西は東海道の豊橋あたりで分かれると思うんですが、関東の人間は誘う時「一杯飲みに行こう」。関西は「なんぞ美味い物食べに行かへんか」。つまり関西は食べ物が中心。ですから居酒屋に行ってもまず品書きをじっくり隅から隅まで読み「これはどうするねん」「煮魚です。時間かかります」「ええで、あんじょう見といてや」と。東京の人間はメニューを見るのが恥ずかしく、全部頭に入ってると格好つけたがる。関東は酒中心、関西は料理中心と言えますね。それからこれはよく言われるけど、魚でも関東ではカツオとかマグロとか赤身の血の気の多い物。関西は白身ですね。僕も昨日から関西に来てるんだけど美味しくて美味しくて。タイとか最高ですね。

（16・3・20　放送）

キューバ音楽とだんじり

編集者　江　弘毅

実は去年の今頃にキューバに行きまして。アメリカと国交回復ということで話題になったんですが、それに先駆けてキューバを取材したいなと思ったのです。ただ、日本は昔から国交があるんですが、ご存知の通り社会主義の国で、割と日本からは遠いし、ツアーはたくさん出てるんですけどね。個人的な旅行者って少ないですね。私の場合は編集者を長いことやってるんですけど、以前月刊誌で音楽担当とかやってまして非常に音楽が好きなもので…。そして育ちもだんじり祭りの岸和田で、子どもの頃からだんじり祭りの鳴物係ですね、太鼓・笛・鉦、それをずっとやってまして、二十代半ばまで十年間ぐらいずっとだんじり乗って演奏していたんですね。

だからその太鼓のような民俗的なそういった音楽が非常に好きなんです。で、ラテンの音楽にここ二十年ハマっていましてね。で、キューバで音楽のシーンを取材したいなと思いまして。そしたらキューバの個人旅行を仲立ちしている事務所から、キューバ国立民族舞踊団、コンフント・フォルクロリコ・ナシオナル・ド・クーバっていうんですけど、そこへ楽器で言いますとコンガ及びパーカッション

こう　ひろき

編集者
1958年大阪府岸和田市生まれ。編集者／著述家。神戸松蔭女子学院大学教授。1989年京阪神エルマガジン社で『ミーツ・リージョナル』誌を立ち上げる。93年～2005年編集長。著書『岸和田だんじり讀本』（ブレーンセンター）、『街場の大阪論』（バジリコのち新潮文庫）、『「うまいもん屋」からの大阪論』（ＮＨＫ出版新書）など多数。

のレッスン一週間、「それで行ってきなさい」と、条件が。太鼓の先生、国家公務員ですよ。ミュージシャン＝国家公務員、なんですよ。野球選手もそうです。

で、やった太鼓がルンバっていう、コンガで叩くルンバっていうひとつの系統だったリズムを教えてもらったんですけども、面白くって。コンガって三本ないし四本立てて床に置いて、それを我々は、私など三本いっぺんにアレンジして叩くんですけども、ずっとまだ一人が一本で、それで違うリズムを刻んで、それが総合していわゆるポリリズムになる。ポリリズムっていうのはすごく躍動感があるというか。だんじりもそうなんですけど、鉦と小太鼓と大太鼓の三つが、リズム的に速さは一緒なんですけど違う旋律を叩くと言いますか、それが混然一体となってワーッ盛り上がるのです。だんじりが「そうりゃ、そうりゃ」と走るのに非常に似てるというか。

岸和田の鳴物も深いとこあるんですけど、やっぱりキューバは、普通資本主義における音楽というのは、例えばドラムにしてもドラムセットが大体発明されたり、流布されたのが一九二〇年から戦後なんですけども、一人の天才ドラマーがタムタムとか、シンバルとか複数の打楽器をやるんですね。そうするとギャラも一人取りやし、ツアー行く時も一人の経費でええし、なおかつコンパクトで一人で出来るわけですね。

本来の音楽っていうのはそうじゃないですね。岸和田のだんじりの場合でも三つ一緒にひとりの人間が叩くということは本来ありえへんですね。だからキューバの音楽はそのまま別々のパーカッションが別の人間でひとつのリズム、全然違うパターンを叩いてるんですけど、それがひとつの音楽、リズムになる。ルンバになったり、チャチャチャになったり、サルサになったりっていうその辺でやるからやっぱり楽しいんですよ。

いわゆる録音音楽、CDとか、それでお金を稼ぐっていうこと、それで利潤を追求するということは社会主義ですから、一九六〇年以降、革命からずっとやってこなかった。ただ、町のどこでも音楽やってますし、皆投げ銭でやってるんですけど面白いんですよ。メチャクチャ巧いんですよ。それで僕も割と長いことやってるものですから、レストランで、メンバーが休憩してますやん。で、「叩かせてもらってええ?」ってやりますやん。そしたら「お、こいついけるやん」ということで、ベーシストに「合わしたれ」みたいなことで合わせてくれて。ほなまたギロとか入ってくれてというか、ほんまに純粋に音楽をして皆で楽しむというか。考えてみれば、岸和田でも祭りの最中にだんじり停めてますやん。その時に子どもが叩いたりするわけですね。で、どっかから白人の人とか、ラテン人が来て「ちょっと叩いていい？」っていうたら「おう、ええよ。ええよ」って言いますやん。ほんで叩いて巧かったら「こいつ、いけるやん」ということで「合わしたろ」みたいな。キューバの音楽は本来の踊るため、ダンスするための音楽なんですが、そういう喜びというか、発見というか、「あ、これや！」と思いましたね。

これまではアメリカ経由で入ってこなかっただけで、僕らはパリ経由とかロンドン経由で、キューバのミュージシャンてすごいミュージシャンがおるのを聞いてたんですけども。やっぱり情報収集っていうか、音源収集するのもアメリカ一辺倒ではなくてロンドン経由したりとか、パリ経由したりとか、そういう形で取れればもうちょっと違う音楽の聴き方といいますか、出来るんじゃないかというふうに思いますね。と同時に音楽というのは、それでお金を、CD何万枚売ってお金を稼いで生計を立てるということも大事なんですが、そういうことではなくて、元々はだんじり祭りのように祭礼とかで皆で楽しむ、皆で踊る。岸和田の場合は「走る」ですけどね。「走る太鼓叩け！」みたいなことなんですけど、そういう大本の、音楽をやらない民族はいないですから、人間が培ったその大本のやつが奇跡的にキューバで残ってた、みたいなこと。そういうふうに帰ってきて思いました。

（16・3・27 放送）

なにわ人形芝居フェスティバル二十周年 夕陽丘花参り

一心寺長老 髙口 恭行

今日は「二十年目を迎えたなにわ人形芝居フェスティバル」をご案内させていただこうと思って参りました。いうまでもなく毎年やってるわけなんですが、四月第一日曜、つまり今日ですね。午前十時から午後三時半ぐらいまで、一心寺と下寺町のエリアにおきまして、約三十軒のお寺と神社その他を会場にいたしまして、各会場それぞれで違った人形芝居を上演いたします。その催しを「人形芝居フェスティバル」と、こういうふうに言ってるんですが。

その中身ですが、当然人形芝居が中心になりますが、その他に各種のパフォーマンスとか、紙芝居とか、バルーンアートなどの各種イベント。それからいろいろな屋台の食べ物屋さん。中にはお寺らしい「極楽うどんの店」とかがあったり、忍者の体験コーナーだとか、けん玉とか、似顔絵とか、フェイスペイント。要するにお祭りの定番的な出し物ですね、盛りだくさんに並んでおると。特に今回は二十周年ということでございますので、人形劇団の方も特別に全国からお呼びいたしまして、沖縄から北海道まで、方言もいろいろでございますし、人形の方も指人形・操り人形・等身大人形など、人形の動かし方

たかぐち　きょうぎょう

一心寺長老
1940年京都市生まれ。京都大学工学部建築学科卒。工学博士。建築家。
元奈良女子大学教授。昭和45年一心寺第五十九世住職。平成16年長老。
著書『フィールド・ノート都市の生活空間』『第三の建築家』『ガラスの屋根～都市の縁起』ほか。

もいろいろあります。

「夕陽丘花参り」というサブタイトルがついているんですが、桜もちょうど見ごろで満開になり、夕陽丘のお寺や神社の境内、それからちょっと横に入っていただきますと「天王寺七坂」と言われる坂道の美しい環境も大いに楽しんでいただけるかな、と思っておるところでありますす。ちょっと空模様のほうが心配ですけれども、何とか気温だけは暖かな一日であってほしいなと祈っておるところなんです。

さて二十周年と申しましたけれども、このフェスティバルというのは一九九六年、つまり阪神大震災の翌年からやり始めたということなんでございます。下寺町に並んでおります同じ浄土宗のお寺が二十五軒。そこのご住職の方といろいろ相談させていただきまして、「社会に開かれたお寺」というんでしょうか、そういったテーマを考えつつ、一帯のお寺の本堂や神社の境内を舞台にいたしまして、檀家さんばかりでない不特定多数のたくさんの方々をお迎えするという、いわばお寺としては慣れない行事ということになるんですが、そういうことをやってみようということでやり始めたわけですね。

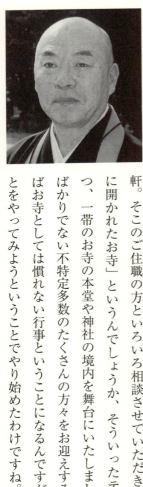

しかしやり始めてみるとやっぱり慣れないというだけあって、運営上の細かい問題がなかなかうまく処理しきれない。例えばお弁当の数とか、便所をどうするとか、なかなか考えられないことがたくさんありまして、結局次の年は出来ずじまいで、一年飛びました。しかしながらその後仕切り直しをいたしまして、西暦の偶数年には一心寺と下寺町の全域。奇数年は一心寺界隈だけ。こういうルールを作って再開いたしました。一九九八年から今年を含めまして二十回目ということになるわけです。二十周年てあまり考えなかったんですが、よくも続いたなあというのが率直なところということです。

振り返ってみるといろんな人にお助けいただいて本当にありがたいことだったなあという思いでいっぱいです。いろんなことを思い出しますが。当初は何の知識も無かった私を始めほとんどのご住職方も、今では独自の人脈があったり、アイデアがあったり。で、それぞれのお寺で独自の企画を加えられたり。人で言えば成人式を迎えたということかなと。実際当初は子ども時代に来ていただいてたお姉ちゃんが、今や自分のお子さんを連れて来られたり。そういう方にお会いすると嬉しいんですね。

で、この二十年の間に周りの環境もまたずいぶん変わりまして、例えば天王寺七坂という所もあちこちずいぶん公共の手で整備されました。また寺町のお寺さんもあちこちずいぶんきれいにしていただいたように思いますし、当初景観的にこれが無かったらなあと思ってた古い歩道橋が、うまいこと取り払われたり、思いがけない結構なことがございました。それからよくご存じのように最近天王寺公園が全面的に開放されまして、「てんしば」という名の芝生公園が出来たり、その周りが整備されたり。

さらにこの三月末までに一心寺に隣接する茶臼山エリアの一帯も「緑の駐車場」とか「木陰の小道」とかが出来て、非常にきれいになりました。そういうきれいな状況の中で二十年目を迎えることが出来たのは大変によかったなあと。自画自賛みたいな話なんですが、「念ずれば花開く」という言葉がありますけれども、こういう立派な環境で二十周年を迎えることが出来たのは、お坊さん的に言いますと「み仏の導き」で大変喜ばしいと。第二十回なにわ人形芝居フェスティバルのこれはかなりいい話だなあと思っているところでございますね。

先ほど言いましたように全国から二五の劇団がやってまいります。一三のパフォーマンスの団体が参加いたします。朝の十時から三時半までエリア内各所でいっせいにやっております。七百円の一日入場券でどこでも入場出来ますし、エリア内にシャトルバスが巡回しております。そういったわけでございますので、下寺町のお寺もしくは一心寺を訪ねてちょっと覗いていただくべくお待ち申し上げております。よろしくお願いいたします。

（16・4・3　放送）

医師の使命を感じる時

東京医科大学教授　河野　淳

私は「聴覚・人工内耳センター」というものをつくって、難聴の方の医療にあたっております。今日は生まれつき聞き取りの悪い難聴についてお話したいと思います。

実は生まれつき難聴の人というのは千人にひとり。最近は百万人ちょっと出生数ありますから、大体全国で千人ほどいると言われています。そこで、お子さんが難聴になると大人の方の難聴と何が一番違うかと言いますと、大人の方は難聴になっても話すことが出来ますが、お子さんでは話すことが出来ないということが一番の問題となります。

実はこの全く聞こえない人の治療に人工内耳というものがあります。そこで聴覚・人工内耳センターというものをつくってこの治療にあたっております。

人工内耳というのは、補聴器でも充分な聞こえが出来ない重度難聴者の方に適用があるもので、小さな機器を耳の奥の内耳という所に埋め込みます。で、それを小さなコンピュータみたいな機械で変換して、耳へ電気刺激で情報を伝えるものです。もちろん手術をしなけれ

かわの　あつし

東京医科大学教授
東京医科大学耳鼻咽喉科学分野教授、東京医科大学病院聴覚・人工内耳センター部長。熊本県生まれ。昭和60年防衛医科大学校卒業。１年の研修の後、東京医科大学耳鼻咽喉科へ入局。その年、日本で最初の人工内耳手術を東京医大で施行する。人工内耳手術計900例、他手術計約2000例。現在、聴覚障害者の連携である「ミミ連」構想を訴える。

ばいけないのですが、歴史的に見るともう世界では四十年の歴史があります。四十年ほど前から実用化され、世界では約五十万人。日本でも私の病院で三十年前に最初の手術行ってから既に一万人以上の方が使っています。

人間の体というのはよく出来ていまして、無駄な組織は無いと思います。耳もそうです。皆さんご存知のように外から音声を聞きとる働きが耳にありますけども、実はそこに複雑な仕組みがあります。音には三つの要素があります。音は空気の振動なのですが、ひとつはその振動の幅と言いますか、大きさですね。強さ。二番目には低い音と高い音という音の高さである周波数。最後に、その振動の変化である音色。というのが「音の三要素」と言われるものです。

耳の奥にある蝸牛という所でこの音の大きさ・周波数の分析をして、ひいてはその変化である音色の分析を行っています。最終的にはその奥の神経へ電気の変化、神経細胞の活動という形で伝えて、いくつかの経路を経て大脳皮質、耳のちょうど上あたりにあります側頭葉という所で認知して感じ取っています。

聞き取りの悪い方では、この蝸牛の分析が出来なくなっているわけですけれども、人工内耳というのはこの蝸牛で行っている全ての分析を代わりにしてくれます。手術をして、人工内耳によって聞き取りを取り戻して、その恩恵にあずかっています。

この機械と手術の費用は四百万円ほどかかるんですが、日本では一九九四年に保険収載されています。高額医療ということもあり、所得によっても多少違うのですけれども、今はほとんど費用がかかりません。

そして、驚くべきはその効果です。もちろん難聴になる原因によって聞き取りにはかなり違いがあるのですが、よく聞こえる人ですと、ほとんど普通の人と変わらないぐらい聴き取って話すことが出来ます。そして、その患者さんは実は重度難聴ですから身体障害者手帳という物、通常は二級か三級を持っています。でも私は患者さんに「あなたは聞こえているからいらない。二級も三級も国に戻しなさい」という話をよくするのですが、患者さんは「人工内耳を外すと聞こえなくなるから、私はやっぱり身体障害者だ」と言います。

私が医者になった時に、実は日本で初めてこの人工内耳の臨床応用がされました。その意味では私は東京医大にちょうど移って人工内耳を始めた時で、私の医師人生は日本における人工内耳の歴史と言うことが出来ます。これまで八百人ほど手術をしていますが、話を最初に戻しますと、うちの病院に八年ほど前に聴覚・人工内耳センターをつくりました。この人工内耳センターをつくった目的は難聴の方、特に治療法の無い難聴として、補聴器と人工内耳にフォーカスを当てて、特に生まれつきの難聴のお子さんを総合的に診ていきたいというのが一番です。

先ほどお話したように生まれつき聞き取りの悪いお子さんの場合は、やはり聞こえないということだけではなくて、言葉がしゃべれないということが問題になります。さらには生活する上でのいわゆる言語発達と言いますか、情緒と言いますか、いろんな支障がやっぱり出てくるのですね。確かに聞こえない人は手話で会話をするという、いわゆる聾文化というものがあるのですが、今のこの社会ではなかなか理解が得られているとは言いがたいと思います。

私の所には四百人ほど人工内耳を使っている子どもがいますが、一九九〇年に最初に手術をして、一八歳以上と言いますか、大学生以上、社会人になっている人が六十人以上います。もちろん聞き取りには差があるのですが、何不自由なく大学生活を送っている子どもたちもいます。で、毎年夏に子どもたちと一緒に一泊旅行でいろんなレクリエーションをしているのですが、その目的は病院では知ることの出来ない日常生活のいろいろな状況、特に困っていることを知りたいということなのですね。

もちろん難なくお話をするお子さんもいるのですが、手話でしか話せない子どももいます。で、同じ人工内耳を使っている子どもたちが、病院で見る時と結構違う顔を見せてくれるのですね。正直この子は何の問題も無いだろうと思えるようなスターペイシャント（優等生の患者さん）にも、実はいろいろ問題があることに気付かされます。難聴という医療に携わっている医師として病気のみを治すのではなく、それぞれの患者さんにはさまざまなサポートすべきことがあることに今さらながら医師の使命を感じています。

（16・4・10　放送）

終活の活用法

如来寺住職　**釈　徹宗**

釈　今日は終活についてお話しようと思うんですけども、宮村さん「終活」はご存知ですか？

宮村　最近よく耳にしますよね。

釈　就職の活動じゃなくて終末に関する活動。二〇〇九年あたりから生まれる人の数よりも亡くなっていく人の数が上回るんですね。我々日本の社会というのは少産多死社会に入りました。そして二〇一〇年に終活が流行語大賞の候補に挙がるんですね。次いで、二〇一一年に東日本大震災が起こる。このあたりで社会のエポックというか、転換期があったかなという気がするんですね。近年、仏教に目を向ける人って増えてるような印象があります。それもこのあたりがひとつ転換期だったんじゃないか。

この終活というのは、現代社会からの要請という感じがするんですね。社会から我々一人ひとりにつきつけられた課題、そういう面があるかと思います。その理由はいくつかあるんですけども、ひとつは延命医療とか終末期医療の問題です。「こういう場合はこういう治療をやってくれ」あるいは、「やらないでくれ」という意思表明をしない

しゃく　てっしゅう

相愛大学人文科学部教授。博士（学術）。浄土真宗本願寺派如来寺住職。NPO 法人リライフ代表。宗教学者。宗教思想や宗教文化の領域において、比較研究や学術研究を行っている。近著に『落語に花咲く仏教』（朝日選書）など。

ことには、望まない状態で長く置かれるという可能性があるわけです。例えば、蘇生措置や人工呼吸器や人工栄養の問題などですね。回復する望みもなく、苦しくて痛い時期が長く先延ばしされるだけであれば、そのまま自然に死なせてくれ、というふうに考える方もおられるわけですね。延命医療が間違ってるということじゃなくて、自分で決めなきゃいけない社会を生きてるということです。そうするとあらかじめ終末に関する意思表示をしておかなければいけない。

あるいは社会のシステムの問題もあります。我々はずいぶんいろんな所に契約して暮らしてるんですよね。自分で思ってる以上に、保険やローンとか、電気や水道とか、いろんなものと契約して暮らしてますね。それらの後始末もキチッと考えておかないと、お亡くなりになってるのに、口座からずっと引き落とされ続ける可能性だってあるわけですよね。ですから、例えばエンディングノートみたいなものに記入したりとか、終末に関する意志表明をしておかなきゃいけない社会に生きてる。

でも今お話したのはいずれも情報の扱い方っていう感じがするんで

すよね。そうじゃなくて、せっかく終活に取り組むのであれば、グッと死を手元へ引き寄せて、死と向き合って、そこを通して自分の日常を点検するとか、そちらへ目を向けていくのはどうだろう、と思うんですね。仏教というのは死を通して生を見つめ直すというようなところがあるんです。そういう教えがとても発達しています。

例えば、リアルに「もし明日死ぬとしたら今日何するんだろう」っていうふうに考えてみたりする。死を手元に引き寄せて向き合ってみる。もし明日死ぬとしたら、私も宮村さんも、今日このラジオの仕事に来ないかもしれない。もっと他のことするかもしれないですよね。そんなこと考えてみると普段大事だと思っているものが以外につまらなく見えるかもしれないでしょ。あるいは普段思ってもいないことが浮かび上がる可能性だってあるかもしれない。「最後にあの人に会いたい」とか、「電話してみよう」という気持ちになるかもしれません。つまり日常の枠組みが揺れるわけですよね。我々は何となくこの日常がずっと続くような気分で暮らしてますけども、それが一旦揺さぶられるというか、自分は今をどう生きるか、何を大事として生きてるか、何を要らないと思って生きてるか、っていうことを再点検してみる。普段見てるようで見てないとか、考えてるようで考えてないとか、聞いてるようで聞いてないっていうことが多々あります。

仏教にこんな話があるんですよ。ある男の人がお亡くなりになって、閻魔大王の前に引き出される。閻魔大王が閻魔帳を調べて、「お前はどこそこの某という者だな」「はい、その通りです」

「ちょっと聞くが、お前は生きてる時に三人の菩薩に会ったことがあるか」って聞くんですよ。その男は「残念ながら私の人生に菩薩さまは一度も現れてくれませんでした」っていうんですよね。「本当にそうかな？じゃあお前は一度も高齢者見たことがないのか」「いえ、いえ。たくさん見てきました」「そうだろう。お前病人見たことないのか」「いえ。たくさん見てきました」「そうだろう。お前葬式に行ったことないのか」「いえ。たくさん行きました」「ほらね、三人の菩薩はお前の目の前に現れてるじゃないか。でもお前はその姿を見ようとしなかったし、その声を聞こうともしなかったんだ」っていう話です。

我々は、病・老・死を頭では何となく分かってるし、当然いつかは起こると思いつつ、本当にキチッと見たり聞いたりしてないとか、向き合ったりしてない、そんな事態の例え話になってるんですね。

終活を始めるのであれば、きちんと死と向き合うことで今をどう生きるかへとつながる活動にしていただきたい。考えてみれば、人間だけが死を活用出来るのです。そして死と向き合う道筋について仏教は壮大な体系をもっています。少し仏教の教えに耳を傾けていただければと思います。仏教というのはこの苦難の人生を見事に生き抜く、あるいは死にきっていく人類の知恵の結晶というような側面があります。さらに死さえも越えていく道を説いております。ぜひ注目していただければというふうに思います。

（16・4・17　放送）

ひ孫の顔を見るまでは

タレント　桜井　一枝

また孫の話なんですけど、だんだん大きくなりますやんか。ほんでついバアバとしてはいくら四歳、五歳になってもこっち来られたら抱っこしてしまったりするんですよ。

ほんで忘れもしません。今からもう二年になるかなあ。家族皆でご飯食べに行ったんです、馴染みのお店に。行って帰りしなに、子どもの足で十分～一五分かからへんのですわ、家まで。子どものことですからフラフラ歩きながら帰ってきたら、途中で「しんどい」とぬかしまして、このガキが。ほんで「バアバ、もう歩くのしんどい」というもんですから、「バアバがオンブしたげよか」いうたら、「うん」とかいうて。ほんで私も調子に乗って、別に子どもオンブしたぐらいでって思ってたんですよ。どうやらそれがキッカケですね。ぎっくり腰になって全く動けなくなって。お手洗い行くのも必死ですわ。そんな状態になりましてね。どうしたもんやろかって。

私今まで病気かかって仕事休んだことないんですよ。大体無遅刻・無欠勤というのが自分の勲章や思てたのに、さすが腰痛の時は仕事行けなかったですよね。

さくらい　かずえ

タレント
大阪市十三生まれの十三育ち。孫二人に囲まれて幸せに暮らすおばあちゃんタレント。昭和43年からタレント活動を始め、「ABCヤングリクエスト」を皮切りに、ラジオ、テレビのいろいろな番組を担当。現在はタイトルは変われど30年以上続いている「るんるん土曜リクエスト」のほか、「こんちわコンちゃん」「艶歌でおおきに」に出演中。

そやけどレギュラー番組を寝床で、ピンチヒッターでお願いした誰かがやっているのを聴くってツラいね。休んでるんや、それも病気で休んでるんや思て。これは本当にツラかったですわ。今時のことですから夏休み取りなさいとかって、レギュラーでもお休みさせていただくことはあるんですけど、それはそれとしてまた違うじゃないですか。それでもどっちかいうたら私休むの嫌や。何か生き甲斐を感じるっていうかね。別に休まんでも仕事終わったら何ぼでも家帰って休めるやん、て思うんですよ。

私この仕事好きでこの業界入ってますんでそれだけでありがたいんですけど、そらもっと仕事が過酷やった時に、夜中にヤンリクなんかもあったし、早朝の番組もあったし、ほとんど寝んと仕事行ったこともある時期あったんですけど、それこそピンクレディみたいなね。そういう時もあったんですよ。あったんですけど、やっぱり自分で好きで入った仕事やから休みたいとは思わなかった。でも眠たかったからね、それはちょっとツラかったんですけど。もう今なんか何ぼでも寝る時間あるし、孫と遊ぶ時間もあって、なおかつ仕事もさせていただいてるちゅうのは本当にありがたいなって思うんですけどね。

ぎっくり腰って突然ですから本当に大変で人はそれぞれ言ってくれました。「あそこのマッサージがいい」とか「こんな治療する所があるよ」とか「手術する所もある」とか。本当に手術せなあかんかなってところまで思ったんですよ。いわゆる切ってっていう…。椎間板ヘルニヤなんですよ。だからそのヘルニヤがちょこっと出て神経に触ってるから痛いということやと思うんですけどね、簡単にいうたら。で、いろんな方法があるんですけども、結局私は一年間悩みましたからね。で、いろんな所へ行って、ちょっとその時良うなった気がするんですけど、やっぱり元の木阿弥で良くないっていうか。

で、ある人から教えてもらって、それをやってとりあえず真っ直ぐ立てるようになったんです。そこからおおかた一年近く経つのかな、手術した痕はまだシビレとか残ってるんですよ。でも日常生活には全然支障が無いので、今また下のまもなく二歳の孫を抱こうとしてるから、抱こうとする気持ちの前に「いや、これは抱いてはいけない!」と心を鬼にして、抱いてはいけないとこういうふうに思てるんですけどね。

でも私いま日課にしてることがあって。父親がもう九八歳で老人ホームでお世話になってるんですけど、五～六年前まで一緒に住んでたんですよ。で、その時は父親が毎日仏さんにお茶を差しあげて。うちはもう母が六七歳で亡くなってるもんですから、おじいちゃんもおばあちゃんも仏さんに入ってるんでね。で、父親が全部それやってってんけど、父親が老人ホームにお世話になるようになってからはそれは私の仕事ですわ。

朝起きて一番にするのはお湯沸かして、お茶を淹れて、仏さんにロウソクと線香と。で、チ～ンいうてね、「おじいちゃん、おばあちゃん、お母ちゃん、ご先祖さま。頼んまっせ、ほんま。腰痛だけならんようにお願いね」とか「今日は孫とこんな話して楽しかってん」とかいうて、ほんで「お休みなさい」いうて仏壇閉めるんですよ。朝晩の日課ですわ。これせえへんかったら気持ち悪いね。で、旅行行ったりする時あるじゃないですか。その時は仏さんの扉を閉めないで開けとくねん。で、「お母ちゃん、留守頼んまっせ」いうて行くんですよ。ほなね、お母ちゃんがちゃんと守ってくれる。でもそれをずっとやってると心豊かに毎日生活出来る気がするんですね。母には結局ひ孫を見せてやれなかったけれども、父には見せてやること出来ましたんでね。それもひとつ親孝行かなと思ってます。今後の夢は私がひ孫を見ることですから、後二十年は頑張るでえ。

（16・4・24　放送）

イタリアの芸術環境

彫刻家　**御宿　至**

今日はイタリアでの芸術を取り巻く環境についてお話したいと思います。僕がイタリアに興味を持ったのは、小さい頃から絵が好きだったということもあるんですが、中学の時に美術の教科書でエミリオ・グレコというイタリアの彫刻家の作品を知るんですね。それと同時にルーチョ・フォンタナという一九五〇年代に活躍した画家にも興味を持ちまして、調べているうちにイタリアに目が向いたわけです。

高校時代に東京でフランスの彫刻家マイヨールの展覧会を見まして、それまで絵に興味があったのが立体とか彫刻の方が面白いなっていう感じになってきたんですね。それで東京の美術大学を受けたんですが、何回か失敗しまして。その頃ローマの美術大学でグレコ先生が教えているというのを知りました。また同じ時期に東京でグレコ先生の彫刻の大きな展覧会があったわけです。それを見まして、二二の時「よし、俺はイタリアに行くぞ!」っていう感じになったんですね。それで芸大に行った友達が、誼《よしみ》のある先生がやってるという彫金の工房を紹介してくれて。そこで二年間働いてお金を貯めました。それで二四の時、四二年前なんですが、当時羽田からアンカレッジ、北極圏

みしく　いたる

彫刻家

1949年静岡県生まれ。イタリア国立ローマ美術アカデミア彫刻科卒業。主な企画展、ローマ国立近代美術館、モントーバン文化センター（フランス）、ローマ市立現代美術館等。主な個展、ローマ大学付属現代美術館、スポレート現代美術館等。主な設置場所、マリーノ市立公園、アルボルノッツパレスホテル（イタリア）、日本通運本社（東京）等。

を経由してパリで乗り換え、ローマに行ったわけです。その頃ですから長旅で大変だったんですが、当時はとにかく彫刻家になるんだという意志が強かったんですね。片道切符で日本を後にしてローマに着きました。

それでイタリアには日本でいうと県に当たる行政単位が二十ぐらいありますけど、各県に必ず一つ国立の美術大学があります。向こうでは美術大学を「アカデミア・ベレアルテ」というんですが、二十の国立の美術大学があるということですね。戦前、第二次世界大戦の前までは彫刻家を目指す若者たちというのはパリに集まったんですね。例えばロダン、ブールデル、マイヨール、デスピオといった彫刻家達がフランスで活躍していました。で、戦後、第二次世界大戦の後というのは、彫刻家を目指す若者達がイタリアに集まったんです。イタリアにマリノ・マリーニ、ジャコモ・マンズー、僕がついたエミリオ・グレコ先生、ファッツィーニ、マストリアーニ、そういう人たちがイタリアに出てきたんですね。

当時ローマの美術アカデミアにはエミリオ・グレコ先生、ファッツイーニ、クロチェッティ、マストリアーニという世界で活躍する四人の彫刻家がいたんです。そんなこともありまして世界から本当にかなりの数の若者達がローマのアカデミアに集中していたわけです。だから本当に熱気に包まれていた時代で、大変貴重な経験をすることが出来ました。とにかく一九七〇年代には、ローマ美術アカデミアの、アカデミアは他にデザイン科とか絵画科とか油絵関係とかいろいろあるんですが、彫刻科に関しては黄金時代だったんですね。しかもグレコ先生、ファッツイーニ先生、クロチェッティ先生の三人はくしくも一九一三年生まれ、三人とも。だからライバル意識が凄くて、三人が火花を散らして制作するのを間近で見るというのも本当にいい経験でしたね。

それとローマで生活して初めて感じたことですが、最初のカルチャーショックなんですが、イタリアでは子どもから年配の方まで、絵を見せる、彫刻を見せる、音楽を聴かせる、どれに対しても同じ感覚で好き嫌いが返ってくるんですね。でも日本では絵とか彫刻というと、「私、ちょっと分からない」とか「絵は分かるけど彫刻はどうも」という方が多いです。ただ日本でも音楽に関しては、子どもさんから年配の方まで音楽を聴かせて「分からない」と答える人はいないと思うんですよ、音楽に関しては。これって結局、日本ではいわゆる美術の鑑賞教育って無かったんですね。だから結局日本では絵とか彫刻を「分かる」、「分からない」の、とにかく頭で先に理解しようとする。でも絵とか彫刻って確かに目で見るんだけど、心と一緒に見ないとダメですよね。だから音楽も、いくらいい音楽でも耳だけで聞いていたら雑音ですよね。この音楽いいなあ、モーツァルトいいなあという時には耳で聴いてるんだけど、心も動いてるから感動するわけですね。

例えば今、僕は富士山の麓に住んでますけど、東京で打ち合わせがある。すると最寄りの駅まで車を運転していかなくてはいけない。その日は天気が良くて、雲の形もきれいな青空で、富士山がくっきりと見える。しかし頭に打ち合わせのことがあると目で見てるんだけど、折角の美しい景色も記憶に残らないし感動はしないですね。やっぱりその景色にしても感動する時には目で見て、心が動いたりする。だからそういう意味での鑑賞訓練が日本の人って違うなっていうのをやはり感じたんですね。

ローマで生活し始めてそのことを少しずつ具体的に分かってくるんですけど、ローマ市内には約五十前後の博物館・美術館があります。その他に遺跡があり、教会に行けばミケランジェロの彫刻があり、ラファエロの絵があり、カラバッチョの絵がある。またイタリアでは公共の建物、公園なんかを造る場合には総工費の二%、ドゥエペルチェントっていうんですが、これはもうその法例を示す固有名詞になってますが、とにかく総工費の二%を芸術品に遣わないと罰せられるんです。日本にはそれは無いです。だから一九九〇年の初めにそういう公共の物を造ったらせめて一%遣いましょうよ、という運動が出てきた。でも法律で決まったわけじゃないですからね。あるいはメセナ協議会が発達したのもその頃です。公共がそれをやると民間もやっぱりやるんですね。街並みの中にそういう物が遺って五十年後百年後にまた外国の人が見に来るっていうふうなことがあると思うんですね。

このような環境がある中で、さらにイタリアの中学の教科書ですけど、長女が現地（イタリア）の中学に通っていた頃の教科書を見てきたんですが、A四の大きさで厚さが三・五センチあります。それを三年間で使用するんですが、これは日本の大学生に美術の教養の書として与えても充分耐えられると思うんですね。そういう環境があってなおかつ、だから情操教育にかけるエネルギーって本当にすごいなあと思うんですね。

そしてイタリアでは芸術・美術・音楽に親しむのは限られた人生をより心地良く、人間らしく過ごすためのひとつの手段として、それこそ水道・ガス・電気・道路と同じように必要なんだという思いが本当に強いんですよね。そういうイタリアの環境の中でいろいろ活動したり生活してみて、とにかくイタリア人はお金をかけない人生の楽しみ方が本当に上手だと思います。

（16・5・1　放送）

奇跡的回復の原因は

前京都大学医学部附属病院病院長補佐・看護部長
（現 岩手医科大学看護学部 特任教授）
秋山　智弥

今日もまた別の患者さんとのエピソードについてお話したいと思います。私が受け持った患者さんなんですけれども、この方は二十代の若い男性の患者さんで、多発脊髄腫瘍という脳や脊髄といった所にたくさんの腫瘍が出来る難しい病気なんですね。いわゆるガンのように転移することはないんですけれども、出来てる場所が悪いですから神経を巻き込んでいますので、胃や腸のようにごっそり取るということは出来ないんですね。神経を切ってしまいますので、残さざるを得ないんですね。それがまた時間と共に大きくなってまた再手術をしなきゃいけない。そういったことを子どもの頃から繰り返されていたわけですね。放っておきますと、神経が圧迫されて手足の動きが悪くなったり、感覚が麻痺したり、そういったことになっていくわけです。

で、この時も手足の動きが悪くなって入院されてきたわけですけれども、首の脊髄の所に大きな腫瘍があったわけです。精密検査をしますと頭の方にも腫瘍が出来ておりまして、脳外科の手術をしたわけです。その後、感染症を患ったりして非常に経過が長くなりました。そ

あきやま　ともや

岩手医科大学看護学部特任教授
1968年大阪市天王寺区生まれ。1992年東京大学医学部保健学科卒業後、看護師として同附属病院に勤務。1998年同大学院医学系研究科健康学科・看護学専攻修士課程修了後、助教授として新潟県立看護短期大学に勤務。2002年より再び看護師として京都大学医学部附属病院に勤務。2011年に同病院長補佐・看護部長に着任。2017年より現職。

の間に手も足も動かなくなっていったんですね。で、何とか回復をして、いよいよ整形外科の病棟に転科をしてきたわけですね。私は整形外科の病棟の看護師でしたので、そこで彼を受け持つことになったわけですけれども、その時には手も足も動きません。で、首の所の手術をする必要があるわけですけれども、放置すればいずれ呼吸を司ってる筋肉が動かなくなって自分では呼吸が出来なくなる。そういう状態なんですね。

ところが呼吸が出来て、延命が出来たとしても、手も足も動かない状況でずっと過ごさないといけない。そんな中で自分でも手術をするか、しないかっていう判断が彼には出来なかったんですね。何とかご両親の説得に会って手術を受けられて、無事に手術が終わりました。ですがこれが本当に最後の手術になりまして、これ以上の手術は出来ないということで、こんな状態で親御さんもご本人も「もうやることが無ければ家に帰りたい」とおっしゃるんですね。ところが頭の腫瘍の取った所が同じぐらいまた大きくなってまして、それが頭の中で脳幹という心臓や呼吸を司る所を圧迫しますともう心臓が止まり、呼吸

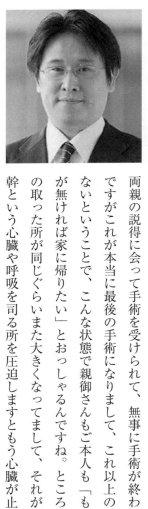

が止まりという状態でした。ですので「いつ呼吸が止まるか分からない、心臓が止まるか分からない、そんな状態で家に帰すなんてとんでもない」というのがお医者さんの判断だったんですね。

私は逆にいつ止まるか分からないんであれば、今のうちに何とか家に帰してあげられないかという思いで、家で過ごせるために何をしたらいいのかということを考えて、病院でやっております私たちのケアの実際をお母さんにも家でもケア出来る訓練をしてきたんですね。ですが、実際病院と違って、病院は二交替三交替で二四時間三六五日看護師が交替してケアにあたるわけですけれども、家ではそういうわけにはいかないですね。それで病院ほど手厚いケアは出来ないですけども、そういった練習をして在宅で何とかケア出来る準備を整えて、それを主治医に見ていただいて外泊の許可をいただいたんですね。で、我々としても、家に帰って肺炎になって帰ってくるかもしれない。そういったことも充分覚悟の上での外泊だったんです。

ところが外泊して毎日電話でやりとりするんですが、調子はいいんですね。特に変わりない。お母さんも調子がいいので外泊を延ばしたいということをおっしゃったんですが、ただ我々としては一度は帰ってきていただいて、検査をして問題無ければまた再度外泊容認ということで、一旦帰ってきていただいたんですね。数日ぶりに見た彼の表情を見て、今まで見たことないぐらい非常につやが良くなって、検査結果もそれを裏付けてたんですね。病院の方がたくさんの看護師でケアしてるにも関わらず、どうして家で良くなったのかすごく不思議でした。

たったひとつだけ病院では出来てなくて家で出来てたことがあったんですね。それは何かと言いますと、お酒を飲んでたんですよね。お食事は鼻からチューブで胃に流し込んでたんですけども、そこにお食事と一緒にお酒を入れてらっしゃったんですね。毎晩毎晩外泊中お友だちが訪れては一緒に食卓を囲んで団らんをして、お友だちと一緒に笑いながらお酒を飲み食べしてそれでぐっすり眠るというそういう毎日を過ごされてたんですね。それが彼にとって非常に良かったわけです。それが彼の回復力を高めていったんですね。そんなようすを見て医師が言った「退院をとめる理由は無くなった」というひと言で退院に向けて準備がぐっと進んでいったんですね。当時はまだ訪問看護と言ってもそういう呼吸管理が必要な訪問看護をやってくれる所が少なかったので、探すのにずいぶん時間はかかりましたけれども、何とか在宅看護にもっていくことが出来たんですね。

で、その試験外泊を繰り返す中で実は手も動くようになったんですね。これも本当に信じられなかったんですが、ある日指が動くようになってました。どうしてそんなことが起きたのか聞いたんですが、ある日子犬がたくさん産まれたんですね。彼は動物園の飼育係をしていたので動物が大好きで、その動けない彼のベッドの上を子犬が走り回るわけですね。彼はそれをさわりたくてしょうがなかったんですね。で、さわろう、さわろうとする神経のパルスが脳から発せられて、それが繰り返されているうちに指が動くようになったんですね。

おそらくこれ病院にいてずっとリハビリを続けて、指を動かそうとしても動かない指をじっと眺めてるうちにもう嫌になって諦めたかもしれないですね。やはり家でそういうことがあってこそ動くということになって。一度動いてしまうとそこからはリハビリですね。どんどん良くなっていったわけなんですね。だからこの患者さんは退院することが出来まして、余命一ヶ月も無いと言われておりましたけれども、ご自宅に帰ってから三年半、非常に長い間家族に囲まれて幸せに過ごされたんですね。いっときは肩につかまって歩くところまで回復することが出来たわけですね。本当に私は彼を受け持たせていただくことで、希望をとにかく捨てないということの大切さ。あるいは家族や友人がいかに大事かということを知ることが出来たんですね。

本当にこれから医療の場がどんどんと施設から在宅・地域の中に移ってきております。その中でますます家族や友人の力が非常に重要になってくるんだなというふうに思います。看護がますます地域に入っていけばそこに成熟した社会が生まれてくるんじゃないかなあというふうに思っております。

（16・5・8　放送）

ケサノ婆ちゃん

介護老人保健施設「星のしずく」看護介護部長　高口　光子

私は、お年寄りの介護の現場でもう三〇年以上仕事をさせて頂いております。今回は、介護の現場で最初の頃に出会ったナガヨシ・ケサノさんというお婆ちゃん、そして息子さんのお話をさせていただければと思います。

ナガヨシ・ケサノさんは、当時、ボケ老人と呼ばれていました。どんなふうにボケてるかというと、踊るお婆さんだったんです。踊るお婆さんの介護って、見てるのは楽しいですけれども、なかなか大変なんですよね。お手洗いに座ってもらおうと思っても、踊って踊ってなかなか座ってもらえないので、職員たちはケサノさんに「踊らないで、踊らないで」っていつも言ってたんです。

だけどそのケサノさんのことを大好きな職員がいて、ソノダっていう職員なんですが、ソノダは「踊らないで、踊らないで」じゃなくって、お婆ちゃんに思いっきり踊ってもらいたいなっていつも思ってたんですよね。

そして介護保険が始まって、ケアプランというのを立てるのですが、ケアプランというのは、「お年寄りがこういうことをしたいっていう

たかぐち　みつこ

介護アドバイザー
高知医療学院を卒業後、理学療法士として福岡の病院に勤務。老人医療の現実と矛盾を知り、より密着した介護を求め特養に介護職として勤務。介護部長、デイサービスセンター長、在宅部長を歴任。2006年老健「星のしずく」の立ち上げに携わり看介護部長を兼任。現場からの等身大の発言・提言で現場の変革に取り組む。著書『介護施設で死ぬということ』(講談社)。

のをケアプランにしていいんだ」ということなので、その時ケサノさんは自分の思いを言葉でいうことはもう出来なかったので、ケサノさんのことが大好きなソノダの「思いっきり踊らせてあげたいな」って思う気持ちをケアマネージャーさんに伝えて、「そうか。じゃあそれをケアプランにしよう」ということになって「思い切って古里に帰ってみたらどうだろう。そこで皆さんと一緒に踊ってもらうことが出来ないかなあ」って、長男さんと一緒に計画を立てて、おうちに帰ってみたんです。

そしたら古里の皆さんは、大歓迎をしてくれたんです。あいさつをかわして、少しゆっくりして、おだやかに夕食会がはじまりました。そしたら、お婆ちゃんが立ち上がって踊り始めたんです。ソノダは古里の人が嫌がるかなとか、息子さんもやっぱり古里の人の前では失礼かなあとか、いろんな思いがよぎったんです。でもそのお婆ちゃんの踊るようすを見て、古里の人が「婆ちゃん、この踊り覚えちょったね」って皆で声をかけてくれて、で、もう七人も八人も立ち上がって一緒に踊って皆ケサノさん状態になりました。

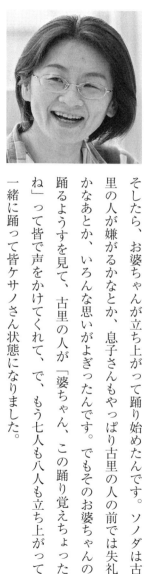

そしてビックリしたのは、その踊りには歌があったんです。その地域ではナガヨシ家の人たちだけしか秋祭りに踊ることの出来ない大切な踊りだったんです。ですから私たちからすると仕事の邪魔をする嫌な問題行動っていうんですか、困らせる踊りでしかなかったけれども、でも古里の人とケサノ婆ちゃんを言葉を越えて繋げる大切な踊りだったんだなあ、っていうことをそこですごく私は教えられました。介護の仕事をしているとお年寄りの気持ちがわからなくなって、嫌になることがあるけれども、でもそれを決めつけずに、もしかしたらこの方には深い、私たちの知らないわけや意味があるのかなっていうのを考える。私が介護のお仕事をしていく上でとても大切なことを教えていただきました。

そしてソノダとケサノ婆ちゃんは無事に帰ってきました。それからいろんな所へ、行きたい所へ一緒に行っていました。その次の年からお婆ちゃんがだんだん弱ってきて、そして食べなくなってきたんです。そうすると「病院かなあ」とか「チューブかな」とかいろいろ考えが出てくるんですけれども、息子さんが「母の人生は母のものですから、母の自然に任せたい」と、気持ちをしっかりもたれていました。それでケサノ婆ちゃんのケアプランがごく自然に穏やかに最期まで過ごす。という方向で決まって、職員も気持ちがクッとまとまりました。ソノダが出勤してる時には出来るだけソノダがケサノさんの側（ソバ）にいられるようにしました。そしてソノダの夜勤明けの朝に婆ちゃん亡くなられました。

私たちはご葬儀に参加しました。その時、ソノダがもう泣いて泣いて自分の名前が書けないです。だけどそのご葬儀に古里の人たちもご親族もいらっしゃるので、「あの時の施設の人やね」「あん時は楽しかったね」って、ご遺体を囲んで皆で古里に帰った時の思い出を泣き笑いで語り合いました。そして最後に息子さんが喪主としてご挨拶されたんです。

「僕はずっと思ってました。母は歳をとってまで、ボケてまで、息子の僕に何を教えたかったのかなあって。正直にいうと、母親のくせに息子の嫌がることを何でするんだろう、親なのに何で子どもを困らせることばかりするんだろうって、いつまで生きるんだろうって思っていました。親の長生きを寿《ことほ》げないダメな息子だなって、ずっと思ってました。そして困りに困り果てて施設に入れた。自分たちの家族は、親を捨てたんじゃないかってずっと思ってました。

でも施設の皆さんと一緒においしそうにご飯を食べたりとか、家では見せないような笑顔を母が見せた時に、僕は親を捨てたんじゃなくって介護を選んだんだって、自分で思えるようになりました。そして皆さんと過ごした日々を今改めて振り返ると、母親はきっと僕に教えたかったんだと思います。どんなに体が不自由になっても、人さまからボケって呼ばれるようになっても、その時々に温かい人間関係さえあれば、最期まで自分らしく生き抜くことは出来るんだよ。歳をとることは何も怖いことじゃないよって。それを息子に教えるために母は歳をとってくれたんだと思います」って言われたんですよね。

これが今日までこの介護の仕事を続けてきた私のいつも心にとめて大切にしているお話です。

（16・5・15　放送）

感謝の気持ちと利他の心

京セラコミュニケーションシステム株式会社代表取締役会長　大田　嘉仁

今回は私が日常生活の中で感銘を受けたエピソードを二つご紹介いたします。

最初はトマトの話です。私は滋賀県の大津市にある団地に住んでるんですが、以前より庭に小さな家庭菜園を作ってトマトなどを育てています。家の近所で同じようにトマトを植えてる方が多いんですが、私の家のトマトは一度実がなると痩せ細り、勢いが無くなります。しかし散歩などをしていると、他の家のトマトの中にはいつまでたっても元気よくトマトをたわわに実らせている所があります。なぜこんな差が出るんだろうといつも思っていました。

私の住んでる団地には週末、トラックに野菜などを積んで道端で店を広げている人がいました。とても面白い方なので、よく家内と一緒に買い物に行き、よもやま話をしていました。そんなある時このトマトの話をして、なぜうちのトマトは実りが少ないんだろうか、品種が悪いんだろうか、土のせいだろうか、聞いたことがあります。そうすると次のような答えが返ってきました。

「トマトを収穫する時に、大きく実ってくれてありがとうと、まず

おおた　よしひと

京セラ取締役
1954年鹿児島生まれ。立命館大学経済学部卒。MBA 取得（米国ジョージワシントン大学）。1978年京セラ入社。2003年執行役員。2010年取締役執行役員常務。京セラ創業者稲盛和夫氏の側近として、JAL 再建では主に意識改革を担当。2015年京セラコミュニケーションシステム会長。現顧問。

感謝の気持ちを持ち、収穫するたびに次も実ってほしいと願い、手のひらに乗るぐらいの肥料をあげることです。大田さんは収穫だけして、後はほったらかしでしょう。それではトマトが実りません」。そういう答えでした。

よく考えてみますと、小さな苗を買ってきて黒い土の中に植える。そうすると数カ月後には黒い土から赤いトマトが実るわけですから、不思議なこと、ありがたいことです。さらに考えてみますと、トマトの苗とその命は自分の子孫を少しでも残そうと、一生懸命に生きている。土から出来るだけ養分を吸い取り、太陽から出来るだけ多くの光を浴び、そして花を咲かせ、子孫を残そうと実を実らせる。その健気な努力の結晶がトマトなのですから、大きな感謝の気持ちを持って収穫するのは当然です。そして少しでも多くの実を実らそうと必死に生きてるトマトに肥料を与えなければ、次に実るはずがありません。

振り返ってみますと、私自身、苗を植えたらほっといてもトマトは勝手になるものだと思っていました。ですから実っても感謝の気持ちは無く、途中で肥料をあげるようなこともしてなかったわけです。そ

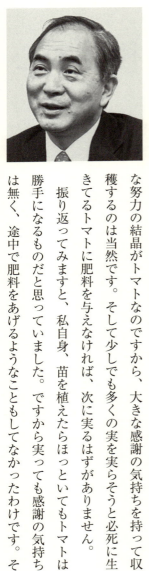

して自分のことは棚に上げ、苗が悪いんではないか、土が悪いんではないかと理由を探していたわけです。我ながら本当に自分勝手だと思いました。

そして私はこの時何か大切なことを学んだように感じました。つまり感謝の気持ちと実際に相手を良くしてあげたいという思いと行為が無ければ、植物どころか人間も育てられないということです。

人間は全て途方も無い過去から大切な命を連綿と引き継ぎ続けた尊い存在です。親の大きな愛情を受け、また多くの方々の支援をいただき、今日があります。そして全ての方々が素晴らしい人生を送りたいと願って、毎日を一生懸命生きているはずです。

そうであるなら、つまり全ての人間の存在が尊いものであるならば、その大事な場である職場で、また地域で、互いにもっと感謝の気持ちを持って接するべきではないか。また相手の立場を尊重し、相手のことを思いやる心をもっと大切にすべきではないだろうか、そういうふうに思いました。

特に現在の社会において、最大の人間の集合の場所である企業においては、経営者はある意味不思議な縁で仲間となった社員へ感謝の気持ちを忘れることなく、全社員の物心両面の幸せを心から願い、企業を成長させていく必要があるのだろうとつくづく感じています。

些細なトマトの話ですが、私は人生で本当に大切なことに気が付いたように感じました。すなわち感謝の気持ちを持ち、相手のことを思いやり、行動出来る人間になりたいと心の底から願うことの大切さです。

次も同じような趣旨ですが、子どもの教育について最近教えてもらったことをご紹介いたします。京セラの名誉会長稲盛さんの人生哲学の根幹を成すものは「人のため、世のために尽くすことが人間として最高の行為である」というものだそうです。つまり利己、自己中心的な考えではなく、利他、他を利する。つまり相手を思いやる心がもっとも大事だという考え方であり、この考え方をベースとして稲盛さんは京セラやKDDIを創業し、大成功されました。またJALの再建も見事に成し遂げられました。

この利他の心の重要性に気がつかれた立命館大学では、昨年茨木キャンパスに「稲盛経営哲学研究センター」を設置されました。そして大学だけではなく、立命館の小中高でもその利他の心を子どもたちに教えたいということです。私も少し関係していましたので、立命館の担当役員の方に「なぜそのようなことを思い付かれたんですか」と聞いたことがあります。

そうすると次のようなエピソードを交えた回答がありました。あるお母さんが子どもに向かって、「貴方には将来いい大学に入って、いい会社に入ってほしい。だから一生懸命勉強してほしいの」と話したそうです。しかしその子どもは「自分はいい大学に行かなくていい」と答え、なかなか勉強してくれなかったそうです。ところがその後、そのお母さんが「世界には困ってる人がたくさんいる。貴方にはそんな困ってる人を助けてあげるような人間になってほしい。だから勉強してほしいの」と話したそうです。そうするとその子どもさんは、「自分も世の中に役立つ人間になりたい」と一生懸命勉強するようになったというわけです。

この話を聞いた立命館の方は大変感銘を受けたそうです。そして人間は誰でも社会に役立ちたいという思いを持っている。特に純真な心を持つ子どもたちは本当にそう思う。だからそもそも勉強というのは自分のためにするのではなく、人のため、世のために役立つ人間になるためにするんだと。そういうことを教えてあげたいと思うようになり、立命館で子どもたちにこの利他の心を教えることになったと言うのです。

当たり前のことですけれども、私たちは自分のためにだけ生きるためにこの世に生を受けたわけではありません。人のため、世のために役立つという尊い使命を持ってこの世に生まれてきたはずです。しかし厳しい現実の中で私たちはついそのことを忘れてしまい、自分中心になってしまいがちです。その意味では利他の心の大切さは子どもたちだけではなく、私たち大人も学ばなければならないと私自身強く感じております。

（16・5・22　放送）

ペットのイグちゃん

漫画家　細川　貂々

今日はペットのイグアナの話をしたいと思います。うちには子どもがいなかったので、ペットのグリーンイグアナを息子のように可愛がってたんです。うちに来た時は手のひらに乗るくらいのサイズで、一五センチぐらいだったんですけど、大人になったら一六〇センチまで大きくなってしまって、大変だったんですけども。

グリーンイグアナは爬虫類の中では珍しく人になつく生き物なんです。最初からなつくわけじゃなくって、ちゃんとコミュニケーションをとって、上手になつくようにしていくわけです。それで二週間ぐらいかかるんですけど、手乗りにするようにして、それから抱っこ出来るようにしてってていうふうにして仲良くなってってったんですね。

それでだんだんなつくようになってきたので、すごく仲良くなれたっていう感じがあって、爬虫類と人間でもこんなに仲良くなれるんだみたいな感じがあったんです。その後は抱っこしたりとか、お風呂に一緒に入ったりとか。それでトイレも覚えるので、トイレトレーニングをして、「ちゃんとここでトイレしなさいよ」って覚えさせたり、そういうこともして。それで一緒にベランダで日光浴とかした

ほそかわ　てんてん

まんが家・イラストレーター
1969年生まれ。セツ・モードセミナー卒業後、さまざまな職業を経て漫画家デビュー。夫の闘病をコミックエッセイにした『ツレがうつになりまして。』でブレイク。大好きな宝塚歌劇団の本拠地を目指して2011年に関西に移住する。近刊は精神科医・水島広子との共著『それでいい』(創元社)。

り、コタツに入ったりして、毎日を楽しく過ごしてたんです。

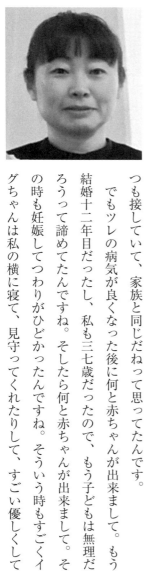

そうしてるうちにうちの夫、私は「ツレ」って呼んでるんですけど、ツレが会社のストレスでうつ病になっちゃったんです。すごい突然のことでどうしていいか分からなくって、もう二人で必死にいろいろやっていた時に、イグアナのイグがすごく私たちを励ましてくれたっていうか、支えになってくれてて、「イグがいるから私たち何とかやっていこうね」みたいな感じになってたんです。ツレがうつ病で調子悪くって寝てる時に、隣でイグが一緒に寄り添って寝てくれたりとか、一緒に日光浴とかもしてくれたりして、すごい支えになってくれて。で、本当に爬虫類だけども、自分たちの息子のような感じでいつも接していて、家族と同じだねって思ってたんです。

でもツレの病気が良くなった後に何と赤ちゃんが出来まして。もう結婚十二年目だったし、私も三七歳だったので、もう子どもは無理だろうって諦めてたんですね。そしたら何と赤ちゃんが出来まして。その時も妊娠してつわりがひどかったんですね。そういう時もすごくイグちゃんは私の横に寝て、見守ってくれたりして、すごい優しくしてくれて。

で、私のお腹の上に乗ってきたりして、お腹が大きい時に乗っかってきた時に内側から押されたらしいんです。それでビックリしてどいたこともあったりして、生まれる前からイグとうちの赤ちゃんはコミュニケーションをとっているみたいなんですね。なので私はまだその時は男か女か分からなかったので、イグちゃんに「これから弟か妹が出来るんだよ」って話しかけてたんです。

赤ちゃんが産まれたんですけど、産まれた時は一緒に会わせてはあげられなかったんです。何でかっていうと、イグアナは冬になると発情期っていうのがあって、イグはオスだったので発情期が来たんですけども、発情行動として噛み付くっていう習性があるんですね。で、赤ちゃんが噛み付かれるのは困るって思ったので、イグだけ個室に閉じこめてというか、監禁したというか、ちょっと別の部屋で一人でいてもらって過ごしてもらったんです。

で、発情期が終わった頃に赤ちゃんとやっと会わせて。そしたら赤ちゃんが当然ワッと泣いたので、イグの方が驚いて逃げてしまって。それからはイグは赤ちゃんを怖がって、あまり近付かなくなって。で、赤ちゃんの方はイグが全然怖くないので、近寄っていって尻尾をグルグル回したり、頭をペチペチ叩いたりして、一応コミュニケーションをとってるというか、遊んでたんです。赤ちゃんは息子だったんですけど、息子が二歳になった時にちょっとしゃべれるようになったんで、「イグちゃんていうんだよ」って言って教えてあげたら、「イグちゃん」て言えなくて、なぜか「チンタ、チンタ」っていうようになって。「チンタ、チンタ」って呼ぶようになったら、イグちゃんが死んじゃったんですね。

で、ペットのお葬式をする所でお葬式とかしてあげたんですけど、息子はそういうのを分かってなくて。二歳だったんであまり記憶が無いっていうか、イグのことは覚えてない感じだったんです。それで幼稚園に入った後に、「イグのこと覚えてる?」って聞いたら、「覚えてない」っていうので、記憶に残ってないんだなって思ってたんですね。

そしたら幼稚園の年長さんの時に「これ、お母さんに」って言って、工作で作ってきた箱を見せてくれたんです。そしたらそこにイグの絵が描いてあって、「覚えてないって言ったのにこれどうしたの?」って聞いたら、「お母さんの本にイグの絵が描いてあったから、それを見て描いた」って言ってくれて。それで私は号泣してしまって。やっぱり自分の作品に大事な家族のことを描いておいて、こうやって自分の作品の中で生きてるんだなあと思うと、描いといてよかったなあってすごく思いました。きっと息子も私の作品を読んでイグのことを覚えててくれると思ったので、すごいよかったと思いました。

(16・5・29 放送)

居酒屋は希望の光

作家　太田　和彦

今日は居酒屋と大震災の話をしたいと思います。平成七年に阪神淡路大震災が起きました。私は東京に住んでるんですけれども、いろんな報道を見て心を痛めていたんです。

その頃、ある雑誌に日本中の居酒屋を巡る連載をしてまして、震災から一～二年経っていたかな、担当者に「神戸へ行きませんか」と提案されて、僕はすごく抵抗があった。「ボランティアで行くんなら別だけれども、そんな飲み歩きみたいなことで行ってよいものか」と。すると「そういう時こそ行ってください」と言われ、非常に心を引き締めて行ったんですね。

被害の多かった長田地区を歩いているとプレハブというのか、物置小屋のような居酒屋があって、こわごわ入ってみたんです。ビールケースの上に板を置いた机、壁に向けて浅いカウンターを打ちつけただけの本当に仮設の店なんです。

いいのかなあと思いながら恐る恐る注文。店はシンとしている。客は作業服の男たちばかりで満員なんですが、しゃべる人が誰もいない。ご主人に小声でうかがうと「神戸の大きな料亭で働いていたんで

おおた　かずひこ

デザイナー　作家
1946年生まれ。元東北芸術工科大学教授。著書『居酒屋百名山』『日本居酒屋放浪記』『居酒屋おくのほそ道』『東海道居酒屋五十三次』『居酒屋かもめ唄』『みんな酒場で大きくなった』『居酒屋を極める』『日本の居酒屋―その県民性』など。テレビ BS11「太田和彦のぶらり旅いい酒いい肴」ロングラン

すが店は崩壊。食べていかなくちゃいけないから仕方なしに物置小屋を建てて、何とか酒を手に入れて始めた」と。「その時思ったんです。こんな時だからこそいい酒を飲んでもらいたい、安い値段で」。確かに銘酒をこの値段でいいのかと思うぐらいだった、ありがたいことだなあと。

黙って立ち飲みする男たちの目から、「酒でも飲まなきゃやってられない」という気持ちがひしひしと感じとれ、そこで気付いたのは、「飲むからやってられるんだ」。その時にお酒というものの力を感じたんです。それも家で一人で飲むんじゃなくて、同じ気持ちを持った者が黙って集まっている、そういう居酒屋の力って大きいなと痛感したんですよ。

それからまた何年か経って東日本大震災が起きました。東京の私は何も被害は無かったんですが、その時も連載があり、どうしても居酒屋へ行かなくちゃいけない。私は毎晩酒を飲んでる呑兵衛なんですが、東日本大震災の時はおよそ四日間一滴も酒を飲む気にならなかった。でも仕事だから仕方がないと、東京のある大きな居酒屋に行って

みたんです。

やってるかどうか。やってた。満員。でもシーンとしてるんです。そこは気楽な店で「あら何とかさん、いらしゃい」って、いつも賑やかさが取り柄の大衆居酒屋なんですけど、その時は全員がシーンとして飲んで、店の人も余計なことは何ひとつ言わない。で、小声で「お前んとこどうだった?」とか情報交換ですよね。ともかく人の集まる所へ行かないと自分の心が落ち着かないという人々が来てるんだと思ったんです。それを見て、居酒屋の役割をよく知りました。店全体に大震災で被害に遭った人々を鎮魂する気持ちが満ちあふれてるんです。それも驚きだった。

東北に馴染みの居酒屋はたくさんあり、何かしたいんですが、こんな年寄りが行ってボランティアにならないし、第一交通機関が無い。それでも新幹線が仙台まで復旧したのを機に、一軒一軒お見舞い行脚を始めた。「無事でよかったですね。ご親戚はいかがですか」「この辺で親戚に犠牲者の無い人なんか誰もいません」と言われ、言葉が続けられませんでした。

その頃テレビで、仮設の居酒屋が復興のシンボルになっているという話があり、私も訪ねてみたんです。お婆さんが一人でやっている店に年配男が来て一人で飲んでいてポツリと言った。ふだんは「父ちゃん酒ばかり飲んでないで仕事して」っていうんだけど、「父ちゃん、頼むから居酒屋でも行って元気を出しておくれ」と言われたと。焼酎飲みながら「しょうがねえ、頑張んべえ」という気持ちを奮い起こす。そういう時こそ、仮設でも何でもいい、人が集まってお互いの顔を見るだけで、目でうなずき合うだけでいいわけです。その時お酒は「しょうがねえなあ、やるしかないか」という気持ちを起こさせるわけですね。

私はその二つのことで居酒屋の見方が大きく変わったんです。本当に打ちひしがれた時にこそ居酒屋は必要とされる、人が集まる所として居酒屋は大変必要なものだと思うようになってきたんですね。

第二次大戦中にウィンストン・チャーチルが「パブの灯りがついている限り大英帝国は不滅である」と言ったそうなんですけど、その言葉の意味を感じました。居酒屋が希望の光になっている。それが今日話したかったことです。

（16・6・5　放送）

社交ダンスの聖地に立つ人

シニア社交ダンサー　前田　明

今日のお話は私にとって素晴らしい思い出と言いますか、素晴らしいを越えて今でも考えられないなと、いうようなことが私にありました。シニア社交ダンサーと紹介していただきましたけども、私今年で六八歳です。で、五六歳の時にダンスを始めましてね。

それで社交ダンスの聖地と言われているのがイギリスのブラックプールなんですが、社交ダンスの競技会には世界三大競技会というのがありまして、ブラックプールで行われる全英選手権、それからＵＫ選手権、そしてロンドンインターなんですけども、その中でも際立って有名なのがブラックプールで行われる全英選手権なんです。

社交ダンスされる方は皆さんよくご存じで、「ブラックプール」「ブラックプール」と皆さん言うわけですけども、その百年の歴史があるブラックプールで、今から三年前に、考えられないことなんですけども、何と日本人で初めて私が踊らせていただいたんです。こんなことありえない。

そら、小さい頃から頑張ってダンスやってたらまた別なんでしょうけど、五六歳という高齢から始めて、アマチュアですし。アマチュア

まえだ　あきら

会社経営者
1947年舞鶴市生まれ。愛知学院大学中退。
1973年、26歳のとき起業。現在４つの会社を経営。趣味、生きがいは社交ダンス。
イギリス・ブラックプールから招待され１組で踊る。ＦＭ宝塚「前田明と汐見真帆の社交ダンスは美しく健康に」のパーソナリティ。

と言いましてもよくプロの方言われましたのは、「前田さんは我々よりはるかに練習しとるね」。一年中五～六時間はやっとりましたから。

そしてそんなわずか九年でブラックプールで踊らせてもらうなんて。ましてさらにその日にスタンディングオベーションをいただいたんですけども、「そんなこともうありえないな」って多くの方が言われます。そういう非常に素晴らしい、先ほど言いましたように私にとっても考えられないような体験をさせていただいたんです。

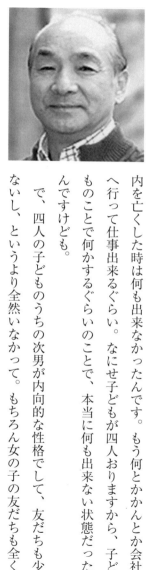

それは元を言いますと、私二六歳で起業させていただいたんです。非常に最初、今も厳しいですけども、一緒に厳しい事業を共にやってきた家内を一七年前に亡くしたんです。で、当時はもう全くもう、家内を亡くした時は何も出来なかったんです。もう何とかかんとか会社へ行って仕事出来るぐらい。なにせ子どもが四人おりますから、子どものことで何かするぐらいのことで、本当に何も出来ない状態だったんですけども。

で、四人の子どものうちの次男が内向的な性格でして、友だちも少ないし、というより全然いなかって。もちろん女の子の友だちも全くいなかったもんですから、「一緒に社交ダンスを習いに行こう」って私が呼びかけまして。「社交ダンス行ったら友だち出来るぞ」って言って、二人で行ったんですよ。私は舞鶴の出身でしてね、福知山のダンス教室の門を叩いたんです。

現在の社交ダンスというのは高齢の方が多いんです。昔私たちの若い時ブームだったんですけどね。それで五〇代、六〇代、七〇代の方が多くて、息子の方は早々にあまりやる気が無かったんですけど、私がもうのめり込みまして。元々音楽とか踊りが大好きでしたし、小さい頃にオヤジが酔っぱらってはペレス・プラードとかのLP盤を買ってくれてましてね。よく子どもなりに聴いて自分なりの振り付けで踊ってたんです。それでもう日に日に社交ダンスにのめり込んでいきまして。

それでやり始めてからも、「なかなかうまいオッちゃんやな」ぐらいの評価を得てたんですけど、今から四年ほど前に大きな転機が来まして。私のダンスパートナーの曽静さんいうんですけど、その曽さんがある時二人で練習して帰る時に、〈エキシビジョン〉ていう、社交ダンスとはまた違うんですけど、非常にダイナミックな、アクロバット的な面で魅了させる踊りがあるんです。それをエキシビジョンっていうんですね。その世界チャンピオンのビクター&ハンナていう人のポスターが、片手で女性を持ち上げとるポスターがあったんです。で、曽さんが「お父さんならやれる」と言うのです。若い時なら出来たかも分からんですけど、もうその時六四歳でしたから。京都の山本英美先生に「パートナーがこういうんだけど」いうたら、「そや、それやろ」いうてね。日本で誰も出来ない、プロだって出来ないものをやろうということで、「お父さんなら出来る！」いうことで、それで始まったんです。それも一年後の日本武道館で行われるアジアオープン、一万人の人の見とる前で、そこで踊ろうと。実は私若い時にボディビルをやっとりまして、それを見越したんでしょうね。非常に体が強いということで、やれるということで始まったんですけどね。

で、一年間も苦労して、ジム通ったりして、何とかかんとかそれが出来たんですよ。その時にイギリスからブラックプールの関係者がたくさん招待を受けて、審査員になったり、役員で来賓として来られてね。で、そのブラックプールの大会の関係者から、「こんな素晴らしいもんあるんか！」と。「今年初めてブラックプールでそういうのを企画したからぜひ踊りなさい」というような招待を受けたわけです。

そこで、ブラックプールで踊れ、なおかつそんなスタンディングオベーションをいただくというね、まあそのありえないことが起きてしまいまして。今でも本当かなあ？　と思う時ありますね。あるいはよくぞ踊れたなあという、六五歳にして素晴らしい体験が出来た。で、なおもそれをもって今も世界各国から「踊ってほしい」という招待を受けるという、高齢になってからもう本当に素晴らしい毎日を今過ごしているわけです。

（16・6・12　放送）

愛語の心

如来寺住職　**釈　徹宗**

私は比較宗教思想の研究が専門ですので、仏教だけじゃなくて、いろんな宗教を研究します。そして、時々、仏教ほど言葉に対して警戒する宗教は珍しいなあって思うんですよ。釈迦がそういう人だったんですね。すごく慎重に言葉を使うという特徴があります。不確かなことは言わない。そしてしゃべる時にとても順序に注意を払うんです。

手順を重視するのは仏教の特性だと思います。同じ話でもこの人がしゃべるとやけにおかしいということがありますよね。そういう人ってだいたい話す順序が上手なんですよね。同じ話でも順番を変えると随分印象が変わったりしますでしょ。お話だけじゃなく、あらゆるものに順序があり、そしてそれぞれ固有の徳があるというんですよ。

例えば言葉には言葉の徳があり、お金にはお金の徳がある。しかし、その順番を間違えると徳が失われる。『雑宝蔵経』というお経にそういう教えが出てくるんですよ。実に面白い考え方だと思います。確かにお金だって使い方さえ間違えなければ大変素晴らしいものにもなるし、使い方の順序を間違えると人生がダメになるっていうことがありますよね。とにかく、釈迦は言葉の順序に腐心した人でした。

しゃく　てっしゅう

相愛大学人文科学部教授。博士（学術）。浄土真宗本願寺派如来寺住職。NPO法人リライフ代表。宗教学者。宗教思想や宗教文化の領域において、比較研究や学術研究を行っている。近著に『落語に花咲く仏教』（朝日選書）など。

また世界の仏教徒が取り組む、日常生活の規範に〈十善戒〉というのがあるんですね。一〇の項目があるんですけど、一〇のうち四つまでが言葉に関することなんです。いかに仏教が言葉に対して警戒するかというのがよく分かります。

仏教では「自分の都合が暴れれば、苦しみ・悩みが発生する」っていう考えるんですよ。我々は、苦しい時とか悩んでいる時、苦しみ悩みばかりに目が行きますけども、それを何とかしようとしてもなかなか何ともならない。なぜならそれは出た結果だからです。それよりも原因に目を向ける。そして、原因は自分の都合だと説くのです。だから自分の都合の方を調えれば、苦しみ・悩みも調い始める。ついには安らぎへと転換を始める、というわけです。

じゃあ、どうすれば自分の都合が調うのか。ポイントが三つありまして、「体を調える」「言葉を調える」「心を調える」です。今日はこのうちの「言葉を調える」ということについて少しお話してみようと思います。言葉を調えて使うと、だんだんと心も体も調い出す。生き方も調ってきて、苦しみが安らぎに変わっていく。そんな理屈になっているんです。

仏教の教えに〈愛語〉というのがあります。慈しみの言葉、安らぎの言葉、柔和な言葉、それが愛語です。仏教が説く四つの実践である〈四摂事〉という教えがあります。その中の一つにこの愛語がありまして。ほら、ネットとかだと言葉が荒れてるでしょう。何か、荒れた言葉を使ったもん勝ち、みたいな感じになって。へたすると、ネット空間が憎しみや怨みの増幅装置になっているなあって思ったりするもんですから。そう意味では言葉を調えるってことは現代人にとっての課題だと実感しています。

ラジオで聴いた話なんですが、昔、コロンビアトップ・ライトという漫才師がいましたね。トップさんは参議院議員になられました。ライトさんはお仕事が無くなって、司会の仕事をずっとされてたそうなんですね。ところが咽頭癌になられて声帯を取らなきゃいけないと。でも声帯を取るとお仕事が出来なくなるので悩んでいた。そこでお医者さんが、「じゃあ食道発声に挑戦してみるか」っていうふうにおっしゃったそうなんですよね。我々の喉には空気が通る所と飲み物・食べ物が通る所があって、弁でそれを調整してるんですけど、高齢になってこの弁がうまく働かないと、食べ物が肺に入って炎症を起こすっていうのがあるでしょう。声帯はダメになるんだけども、食道の粘膜をお腹の力を使って振動させて声を出すっていう発声法があるとのことで。ゲップなんかがそうなんですって。ゲップの音は食道で出てるんです。だから声が出ることは出るんですけど、うまずたゆまずのトレーニングと、長い期間にわたる修練と、かなりの体力が必要だそうです。トップさんは、手術前に奥さんと二人で挑戦しようって約束をして、手術後すぐに始めたものの、やっぱりなかなか声にならないらしいんですね。奥さんが叱咤激励するんだけど、何度も嫌になって止めそうになって、諦めそうになった。奥さんの励ましにも腹が立って、イライラして、奥さんに物を投げつけたこともあったと言います。でも、私がラジオを聴いた時はすごくきれいにお話されたんですよ。

その時おっしゃってたんですけども、「今自分が使ってる声というのは第二の声だ」っていうんですね。「第一の声は自分が気が付いたら使っていたので、ありがたいとも何とも思ってなかった。でもこの第二の声は私と妻が血と涙でやっと手に入れた声だから、この声で汚い言葉を使いたくない」っておっしゃってました。「人を傷つける言葉使いたくない。人を喜ばす言葉、楽しませる言葉だけを使いたい。世界の素晴らしさを褒めたたえる言葉を使いたい」っていうふうなお話をされてて、「ああ、これは愛語だ」っていうふうにその時思ったんですね。愛語の心というのは、言っちゃいけないっていうんじゃなくて、そういう言葉使いたくないっていう、そういう心だろうというふうに思うんですよ。

道元禅師が〈愛語回天〉ていう言葉をおっしゃっています。「愛語よく回天の力あることを学すべきなり」。「愛語というのはこの世界を変えるだけの力があるんだ。そのことをよく学びましょう」ということです。「言葉を調える」は、言葉が荒れやすい現代人にとって大切なテーマとなるんじゃないでしょうか、そんなふうに思います。

（16・6・19 放送）

子どもの頃のタナトフォビア

評論家　宮崎　哲弥

印象に残っている思い出ということなんですけど、あまり幸福な子ども時代を送らなかったのでなかなかいい思い出はみつかりません。幸福じゃなかった理由は、家の貧困や不和ではありません。そういう日常的な不幸せではなくて、もっと私自身に関する、強いて言えば観念的な問題に苛まれ続けていたのです。

学術的な言葉では「タナトフォビア（死恐怖症）」と呼ぶらしいのですが、死の恐怖、自分が死んでしまうという不安がいつも頭から離れず、時としてパニック的な戦慄に見舞われるということが続いたのです。小学校に上がるか上がらないかぐらいの時分に、その想念が脳裡に宿りました。

で、これが小学校の二、三年にもなると病的な様相を呈してきて、何一つ楽しくないのです。家族旅行に出掛けても、学校行事の遠足や運動会もまったく楽しめない。唯一悩みから解放されるのは、好きなクラシック音楽、バッハのヴァイオリン曲をディスクで聴いたり、あるいはピアノを好き勝手にいじくっているときだけでした。まあ端から見ると陰気極まりない子どもだったと思います。

みやざき　てつや

評論家
1962年福岡県生まれ。慶応義塾大学文学部社会学科卒。政治哲学、仏教論、サブカルチャー分析を主軸とした評論活動をテレビ、ラジオ、雑誌などで行う。近著は、『知的唯仏論』（呉智英氏との共著、新潮文庫）、『さみしさサヨナラ会議』（小池龍之介氏との共著、角川文庫）、『宮崎哲弥 仏教教理問答』（サンガ文庫）など。

私を苦しめた死の恐怖というのは、例えば死ぬまでの痛苦が嫌だとか、家族との別れが悲しいとか、そういう日常感覚の延長線上にあるものではなくて、言ってみれば「論理的な恐怖」でした。要するに死の向こう側にある絶対的な無とか、永遠の意識の途絶とかが理解できないことが怖かったのです。

死という事象そのものよりも、死に向って確実に進んでいく時間とか、生まれる前の時間とか、死んだ後の時間とか、そういった時間の差異とは何なのかを考え始めると止まらなくなってしまう。やがて、この私の存在が掘り崩され、その無根拠性が露呈してしまうような戦慄がからだを駆け巡る。そうなると本当に絶叫するしかないのです。エドヴァルド・ムンクの「叫び」を初めてみたとき、これは自分自身の肖像だと確信しました。

ですから、私を襲う恐怖や戦慄を、周囲の大人が誰も理解してくれないのです。言葉を尽くして説明すればするほど、自分の実感から遠のいてしまい、大人たちは何か不気味なものを触るような姿勢になっていく。

正直、面倒臭くなりました。人間は結局わかりあえない生き物なんだって悟っちゃった。友達には少しわかってくれる子がいて、そいつらと放課後語らうのが唯一の心の拠り所でした。幼稚な哲学談義みたいなことを毎日のようにやっていました。

その中の一人が、大学の哲学科に進んで、哲学者になってしまいました。何となくその子の人生を不用意に「横切って」しまったような気がして、いまでも少し気が咎めます。

そんな日々のなか、ある国語の先生が口にした言葉には救われました。その先生は何を思ったか、唐突に生徒に向ってこんなことを言い始めたのです。

「君たちは大人になるっていうことがどういうことか知ってるか？　もう小学校五年生だから、大人になるってことを考えなきゃいけない」と。「人というのは二度誕生するんだ。赤ん坊として生まれ落ちることが一度目。そして、もう一回、誕生がある」というのです。「何を言い出すんだ、この人は」などと思って耳を傾けてみたら、「いま一度の誕生は自分がいずれ死ぬ存在であると死の自覚を持つこと。これが第二の誕生だ」と。

「この第二の生まれを経て人は大人になる」というのです。実は少し苦手な先生だったのですが、この言葉には多少なりとも救われました。死を紛れもなく自分自身の問題と捉えることは異常でも何でもなく、成長の大きなステップであると捉えることができるようになったからです。

いまから思うと、取り立てて含蓄に富んでいるわけでもない、何気ない話かもしれませんが、当時の孤立した心持ちの自分にとっては千鈞の重みがあったのです。
宮村　まして小学校五年生ですもんね。
宮崎　周囲の大人たちを、「自分が死ぬということ」すら考えたことのない非情なロボットではないかと疑っているときでしたから、この先生の言葉にはそういう疎外感を打ち消す力がありました。
宮村　やっぱりそれから宮崎少年は変わっていきましたか、楽になって。
宮崎　まあ少しね、積極的に生きるようになったかなあと。死の問題っていうのはそう簡単に解決するものではないし、タナトフォビアも寛解こそしても根治するものではないようです。問題がもの凄く本質的であるだけにね。ただ、長い人間の歴史のなかで、賢者たちはこの問題にどう向き合ってきたかを知りたいと思うきっかけにはなった。
　その先生はそんなつもりはなかったかもしれないけど、学校の教師の言葉は存外、児童生徒を救ったり、逆に絶望に突き落としたりしているかもしれないというお話です。

（16・6・26　放送）

ペルージャの町

彫刻家　**御宿　至**

今日はイタリアのちょっといい話ということでお話したいと思います。

前回は四二年前に、片道切符でイタリアに渡ったというお話をしました。そしてローマのアカデミアに行くわけですが、実はローマのアカデミアというのは九月から新学期が始まるんですね。四二年前の四月に行ったんですが、まずペルージャという中部イタリアの都市に行きました。ペルージャは後にサッカーの中田選手がこの町のチームに移籍して、日本でも知られるようになりました。

このペルージャというのは中世時代の山上都市なんですが、中世時代っていうのは山の上に都市を築いたんですね。それが中部イタリアにはたくさん残っていて、ペルージャから二十数キロ先にはアッシジの町なんかもあります。そんな中部イタリアのウンブリア県の県庁所在地がペルージャなんですが、イタリアでもウンブリア地方っていうのは緑が本当にきれいな所なんです。僕が数年前、作品を納めたホテルがあるスポレートという町も緑豊かな町で、ペルージャから四十キロぐらい離れた所にあります。そんなペルージャという町にイタリア

みしく　いたる

彫刻家
1949年静岡県生まれ。イタリア国立ローマ美術アカデミア彫刻科卒業。主な企画展、ローマ国立近代美術館、モントーバン文化センター（フランス）、ローマ市立現代美術館等。主な個展、ローマ大学付属現代美術館、スポレート現代美術館等。主な設置場所、マリーノ市立公園、アルボルノッツパレスホテル（イタリア）、日本通運本社（東京）等。

語を、日本でも勉強したんですけど、さらに四ヶ月ぐらいイタリア語を勉強するために滞在しました。

というのも、そこには外国人のためにイタリア語を教える外国人大学という国立の学校があるんですね。つまりローマのアカデミアのグレコ教室で試験を受ける前のことなんですが、四月下旬にローマからバスで揺られること三時間で山の上のペルージャの中心部に着きました。ドゥオーモと市庁舎の前で降ろされたんですが、午後七時ぐらいになりまして、迫りくる夕闇の中に街並みが浮かんで、中世にタイムスリップしたような本当に不思議な感覚に陥りました。

で、このペルージャと言いますと、あの天才ラファエロが十四歳の時に、ペルジーノという絵描きに絵を習うためにウルビーノという、ペルージャから北東に二百キロぐらい離れた町からこのペルージャに来るわけです。そうするとこのドゥオーモと市庁舎というのは中世時代の建物ですから、ラファエロは見てるわけですよね。そして僕が着いたその辺りをラファエロが歩いたんだってことを考えますと、さらに不思議な気持ちになりましたね。

で、ウンブリア県の県庁所在地であるペルージャっていうのは文化的活動も非常に盛んな所でして、大学都市でもあって、住んでる人たちも落ち着きのあるたたずまいが感じられる、とても美しい町なんです。「イタリアで僕が一番好きな町をあげろ」と言われたら、ペルージャをあげると思うんですね。夏開催されるウンブリアジャズも有名ですし、そして一年を通して質の高い現代美術の展覧会も多く開催される地なんです。

企業の文化的サポートもこのペルージャというのは非常に盛んでして。例えばパスタのブイトーニというメーカーがありますね。本社がペルージャなんです。それとお菓子で有名な、特にチョコレートが有名なんですが、ペルジーノというお菓子の会社もペルージャにありまして、本当に企業における文化的なサポートがすごいなと感心させられるんです。

一〇年ほど前のことなんですが、先ほどお話したスポレートの街の現代美術館で僕の個展が開催されました。オープニングの日に市長を始め、町の名士とか、美術関係の人たちが多数来てくださったんですが、その中にスポレートで「現代美術館ホテル」を売りにしている四つ星ホテルの奥さんがおりました。それで非常に作品、展覧会を評価してくれて、「近いうちにうちの亭主を連れてくる」と言ってくださり、本当に次の日にホテルのオーナーであり、ご主人のサンドロ氏を連れて来てくれました。

で、サンドロもすごく気に入ってくれて、一カ月の展覧会だったんですが、「うちのホテルに何日泊まってもいい」っていうんですね。ちょっと日本では考えられないですよね。それで結局、僕も図々しいですから二〇日ぐらい泊まったんです。そうしたらやっぱりいろいろな著名な作家が出入りしていて、そういう作家たちを紹介してくれたり、ちょうど出会う機会があったりで、本当に貴重な経験をさせてもらったんですね。

そのうちにサンドロが「至、うちの庭（ホテルの）に作品作るか」という話になりまして、それで話がトントンと進みまして、次の年にペルージャの鉄工所でその作品を制作することになりました。幅が三メートル六〇の奥行きが二メートル六〇で、高さが二メートル一〇センチぐらいのステンレスの作品だったんですけど、それをペルージャの鉄工所で作ることになった。

それで先ほど言いましたようにペルージャは僕が一番好きな町ですね、一番初めに訪れて。そして山上都市で、中世の町が山の上にあるんですが、新しい街並みがその山の下に広がってるわけですね。その山の下の鉄工所に通うわけです。サンドロはペルージャにもホテルを持っていて、それは息子さんに経営させていたんですね。そのホテルから息子さんのファビオさんに車で鉄工所まで送ってもらう毎日で、午後五時には迎えにくるわけです。

それで二〇〇六年の六月だったんですが、ちょうどサッカーのワールドカップの時期でして、イタリア戦のテレビ放送が午後始まると、仕事の時間にもかかわらず、大きな鉄工所なんですが、従業員が皆テレビを観に行ってしまってガラーンとしてしまうんです。これ本当にイタリア的だなと思いましたけど。

ただ僕の作品をサポートしてくれていたジャン・ルッカがテレビを観に行かないので、「お前、サッカー気にならないのか」って言いましたら、「いや、至の彫刻の方が大事だ」って本当に嬉しいことを言ってくれて、本当にサポートをよくしてもらったんですね。

そんなわけで二四歳の時、最初に訪れたペルージャで、数十年後に再び訪れて町の鉄工所で作品を制作することになるっていうのは、本当に全く思いもよらなかったことなんですが、二〇〇六年一一月のホテルでの完成式には多くの美術関係者、愛好家、日本からも友達や関係者が三〇人ぐらい参加してくれて、作家活動の中でも本当に忘れられない思い出となりました。今もサンドロ・ロレッダーナ夫妻、ホテルのスタッフ、美術関係者の人たちとの交流は続いています。


（16・7・3　放送）

家康公の素顔

直木賞作家　安部龍太郎

『家康』というタイトルで、京都新聞などを始めとする地方紙二三紙に連載をしております。この小説の最大のテーマが「家康はどうして江戸時代二五〇年の平和を築くことが出来たのか。その基礎を確立することが出来たのか」というものなんです。それを考える上で非常に重要なのが、家康が合戦の時に使う旗印は「厭離穢土　欣求浄土」という浄土教の根本思想を書いていることだと思うんですね。ここに家康の政治方針と理想、そのスローガンが込められてるわけです。

家康がこの旗印を用いるようになった最初のキッカケが桶狭間の戦いの後なんですね。家康は一九歳の時に今川義元の家臣として桶狭間の戦いに出ます。大高城に兵糧入れをする役目を果たして、今川義元の到着を待ってたんですね。ところが今川義元は織田信長の急襲を受けて打ち取られてしまい、今川軍は全軍総崩れになってしまうわけです。家康も大高城から脱出をして、自分の故郷である岡崎に戻る。ところが周りはもう敵だらけになってるもんですから、松平家の菩提寺であった大樹寺に逃げ込んで、もうどうしようもないということで、先祖のお墓の前で腹を切ろうとするわけです。

あべ　りゅうたろう

作家

1955年福岡県八女市生まれ。久留米工業高等専門学校卒。デビュー作「血の日本史」で注目を集め「隆慶一郎が最後に会いたがった男」という伝説が出来た。2005年『天馬、翔ける』で中山義秀文学賞。2013年『等伯』で第148回直木賞。近著に『家康・自立篇』など多数。2015年、福岡県文化賞。2017年、福岡市文化賞。

その時に大樹寺のご住職であった登誉上人が、「しばらく待て」と。「お前は一九歳という若さで死んで、それでいいのか。この世に生まれてきた意味はそれだけなのか」という問いかけをするわけですね。その時に浄土教の根本的な教えである「厭離穢土　欣求浄土」ということを説くわけです。そして「今は戦乱の世で、世の中はまさに穢土のように乱れてしまっている。だからこれを浄土に変えていくのがお前の役目ではないか。そのためにここで死んだつもりで、もう一度生き直してみたらどうだ」と諭されるわけです。そこから家康はもう一度生き直すという覚悟と決意をして、寺から打って出る。そして岡崎城に入って、少しずつ形勢を挽回していくわけです。

この「世の中を浄土に変えていく」というのは果たしてどういうことなのか。これが実は徳川家康が終生直面したテーマだったと思うんです。従来の家康像は江戸時代に作られた「神君家康」史観ですね。それが明治維新によって、明治維新政府は江戸幕府を敵として戦い、家康を敵方の最初の人間だっていう捉え方をしてますから、明治維新以後は「タヌキ親父」史観というものが出てくるわけです。だから神君家康史観でも、タヌキ親父史観でもない本当の家康の姿はどういうものだったのかを小説で書きたいと思って。

家康の面白さっていうのは何度も人を許すことなんです。おそらく彼自身も今川家の人質として八歳の時から一九歳まで、一二年間人質として非常に苦しい生活をしている。その中で周りの人のことを注意深く見ながら、自分の欠点にならないような、落度にならないような振る舞いをしなくちゃいけない。あるいは武士として侮られてはならないというような、そういう考え方をしてたと思うんです。そういう緊張感の中で生きていた。だから弱い者の悲哀というのをその間に何度も味わってるわけですね。だから弱い者に対する目が非常に優しいわけです。

例えば後の話なんですけども、家康を主君の敵として殺そうとした男がいるんです。で、そいつを捕らえたら家臣たちがすぐに引っ立てて、「打ち首にせい」と言うわけですけど、家康は「いや、待て、待て」と。「今はもうこの者の家は滅びている。だけども滅びていながら前の主君に忠義を尽くして、わしの命を取って敵を討とうという、そういう心構えは見事じゃないか」と。「今はまだこの者にはわしに対する憎しみがあって、敵として振る舞っているけども、あと一〇年か一五年たってその憎しみが癒えた時には、わしが世の中を良くしていこうとしていることを理解して、きっと息子の秀忠のいい補佐役になってくれるだろう」っていうわけです。

そうすると本当に一五年後ぐらいに徳川秀忠の側近として物凄い活躍を始める。そういうエピソードを持つ人間が家康の周りにはたくさんいるんです。だからこの辺が信長とも秀吉とも違う家康の面白い、立派なところじゃないかと思いますね。

だからそういう根本的なものの考え方。この穢土を浄土に変えていくために何をすべきかということを家康は一九歳で悟って、七五歳で亡くなるまでひたすらその道を歩み続けた。これが二百五十年余りも徳川の世が続いた一つの理由ではないかと思います。

（16・7・10　放送）

ターミナルケア～苦悩する現場と家族

介護老人保健施設「星のしずく」看護介護部長　高口　光子

私が今働いている施設はお年寄りをお預かりする施設です。お年寄りが多いということはそこで亡くなられる方もいらっしゃいます。その方が亡くなられるのを見届けるのを〈ターミナルケア〉と言います。そのターミナルケアに入る前にお年寄りがだんだん食べなくなった時に、私たちがご家族と一緒にどういうことを考えて取り組んでいくかというのを今日はお話出来ればと思います。

私たちは最初全くの赤の他人としてお年寄りと巡り合って、お年寄りは一年ごとに一つ歳をとられて、どなたもだんだん弱っていきます。更に弱られると今度はだんだん食べなくなるという時期が来るんですね。そうすると水分とか栄養が自分の力ではなかなか摂ることが出来にくくなる。だんだん痩せてきたりとか、またはオシッコが出なくなったりとか、衰弱していくということが予想されるので、水分と栄養を摂らなくちゃというのを考えていきます。

その場合、三通りやり方があります。一つは〈鼻腔栄養〉といって、鼻の穴にチューブを通して、喉を通して胃までチューブを届けて栄養剤を流し込むというやり方です。これは鼻にチューブを通します

たかぐち　みつこ

介護アドバイザー
高知医療学院を卒業後、理学療法士として福岡の病院に勤務。老人医療の現実と矛盾を知り、より密着した介護を求め特養に介護職として勤務。介護部長、デイサービスセンター長、在宅部長を歴任。2006年老健「星のしずく」の立ち上げに携わり看介護部長を兼任。現場からの等身大の発言・提言で現場の変革に取り組む。著書『介護施設で死ぬということ』（講談社）。

ので見た目がちょっと痛々しいです。そして鼻に物を通すというのはずーっと嫌な感じがあるし、やっぱり苦しいです。だけど水分と栄養は確実に補給されます。ただ肺炎の危険性は残ります。二つ目は〈胃《い》瘻《ろう》〉というのがあります。胃に直接穴を開けて、そこにチューブを通します。日常的にはそんなに見た目も痛々しくないのと、肺炎の危険性は全く無いわけではありませんけれども、鼻腔栄養よりは低いです。そして水分と栄養も確実に補給されます。ただ胃に穴を開けるのでやっぱり手術なんですね。麻酔を受けて行うので、お年寄りの体に受けるダメージも大きいということです。で、三つ目は〈経口摂取〉という、口から食べるということです。一番人間らしい方法で、私たちもこれがいいなとは思うけれども、肺炎の危険性が一番高いです。そして必ず水分と栄養が補給されるとは約束出来ません。

「この三つの方法がありますよ」ということを私たちはご家族にゆっくり説明します。お年寄りご本人がお決めになるのが一番いいんですが、この経管栄養にするかしないか、チューブを入れるか入れないかという状態まで来たお年寄りは、なかなか自分のことをちゃんとお話出来るまでのお元気が無いので、子どもさんたちがご本人の代わりに話を聞いて、そして選んで決める。つまり食べ方は生き方ですから、親の生き方を子が決めるという大事な場面となります。例えばこの場面が病院で先生から、「もうこうなったらチューブしかありませんよ」って言われたからチューブを入れたということになると、本当にあれでよかったのかなって思ってる人もいるし、そこの施設とか、そこの病院とか、周りの人を見たら皆そうしてたからこうしましたとか、いろんな方がいらっしゃるんですよね。

で、どこの病院も、どこの施設も、どの先生方も、関わられた方はどなたも、お一人おひとりの死生観を持って一生懸命接していただいているので、どの御提案も指示も大切なのですが、私の経験から言うと一番大事なのは、いろんな人の話を聞いた上で、最後は息子さんや娘さんご自身が親御さんのために選んで決める、というのがとても大事だと思います。自分だったらどうだろうとか、元気な時のお母さんは何て言ってただろうとか、お父さんの生き方に照らし合わせると本当にこれでいいのかなって、私はこの悩むところがすごく大事で、これを息子さんや娘さんが一人で背負い込まずに、いつでも私たちに相談してもらいたいなって思うんです。「うちの爺ちゃんがあんたとこのお爺ちゃんやったらどうする？　あんたやったらどう思う？」っていうふうに。私たちは素直に「うちの爺ちゃんやったらね」とか、「○○さんは食べるのが好きだったからね」とか、「前に婆ちゃんがこんなことを言ってた」と、そういうことを私たちは相談というか、一緒に話が出来る、一緒に考えましょうというのが介護の現場だと思います。

ですからお年寄りからすれば、ちょっと乱暴な言い方ですけど、チューブだろうが、口から食べようが、そんなに大きな問題じゃなくって、婆ちゃんたちからすると息子たちが考えて考えて考えて決めたことそれが大事。生きるって何だろう、老いるってなんだろう、死ぬってなんだろう、家族ってなんだろうってことを考えて考えて決める。そしてただ一つ、「お婆ちゃんのために」「お爺さんのために」っていうそのこと一つで、悩んで相談した人たちがクッとまとまっていくこと、それがお爺さん、お婆さんにとってはとても大事なことで、婆ちゃんたちは知ってるんですよね。もうじきこの子たちは親無き子になる。親無き後にこの子たちがいかに生きていくか。そういう子供たちの生き方に繋がる大切なことをお年寄りは伝えようとしています。私は反省はあったとしても、「何であの時言わなかったんだろう」とか、「どうしてこんなことになっちゃったんだろう」っていう後悔だけは、子供たちにしてほしくないと思うんですね。自分の介護のこととか自分が死んだことが子どもたちの後悔になることがお年寄りにとっては一番残念だと思うので、子どもさんたちには思った通りの気持ちを言っていただきたいなって思います。

（16・7・17　放送）

メメントモリ

プロデューサー　**残間里江子**

宮村　残間さんのお名前を聞くと山口百恵さんの『蒼い時』を思い出すんですけれども、今はフリープロデューサーとして、本当にいろんなプロデュースをなさってますよね。

残間　そうですね。イベントを企画・制作することもあれば、映像やCMを創ったり、映画に関係することもありますが、最近は大人世代、シニアという言い方もしますけど、六五歳以上の人口が増えて、人口の四分の一を占めるようになりましたので、その人たちのこれまで積み上げてきた知識とか、失敗談も含めての知見を次代、あるいは次々代の人たちに繋いでいきたいと思っています。八年ほど前に「クラブ・ウィルビー」というネットワークを組織したことで、その思いはかなり具体化されました。年会費も入会金もありませんし、どなたでも入れますので、ホームページを是非ご覧いただきたいと思います。（http://www.club-willbe.jp/index.html）

今日はせっかくの機会をいただいたので死というものがだんだん遠ざかっているというか、見えにくくなっていることについて話をさせていただきたいと思います。ゲームなどのバーチャルな世界では比較

ざんま　りえこ

プロデューサー
1950年仙台市生まれ。アナウンサー、雑誌記者、編集者を経て、1980年 株式会社キャンディッド・コミュニケーションズを設立。出版プロデュースをはじめ、映像、文化イベント等を多数企画・開催する。2009年、大人の会員制ネットワーク「クラブ・ウィルビー」を設立。テレビ・ラジオ出演、近著に『閉じる幸せ』(岩波新書)。

的簡単に死というものが扱われることが多く、命の重みを感じにくくなっているように思います。自ら命を絶つ若者が増えているのもそのような非現実世界と現実の区別が出来ていないからかもしれません。私ごとなのですが、私はシングルマザーという形で息子を育ててきたので、子どもを育てる時に死というものをどうやって教えていこうかということをずっと考えてきました。特に信仰心が篤いわけでもないんですが、死を遠ざけないようにしようと意識してきたんです。

息子にとっての最初の「死」の体験は、息子が産まれた時から飼っていた猫が一二歳と五カ月で死んだ時です。お医者さんから紹介された動物霊園でお葬式をやることになったのですが、ちょうどその時、私が仕事で東京にいられなかったので、六歳になったばかりの息子に、「貴方を喪主にします。喪主というものはこうこうこういうもので……」と言って喪主を務めさせました。参列者は私の友人二人と母だけだったのですが、「今日はこういう人たちの前で貴方が代表なのよ、お坊さんのお話も聞いて、ちゃんとやってね」と言うと、とても緊張した面持ちでした。私はそれだけを伝えて出張に行ったんです。

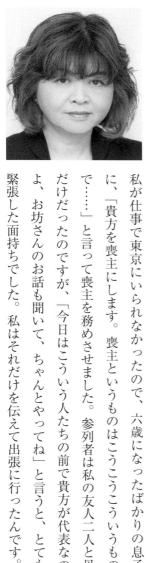

帰ってきて母に聞いたら、「そりゃもう大変だった」と。まだお経をあげてくださってる時は静かにしていたようなのですが、いざ火葬という段になったら、遺骸に追いすがって、「焼かないでくれ」と言って聞かなかったそうです。お坊さんも困り果ててしばらく黙っていらしたようなのですが、「お骨にして、天国に旅立たせましょうね」と言ってくださると、泣きながら手を合わせてようやく最期のお別れをしたそうです。

その後もうちで祭壇を作って、初七日とか四十九日とかのお勤めをしました。猫ですが一応そういうことを大事にしたいと思ったんです。子どもですから喪失感なんて言葉は分からなかったでしょうが、大事にしていた存在が亡くなると、どれだけみんなが悲しがるか、〝亡くなる〟ということがどういうことか、おぼろげでも頭に残ればと、六歳ですからどこまで記憶として将来に繋がるかは分からなかったのですが、教えました。

それから小学生になって、猫の死から少し時間が経った頃でした。息子を可愛がってくれていた親友の父親が静岡県で闘病していましたので、そこに月に一回ずつ、半年ぐらいでしょうか、お見舞いに連れて行きました。亡くなる直前はもう少し頻度が高かったのですが、その方が重篤になった時、うちの息子の名前を呼んで、コチョコチョっと息子の耳元で何か言ったんですね。その場に大人が五~六人いたんですけど、何を言っているのか誰も分からなかったのに、うちの息子が「お爺ちゃんが冷蔵庫に僕の好きな飲み物が入ってるから飲めって言ってるよ」って言うんです。一同、とても驚いて「え！」と言いながら冷蔵庫を開けたら、いつも息子が好きなので買ってくれていた飲み物が本当に入っていたのです。息子にだけは、言葉が判ったんです。

やがて、時と共に死に向かっていく姿を見ていました。もちろんお葬式も行って、お花がいっぱい飾られた祭壇を見ながら、「こうやってみんなが大切に思っていた人が亡くなるとお見送りをされて旅立つんだよ」と、話しました。

それから次に自分の祖父、私の父の死に際してもできるだけそばにいさせました。その頃は小学校六年生でしたが、塾に行く前に必ず病院に寄り、亡くなるまでの一か月間は毎日父の手を握り、それから塾に行っていました。亡くなった後も、お葬式も全部付き合わせました。お婆ちゃんがどういう顔をしていたとか、私がどういうふうにしているかというのをずっと見せておくことで何かを感じてもらいたかったのです。「死を想え（メメントモリ）」という言い方がありますが、「死を想いなさい」ということは生きていく上でとても重要なことで、それは理屈で言っても分からないので実地で教えたつもりです。

先日、私の母が99歳で亡くなりました。母の旅立ちの時も棺の色や花は「バアバの好きな色で」と言って全て息子が選びました。息子は、父や親友のお父さんや猫や、いくつかの死を見てきているので、同世代の他の子とはちょっと違う受け止め方をしていたような気がします。例えば、時々、仏壇の置いてある部屋からお線香の匂いがしてくるんです。何だろうと思って部屋に入ると息子がお線香を焚いて手を合わせてるんです。よく手を合わせると心が静かになって無くした物が見つかると、母が言っていたことを思い出し、紛失物がみつかるようにと手を合わせていたのです。宗教心というほどきちんと捉えてはいないと思いますが亡くなった人に対する畏敬の念は持ち続けてほしいと思っています。とうてい自分には適わないこと、生きた人間には適わない世界や適わない存在があるということを思い続けてほしいです。もう20代も後半に入っている息子ですがそれはこれからも折々教えていきたいし、感じてほしいと思っています。おこがましい言い方かもしれませんが、ぜひ若い人たちに小さい時から畏れる、ということを感じてほしいと思っています。恐怖の恐れではなくて、畏怖の念とか畏敬の念という「畏れ」です。いつか等しく訪れる死というものを想うことで子どもたちが生きるということに対する自信や、生きているということについての喜びを感じてもらえたらと切に願っています。

（16・7・24　放送）

ツレがうつになりまして

漫画家　細川　貂々

私は『ツレがうつになりまして』という本を出してるんですけれども、ツレというのは私の夫のことですけど、今日はその話をしたいと思います。

私がこの本を書いた一番大きな理由は、家族がうつ病になったらどんな生活を送ることになるのか、世の中の人に知ってもらいたいからなんですけれども。その中でもツレの両親に一番知ってほしかったんですね。うつ病というのはいろんな難しいところがあって、病気としては身体的な病気なんですけども、症状としてクヨクヨしてしまったりとか、悲観的になったり、焦ったり、自分の置かれてる状況が正しく判断出来なくなってしまうんですね。

で、自分が悪いのだと言ってずっと落ちこんでるんですけど、時々自分がこうなったのは自分以外の誰かのせいだというふうに思っちゃうことがあるんです。で、ツレの場合は最初は会社の人のせいだみたいに思ってたんですけど、だんだん親が悪いんじゃないかって思うようになってきてしまって、自分を育てた親が自分をこういう性格に育ててしまったから失敗してしまったんじゃないかみたいなことを思う

ほそかわ　てんてん

まんが家・イラストレーター
1969年生まれ。セツ・モードセミナー卒業後、さまざまな職業を経て漫画家デビュー。夫の闘病をコミックエッセイにした『ツレがうつになりまして。』でブレイク。大好きな宝塚歌劇団の本拠地を目指して2011年に関西に移住する。近刊は精神科医・水島広子との共著『それでいい』（創元社）。

ようになってきてしまったんですね。調子がいい時はお父さん、お母さんと会っても普通にしゃべってるんですけど、悪くなると、「あいつらは悪魔だ」みたいな感じに思うようになってしまったので、お母さんの方も、本人は意識していなくても、ツレと話をしてると、「こういうことをすれば頑張れるんじゃない」みたいなことをどんどん押し付けてしまうみたいなところがあったんです。

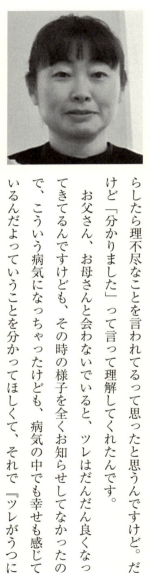

それで、押しつけみたいなのを受けるとツレは調子を悪くするっていう、そういう繰り返しだったんで、私が横で見てて、これは会わせない方がいいなって思って、ツレのお母さんに「病気が良くなるまでは会わないでください」って手紙を書いたんです。たぶんお母さんからしたら理不尽なことを言われてるって思ったと思うんですけど。だけど「分かりました」って言って理解してくれたんです。

お父さん、お母さんと会わないでいると、ツレはだんだん良くなってきてるんですけども、その時の様子を全く知らせしてなかったので、こういう病気になっちゃったけども、病気の中でも幸せも感じているんだよっていうことを分かってほしくて、それで『ツレがうつになりまして』っていう本を書いたんです。

で、すごくありがたいことに、評判になって売れたので、ＴＶドラマ化とか映画化にもなったので、それでようやくツレの両親は納得してくれたというか、分かってくれたんですけども、病気のことに関してはやっぱり分からないなみたいな感じだったんです。なので病気が治っても、ツレはうちの両親は永遠に自分のことを分かってくれないみたいに、ちょっと断絶というか、そういう病気を経験してから両親と疎遠な感じになってたんですね。

そういう時に、ちょうどツレの病気が良くなった後に子どもが出来るというハプニングというか、赤ちゃんが出来たのでちょっと状況が変わったんですね。結婚して一二年間、子どもがいなかったので、両親の方も孫を期待していなかったというか。それが出来たっていうことでものすごく喜んでくれて、いろいろちょっと気持ちが変わったというか、そういう感じになってきました。それまでは病気をした後にツレがバリバリ仕事して働いてたという元の状況に戻ってないということがすごくまだ不満だったみたいだったんですけど、子どもが出来たっていうことで少し認めてくれたというか、そういう感じになってきたんですね。

で、私が仕事をして、ツレが育児をするっていうふうになったんです。で、ツレは育児をして、オムツ替えとか、ミルクをあげたりとかしてたんですけど、抱っこ帯をして、買い物の荷物を持って、混んでるバスに乗っても男の人だと席を譲ってくれないんですよ。あと授乳室にも入れてもらえないし、男性用トイレにはオムツ替えの台が無いんですよね。なのでそういう、男だからということでだいぶ大変な難しいことになってしまって。育児ばっかりに追われて自分の時間も取れなかったので、もう音を上げてというか、お母さんにちょっと頼ることにしたんですね。

で、お母さんの所に行って、息子をお母さんに看てもらって、やっと昼寝が出来て。で、自分のために昼寝が出来たっていうことがすごく嬉しくって、それまで両親の前で昼寝なんか絶対出来ない人だったんですけど、それが出来たっていうこともすごく嬉しかったみたいです。遊びにいくと今までは両親とツレは政治的な話とか、固い話ばっかりしてたのに、赤ちゃんがいるってことでなごやかな、前とは違う空気になったんですね。ツレは病気をしてから、お母さんの所にリラックスするために行くようになったんです。

ある時に散々遊び回って疲れた息子がおしゃぶりくわえたまま引っ繰り返って寝てた時があって、その様子を見て、ツレが「毎日毎日大変でしょうがないんだけど、こうして見てる時はとっても可愛いと思うんだ」って言ったんですね。そしたらお母さんも「可愛いわね」って言ってくれてツレが「僕もこんなに可愛かったのかな」って聞いたらしいんです。そしたら「そうよ。とっても可愛かったのよ」ってお母さんが言ってくれて、それでツレはお母さんに可愛いって思ってもらえてたんだなっていうのを知って、すごく心が解きほぐれたというか、和解出来たという感じになったみたいなんです。で、それからは病気になる前よりもすごい仲良しの親子になってます。（16・7・31 放送）

お蔭さまの心

シニア社交ダンサー　前田　明

今日は前回お話しました社交ダンス界の聖地と言われてますイギリスのブラックプールで踊らせていただいて、なおかつスタンディングオベーションをいただいたその時の心境をお話出来たらなあと思います。

このブラックプールに招待を受けた要因ていうのは、その三ヶ月前に行われたアジアオープンの時にブラックプールの大会関係者の方がたくさん来られていて、見られた結果招待を受けたんですけども、その夜のレセプションで「ぜひブラックプールで踊ってください」と言われた時に、私の相手をしていただきました山本英美先生は「え、ブラックプール！」てなことで、もうえらい緊張されとったんですよ。

私にとったらブラックプールと言われましても全く縁のないことでしてね。アマチュアですし、ブラックプールいうたらプロが鎬を削る世界最大の競技会が行われる素晴らしい所であるぐらいとしか印象がなくてですね。うちの長女、今社交ダンスのプロダンサーしてるんですが、「お父さん、私ら毎年ブラックプールに行ってるけど、世界の最高峰の人たちが見てる前で踊るなんていうことはもう緊張の極致

まえだ　あきら

会社経営者
1947年舞鶴市生まれ。愛知学院大学中退。
1973年、26歳のとき起業。現在４つの会社を経営。趣味、生きがいは社交ダンス。
イギリス・ブラックプールから招待され１組で踊る。ＦＭ宝塚「前田明と汐見真帆の社交ダンスは美しく健康に」のパーソナリティ。

や」と。「それ、お父さん一組で踊れるの。考えられんへんわ」ってね。ところが私は当日まで全くピンとこなかったんですよ。

それでいよいよ初めてブラックプールで行われるウィンターガーデン、宮殿みたいな所ですけど、そこに足を踏み入れた時に予選をしてたんですよ。予選と言いましても、その大会の時に日本選手の最高の成績が五五位だったんですよ。一次予選から日本チャンピオンみたいな人ばっかり踊ってるわけですよ。私ビックリしましてね。「こんな所で踊るんかいな。これはえらい所へ来たな」と思いまして、初めてそこでブラックプールの凄さっていうんですか、思い知らされまして。

いよいよ明日踊るという前の晩、もう眠れないんですよ。「いやあ、えらい所へ来たなあ」と思て。「これひょっとしたら世界中に恥かきに来たのかなあ」「これ三分間持つんかなあ」とか、本当に心配でなかなか眠れなかったんですけども、その時ふっと頭に浮かんできたことがあったんですよ。「お前、何でこのブラックプールの」、ブラックプールいうのは小さい都市なんですよ、イギリスのね。「そこの小さなホテルのベッドに何でいるんや」というのが聞こえてきたんですよ。その時に「あ、そやった！」と思たんです。「僕の力で来たんやなかったんやないかい」と。「連れてきてもらってるわ。そうやった」と思たんですよ。「それなら明日自分のやることはもう精一杯やることだけや。結果はもうお見通しだろう」思えたら寝れたんですよ。

それで私の願いは過去六五年間の、私にとったら非常に厳しい人生だったです、その六五年間の厳しい人生をこの三分間の踊りで表現出来たらもう死んでもええわ、ぐらい思ったんですね。もうその願いで踊ったわけですけど、過去九年間で最高の踊りが出来たんですよ。本当にそれもいまだに不思議なんです。もうあれに勝る、テクニックもそうなんですけど、気持ちが物凄い最高の燃える気持ちと冷静な自分もいて、最高の踊りだったですね。

で、その貴重な体験から、それからいろんな所でも踊らせてもらうんですけど、私は踊る前にまず感謝するんです。こういう大きな舞台で踊らせてもらえる健康を与えられた。それから子どももまずまず無事。それから仕事もまずまず順調にさせていただいてる。ということで、私はプロじゃないですから、アマチュアなんで、この場に連れてきてもらったことに対するまず感謝のお祈りをするんです。

その後に死んだ家内やら親父にお願いして踊っていくんですけど、過去私はそんな勝負強い方じゃなかったんですけど、本当に素晴らしい演技が出来るんですよ。そういうところを見ても、目に見えない世界というか、そのありがたみ、そういう存在を私は実感させてもらうことにもなってるんです。

また私の親父のことなんですけど、残念ながら九三歳で亡くなってしまったんですけども、亡くなる前非常に元気だったんですけど急に病気になりまして。私、お灸を足の三里とかに親父にしてましたら、「明、もうええわ」と。「何でやの。元気にならなあかんやないか」言っても、「お母さんやらお前らのお蔭でわしの人生はもう最高やった。もうええんや」。いわばもう死んでもええっちゅうわけよですね。その言葉が親父の本当に嬉しい、ありがたい遺言として私の心の中に刻み込まれとるんです。

で、私も将来必ず死ぬわけですけど、その死ぬ時に畳なりベッドの上で死ねるんなら、自分の人生を振り返って、「まあまあようやったな。七〇点か八〇点やれるな」と思って死ぬことが出来たらなあ、っていうのがやっぱり親父の影響からそういうように思えるようになりましてね。それなら日々、今日どういうようなことをせなあかんのか、どうしたらいいんかというのを考えられるようになったのも親のお蔭なんです。だからダンスを通じ、親を通じ、非常なありがたい体験を日々させていただいてます。

（16・8・7 放送）

初めての漫画スクールで入賞

漫画家　高橋由佳利

漫画家デビューをしたのは二十歳の時です。この八月でちょうど三八年になります。私が初めて漫画を読んで衝撃を受けたのが五歳か六歳の頃だったと思うんですけど、手塚治虫さんの『リボンの騎士』のカラーページを見た時です。雑誌にそのカラーページが載ってて、それを見た時に、この世にこんなに美しいものがあるのかと思ってビックリしました。その漫画の主人公がサファイア王子というんですけど、その画の上にチリ紙を載せて鉛筆で何度も写してました。

子どもの頃はガリガリに痩せていて、学校の朝礼ではしょっちゅう貧血で倒れていました。スポーツも苦手な方で、外で遊ぶよりは家で漫画を描いたり、読んだりしてる方が好きな子どもでした。生まれも育ちも姫路なんですけど、小学校の父親参観の時間に先生が将来なりたいものを聞いたことがあって、クラスの皆は警察官とか、お花屋さんとか、学校の先生とか答えてましたけど、私はちょっと目立ちたがり屋だったので手を挙げて「漫画家になりたいです」と言いました。

すると先生も驚いたんですけど、皆から「オー！」という驚きと称賛のような声があがったので私はもう得意になってしまって、有頂天

たかはし　ゆかり

漫画家
1958年、兵庫県姫路市生まれ。1978年、『りぼん』（集英社）で漫画家デビュー。代表作「なみだの陸上部」など。1992年よりトルコ人の夫と息子との生活を描いたエッセイ漫画「トルコで私も考えた」を『YOU』（集英社）で連載中。

になって後ろの父兄の席を振り返ったんですね。大好きな父が来てたんで、「お父さん、私やったよ！」みたいな感じで振り返ると、父が周りのお父さんの間で真っ赤な顔して立ってて。その父を見た途端に、「あれ、何か私すごくお父さんに恥ずかしいことを言ってしまったのかな」って思って、何で父がそんなに恥ずかしかったのかはよく分からないんだけど、それ以来親に漫画家になりたいとは言わなくなったような気がします。でもそれから小学校も中学校も、私は漫画熱が冷めなくてずーっと好きだったんで、もちろん読むのもすごい読みましたけど、やっぱり鉛筆でノートにコマを割ったりして書いてました。

で、次の衝撃が高校二年生の時のことなんですけど、卒業後の進路を決めるということになって、その時に私は初めて友達が進路について真面目に考えてるということを知ったんですね。すごいビックリしたんですけど。どこの大学に行きたいとか、何を勉強して将来は何になりたいとか、卒業したら就職するっていう子もいましたし。私はもう何にも考えてなかったんで、「あれー、どうしよう」と思って。

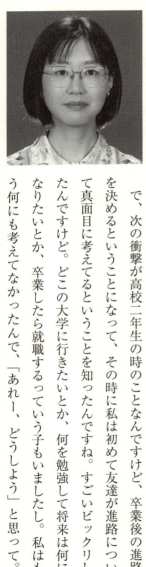

で、私は何になりたいのかなって考えた時にスーッと思い出したんですね。「そう言えば小さい時から漫画家になりたかったんだ」って。だからと言って何にもしてなかったんですよね。遊びで描くこと以外本当に漫画家になるために何にもしてなくって。中学の時に確かにちょっと真似事で、つけペンと墨汁を買って描いてみたことあるんですけども、ストーリーにも何にもなってなくて。漫画っていうのは画を描くことが出来ても、一つのストーリーを作らないと作品にならないんですね。たいていの人はストーリーが出来ないから漫画を描くのが好きでもそれ以上先に進めなくてやめてしまうんですけど、私もそれと同じような感じで、漫画家になりたい、なりたいとずっと思ってたり、友達には言ってたりしたのに、現実には何にもしてなかったということに気がついて、すごい衝撃を受けました。

それからすぐに本屋に行って、その頃『マンガの描き方』っていう本が出てたんですね。すると漫画を描くにはこういう道具が必要なんだとか、後はその頃読んでた『リボン』とか『別冊マーガレット』の漫画スクールの応募要項にいろいろと書いてあるんですね。それを読んで、まず漫画の道具を買わなくちゃっていうので、姫路の画材屋さんに行きました。応募要項には、紙は一三五グラムのケント紙、ペンはGペンと丸ペンて書いてあるんですけど、一三五グラムのケント紙って何のことか分からないんですよね。一三五グラムってなんだと思って。それは後々デビューしてからやっと東京の画材屋さんで初めて見ることが出来たんですけど。今でこそ地方の画材屋さんでも漫画の道具っていう、そういうコーナーがあって簡単に手に入るんですけど、当時は姫路の画材屋さんにはそんな物は売っていません。とりあえずペラペラの模造紙があったので、後はペン軸もスクールペン、さじペンていうんですけど、そのペン先だけが売っていたのでとりあえずそれとペン軸と墨汁は書道用の墨汁ですね。それだけを買い揃えて、三一ページのストーリー漫画をとりあえず描いて、リボン漫画スクールに送りました。それが高校二年生の冬です。

その漫画が何と佳作に入ったんです。毎月優秀なものが扉絵と批評が何本か載るんですね。それの一番最初に私のが載っていて、賞金が三万円。四〇年前の三万円ですから、高校生ですし、結構大金だったんですね。次の日、私はその雑誌を学校に持っていって友だちに見せまくっていました。でも親には黙ってたんです。やっぱり恥ずかしかったのもあるし、何でしょうね、何となく親に言うのはデビューが決まってからって決めていて、デビューして雑誌に載った自分の漫画を見せたら、もう親も反対しないだろうって、ちゃっかりそんなふうに思ってて。結局は反対されたことは一度も無かったんですけど、そんなふうに自分では考えてました。

ですけど、その批評っていうのがもうボロクソで、画が雑だとか、ストーリー構成が良くないとか。最後には「正しい道具を使いましょう」って書いてあったんですね。やっぱり適当に買った道具が全部間違ってたみたいで。ですけども、初めて投稿した漫画が佳作に入って三万円もらったというのが夢のように嬉しくって、「私は何にもしてないわ！」って焦ってた時からしたら、急転直下っていうか、私プロの漫画家に一歩近づいたんだわって思ってすごく嬉しかったんです。

（16・8・21　放送）

仏教のすゝめ

評論家　宮崎　哲弥

　仕事柄、様々なジャンルの本を読みます。政治学、経済学、歴史書、思想書、ジャーナリズム、ノンフィクションなどなど。元々はコンピュータを飯のタネにしていたこともあったので統計学や情報科学の関係の本も読む。マンガも大量に買い込みます。

　そうしたなかで、仕事に直接関係ない、極めて個人的な動機から読むジャンルもあります。それが仏教書です。近年は仏教も仕事の領域に食い込んできて、純然たる個人的な探求でなくなってしまったのが少し残念ではありますが、それでも仏教の研鑽は「自分自身のため」にやっているとしかいえません。私は仏教者なのです。

　といっても、どこかの宗派や教団に属しているわけではなく、従って仏教「徒」ではない。あくまで単独の仏教「者」なのです。

　一口に仏教と言っても、比較的初期の仏教から、大乗期の仏教、それから密教までかなり幅が広く、教えの相も大分違っています。私が信奉するのは、お釈迦様自身が説かれたオリジナルに近い仏教から比較的初期の大乗仏教までです。日本仏教の各宗門の教説についてはあまり詳しくありません。まあ、禅系や浄土教系は面白いと思います

みやざき　てつや

評論家
1962年福岡県生まれ。慶応義塾大学文学部社会学科卒。政治哲学、仏教論、サブカルチャー分析を主軸とした評論活動をテレビ、ラジオ、雑誌などで行う。近著は、『知的唯仏論』（呉智英氏との共著、新潮文庫）、『さみしさサヨナラ会議』（小池龍之介氏との共著、角川文庫）、『宮崎哲弥 仏教教理問答』（サンガ文庫）など。

が。

今日は、現存する最良の入門書と思える一冊を紹介します。邦訳は二〇一六年の二月に第一刷が上梓されていますから最近のものです。ワールポア・ラーフラ『ブッダが説いたこと』。この小さな本はヨーロッパで半世紀にわたり最良の仏教概説として読み継がれてきました。翻訳が俟たれていたのですが、原書の出版からおよそ六〇年を経てようやく岩波文庫の一冊として日本の読者にお目見えしました。

著者のワールポア・ラーフラさんはスリランカ出身の学僧です。スリランカのお坊さんということは上座部の仏教が基礎になっているということを意味します。上座仏教というのは、さっきの分類で言えば、日本でメジャーな大乗仏教によりも以前の、オリジナルに近い仏教ということとなります。主に東南アジアの諸国で信仰されています。

そのラーフラさんが、原始経典等から抽出したお釈迦様本来の教えをわかりやすく説き明かしているのが本書なのです。

例えば仏教はそもそも何を問題とし、その問題をいかに解決しようとしているのかが、本書を読むと明瞭に見通すことができます。

何を問題にしたのかと申しますと、「苦」を問題としたのです。四苦八苦の四苦、つまり生、老、病、死の苦です。この苦からの解放を説くのが仏教ですから、まず、その苦に正しく直面することが必要となります。苦を日本語に引き摺られて、単なる苦しみ、痛み、辛さ、悲しみ、虚しさ、不安、怖れなどと取ると、必ずしも間違いとは言えないのですが、同時に正しく直面しているとも言えません。

では苦とは何か。苦は、オリジナルの経典の言語、パーリ語ではドゥッカと言います。本書はドゥッカの探求を軸に据えて仏教を説いていきます。少し引用してみましょう。

「ブッダが、『人生には苦しみがある』と言うとき、彼はけっして人生における幸せを否定しているわけではない。逆にブッダは、俗人にとっても僧侶にとってもさまざまな精神的、物質的幸せがあることを認めている」「増支部経典の中には、家庭生活の幸せや隠遁生活の幸せ、感覚的喜びによる幸せやその放棄による幸せ、執着による幸せや無執着による幸せといった、さまざまな肉体的、精神的幸せが列挙されている。しかしそれらはすべてドゥッカに含まれる」

増支部経典とはパーリ語で書かれた初期経典の一つです。注目すべきは私たちが「幸せ」と受け止めているものもドゥッカに他ならないと述べられている点です。

「さらには、高度な瞑想によって得られる、普通の意味での苦しみの片鱗すらない、非常に純粋な精神的次元も、またまぎれもない幸せとされる次元も、心地よさあるいは不快さといった感覚を超越し、純粋に沈静した意識の次元も、すべてドゥッカに含まれる」

瞑想修行によって得られた「幸せ」もまたドゥッカであり、さらにその先の、快不快を超越した境地ですらドゥッカたることを免れないといっているのです。

ここでわかるのは仏教における苦＝ドゥッカとは、幸福や快楽との関係において相対的に捉えられるものではなく、絶対的なものだということです。平たくいえば、この世で私たちが感受する幸せや快さというのはすべて仮初めの事象であり、その底を一貫して流れているのは苦＝ドゥッカなのです。だから一時の安逸や快楽に逃げ込んでも、苦からの解放にはなりません。「一切皆苦」とはこういう意味です。

そのような基本的な教理を、平易に、しかしまったく妥協なく教えてくれるのが、ラーフラさんの本の真価です。

購って以来、ずっと持ち歩いています。何度読み返したかわかりません。いつの間にかこのように付箋だらけになってしまいましたが、また新たな心で繙くと、新たな発見に出くわし、新たな智恵を授けてくれます。名著とはかような本をいうのでしょう。

（16・8・28　放送）

日本経済復活の処方箋！

京都大学大学院教授　藤井　聡

僕は昭和四三年生まれで五〇歳手前ぐらいですけど、僕らの若い頃の日本に対するイメージってすごい経済大国で、学生やのに皆すごい車を持ってたりして、すごいお金持ちのイメージがあるんですけど、最近は何かパッとせんわけですよね。先進国と言いながら、随分景気も悪いし、あまりお金持ちというイメージも無くなってきて、中国の方やとか、ヨーロッパ人やとか、それからアラビアの方とかの方がお金持ちで、日本人て何かセコイ感じやなというふうになりつつあるというのは、何となく皆が共有してるところやと思うんです。ところがこんなもん、僕が今からいう通りにやったら、簡単に昔のようなリッチな国民になる、というお話を今日は出来たらなあと思います。

まずデータで申し上げると、G7てありますよね。こないだ行われた伊勢志摩サミットとか。あれはアメリカ・ドイツ・フランス・イギリス・イタリア・カナダ、そして日本と、これが八〇年代当時にはトップセブンのお金持ち国家だったんですね。このお金持ち国家の中でも一番大事なのは、僕ら国民からしてみると一人当たりの所得、これが一番大事なんですね。実際このG7の中で、九〇年代の日本の一

ふじい　さとし

京都大学大学院教授
1968年奈良県生駒市生まれ。京都大学大学院工学研究科修了、博士（工学）取得。京都大学大学院工学研究科教授。同大学レジリエンス実践ユニット長。現安倍内閣内閣官房参与（防災減災ニューディール担当）。著書『列島強靭化論』『巨大地震Ｘデー』『大衆社会の処方箋』ほか。

人当たりの国民所得、ＧＤＰはダントツで一位だったんです。他の六つの国の平均の倍ぐらいあったんです。もうムチャクチャお金持ちで、世界中の不動産を買ったりとか、ゴッホの絵を買ったりとかして、ものすごいお金持ちだったんです。

　ところがそこから二〇年ぐらいたった今はどういう状況かというと、日本はもう途中でデフレという病気にかかっている。これ病気なんです。病気にかかってしまって成長出来なくなっちゃった。そしたら一人当たりのＧＤＰはどうなったかというたら、当時の七五％にまで落ちたんです。だから要するに一〇〇〇万稼いでいる人が七五万、一千万稼いでいる人は七五〇万に減ってしもうたんですね。純粋にそれだけお金が減ってしもうたんです。

　他の国はどうかいうたら、だいたい一・五倍から二倍ぐらいになってるんです。二〇年たったら普通は病気にかからへんかったらそれくらい成長してるんです。で、今申し上げたＧ７はアメリカ・ドイツ・フランス・イギリス・イタリア・カナダ・日本。この中で日本は最初トップやったんですけど、ずっと徐々にダメになっていって、他は順調に伸びてって、今やイタリアと並ぶ最下位になってしまって。で、もう格差はどんどん広がってると。このままの状況が続くと、成長率は、日本はマイナスでよその国はプラスやとすると、これをウサギとカメの比喩でいうと、僕らバーッと走っとって速かったんですけど、途中で寝ててカメに抜かれた、みたいな状況。それどころか僕らは、寝てるどころと違うんです。後ろを向って歩いとるんですよ、今の日本のウサギは。メッチャ抜かれてて、このままの状況が後一〇年続くと日本はダントツに貧乏な国になってしまうんですね。

もう一度繰り返しますけど、普通の国は普通に成長するんです。病気にさえなっていなかったら成長出来るんです。樹木ちゅうのは健康やったらずっと伸びていくじゃないですか。それと全く一緒なんです、経済ちゅうのは。だからこの日本が成長出来へんのは人口が減ってるからやとか、成熟社会やからいうてますけど、これ全部デマ。何でかというと、人口が減っている国は他にもいっぱいある。成熟社会いうたら日本よりヨーロッパの方がずっと成熟してる。にもかかわらず順調に伸びてる。ということは結局原因は病気になってるからです。デフレっていう病気なんです。

このデフレっていう病気は治す時どうしたらいいかというと、普通はお医者さんは診断するんですね。何が原因でこの病気になってんのか。ここから一般の方には難しいかもしれませんけども、需要不足っていうのが原因なんです。要するに経済をレストランとしましょうよ。えらい大ざっぱな比喩ですけど。で、経済レストランが成長するというのはお客さんがいっぱい来ることです。そしたらどうなるか。席が埋まるんですよ。ところがお客さんが来なくなったら席が余りますよね。空席があります。これを〈デフレギャップ〉と呼ぶんですよ。需要不足。お客さん不足。で、お客さんが少なくなって、席が埋まってないレストランだったらどうするかいうたら、結局売り上げが減って、皆が貧乏になる。結果、素材を安くしたりだとか、給料を安くしたりとか、人員を削ったりする。そしたらサービスもどんどんダメになって、「貧すれば鈍する」になるんですよ。普通の経済っていうのはどうなってるかというと、需要と供給のバランスがとれていて、レストランに一〇〇席あったら、一〇〇席がだいたい埋まるように経済というのは出来とるんですよ。こうやってだんだん成長していくことになるわけですけれども、日本は経済全体のお客さんが少ないという状況ですから、これをちゃんと埋めればいいんです。

僕の計算では三年埋めればいい。三年埋めたらずっと羽振りが良くなるので、ちゃんと投資とかもするようになるんですよ。三年間ちゃんと埋めとったら元通りになって、そしたら後ちゃんと普通にお客さんが来るようになるという具合です。

どれぐらい席が余っとんのかというと、日本のＧＤＰ、経済規模がだいたい五〇〇兆。これがだいたい今どれぐらい余ってるかというと、三％から四％。すなわち一五兆から二〇兆円ぐらいのレストランの席が余っとるんです。この一五兆から二〇兆円ぐらいの席を三年埋めたらいい。民間の方はデフレでお金が無いから無理でしょ。民間の僕らは貧乏やし、将来怖いから投資したない。

そしたら誰が出来るかいうたら、政府しかないんですよ。政府が一五兆円から二〇兆円の、景気の刺激策と呼ばれるやつですけど、これを三年だけ。三年だけでいい。これをしっかりとやったら、日本人のいろんな人の所得が上がって、いろんな業界のビジネスがどんどん活性化していくようになる。そしたらどうなるかというたら、皆の給料が上がりますよね。給料が上がるちゅうことは、これが一五兆円から二〇兆円分ぐらいマクドナルド行ったり、ラーメン食うたり、ちょっとお金持ちやったら有馬温泉に行ったりとか、白浜に行ったりとか、軽自動車やなしに普通車を買おかとなっていくんです。これを三年間やったら昔のような所得になって、昔のような消費とか投資が戻って、順調に草がずっと伸びていくように経済が伸びるようになっていくんですよ。

そしたら「ウサギとカメ」のウサギさんは後ろを向くんじゃなくて、前を向いてゆっくり歩いていくことが出来るんです。昔のように走れないかもしれない。高度成長期のように。でもそれは走らなくてもいい。ちゃんと前を向いて歩いていけば、世界と同じような歩調で成長していって、ずっと日本は先進国のままになります。これが出来へんかったら、二一世紀の中頃には日本は貧乏な国になりまっせ。だからしっかりと公共投資、公共事業も含めて政府の財政政策をやったらええんです。そしたら昔のようになりまっせ。そんなお話でございました。

（16・9・4　放送）

日本に骨を埋めた宣教師

直木賞作家　**安部龍太郎**

取材でポルトガルに行ってきました。ポルトガルは信長とか秀吉の時代に日本にやってきた宣教師たち、有名なのはルイス・フロイスとか、ルイス・デ・アルメイダというような人なんですが、彼らが日本に与えた影響は非常に大きいんですね。

例えばルイス・フロイスは信長に最初に会って布教の許しを得たり、ヨーロッパの情報を伝えたりするわけです。アルメイダの方は大分県の大友宗麟という戦国大名に仕えて、日本に初めて西洋医学を伝える。そういう大変大きな働きをしてる。こういう人たちの故郷をぜひ一度見てみたいと思っていたんですが、これまでなかなか機会が無くて、やっとこの歳になって行くことが出来ました。

彼らは二人ともポルトガルの首都のリスボンの生まれなんです。それでルイス・フロイスの方はポルトガル王室の秘書官をやってたんですね。若くして秘書官、と言っても秘書室の事務員程度だと思いますが。アルメイダの方は王立病院で医師をして、外科医の国家試験をとった人なんです。

彼らはポルトガルのアジア進出の波に乗って、まず最初にインドの

あべ　りゅうたろう

作家

1955年福岡県八女市生まれ。久留米工業高等専門学校卒。デビュー作「血の日本史」で注目を集め「隆慶一郎が最後に会いたがった男」という伝説が出来た。2005年『天馬、翔ける』で中山義秀文学賞。2013年『等伯』で第148回直木賞。近著に『家康・自立篇』など多数。2015年、福岡県文化賞。2017年、福岡市文化賞。

ゴアにやってくる。それからマカオにやってくる。そして日本に渡ってくるという経路をたどるんですけども、当時はまさに世界の大航海時代なんですね。

　戦国時代を語る時には日本の国内だけの視点で語られがちなんですが、世界の大航海時代の波に洗われて、日本が初めて西洋と出会った。それが戦国時代なんだということをしっかりと認識していないといけないと思うんですね。日本では日本史と世界史を分けて教えているので、なかなかこうした視点を持つことができないのですが。

　フロイスとアルメイダは同じ船でリスボンを出港してるんです。これは一五四八年のことです。二人が出港した時の年齢がルイス・フロイスがまだ一七歳です。そしてアルメイダは二四歳。彼らは日本にやってきて、フロイスは六五歳で長崎で亡くなります。アルメイダは五九歳で天草で亡くなります。それまで一度も故郷に帰ってないんです。彼らが出港した港に立って、青年の彼らが船出して、それから亡くなるまでここに戻れなかったのかと思うと、彼らの布教にかける情熱とか使命感というのが非常に強く感じられるわけです。

ルイス・フロイスの『日本史』という本があります。これは戦国時代のことをイエズス会の側から書いた一〇数巻に及ぶ大きな記録で、日本の戦国時代の根本史料になっているんですけど、どうも今まで素直に読めなかったんです。それはどうしてかというと、キリスト教徒の立場で日本を見てるから、神仏のことを非常に悪く書いているわけですね。それから自分たちが迫害を受けたりしたもんですから、余計に攻撃的なんです。神仏の側に悪いことがあると神さまの罰が下ったんだという書き方をしているので素直に読むことが出来なかったんです。これはきっと自分たちの主張が正しいとアピールするために、こんなことを書いてるんだという視点で読んでたわけです。

ところが実際に向こうに行ってリスボンの港に立って、六五歳で亡くなるまで帰らなかったんだということと思いながら、彼らの使命感と情熱の大きさを感じてると、これは彼らの掛け値無しの本音だったんだということがよく分かりました。実はそういうこともあるかもしれないと思って、フロイスの『日本史』を一冊持って行ってたんです。そしたら非常に素直に読めたんです。

この人の立場ではこんなふうなものの見方をするのは当たり前だろうなと思いながらあれを読むと、非常に重要なことが書かれている。日本とポルトガルとの違い、神仏とキリスト教の違い、その感覚の差、そういうふうなことも克明に書かれてるんですね。まさに「百聞は一見に如かず」で、ポルトガルに行ったことによって目を開かれたような感じがしましたね。

それからポルトガルって海洋国家なんですよ。イベリア半島の先端にあって、日本といろんな点で良く似てるんです。魚を中心とした食生活とか、律儀で真面目で勤勉な暮らしぶりとか。それに元々テンプル騎士団という十字軍がつくった国ですから、騎士道精神が非常に強く生きてる。それが日本の武士道精神と共通するところがあるわけなんですね。

そういう類似点があったればこそ、ルイス・フロイスもアルメイダもこの日本に骨を埋めて、一度も故郷に帰らないという決断をしたんじゃなかろうか。そういうことまで思いましたね。

彼らがもたらしたものは航海技術、造船技術、それから天体観測技術、土木技術、物理学、測量技術、音楽もそうです。それから外科手術ですね。あの頃もうすでに傷を縫うような手術をしてましたから。そういうたくさんの恩恵を二人は日本にもたらしてくれてるんですよ。ところが二五〇年の鎖国時代のために、彼らへの見方が少し歪んでる。そのことを僕自身は徳川家康の小説を書く上でも痛感させられましたね。

（16・9・11　放送）

会ってみたい幽霊

小説家・歴史学者　澤田　瞳子

　少々季節外れなのですが、今日は幽霊の話をさせていただこうと思います。実は私も幽霊って全く見たことがありませんで。私は歴史小説を書いておりますので、古戦場とか人が亡くなった所もよく行きます。ですから色んな方から、「見たことありますか？」って聞かれるのですけど、本当に見たことないんですよ。

　ただ私を担当してくださる出版社の方々の中には、結構そういうのに遭遇したという方がいらっしゃいまして、先日お目にかかった若い女性編集者さんが、とあるリゾートホテルに仕事で泊まられたそうなんです。そうしますと、部屋の電気を消すとカタカタッとドアのノブを捻るような音がするんですって。で、「え！」っと思って電気をつけるとまた止む。で、また消すとガチャガチャっと引いてるような音がすると。とっても怖いなあと思ったんですが、彼女、あまりに忙しくて疲れすぎていて、怖い怖いと思いつつ寝ちゃったらしいんですね。すると夢の中で彼女はその部屋の中で誰かを待っていると。そして外からその女の人を訪ねて誰かが来る。で、ドアが開いた。その人が入ってくる。「あ、よかった。待ってたんだ」っていうふうに思っ

さわだ　とうこ

小説家
1977年京都生まれ。同志社大学大学院文学研究科博士課程前期終了。2011年、初の小説『孤鷹の天』で第17回中山義秀文学賞を最年少受賞。第２作『満つる月の如し 仏師・定朝』で第32回新田次郎文学賞受賞。『若冲』で第９回親鸞賞受賞及び第153回直木賞候補。

たところで目が覚めたと。で、おそらくきっとその部屋で誰か待ってる人がいて、訪ねてきた人がいて、ということがあったんだと思うんですね。

もしかしたらその後、殺人事件とか怖ろしいことになったのかもしれないんですが、多分彼女はその時に「あ、よかった。待っててよかった」と夢の中で思ったらしいんですよ。そうするときっと夢に出てきた彼らのその後というのは、出会えてハッピーなものだったと思うんです。

ちなみにこのとき、お隣の部屋に泊まってた同行のカメラマンさんのお部屋では、夜中にコップが飛んだという恐ろしいことも起きてたらしいんですが、ただいずれにしましても彼女が体験したその夢を見る限り、そこに出てきた幽霊というのは非常に幸せな人生を送った人たちではないかと思うわけですね。

で、亡くなった人を幽霊という形で見ると、これは一見理解の及ばないことなのでとっても恐ろしい話だとは思うんですけれど、それが例えば自分の親戚とかだったらどうでしょうか。東日本大震災以降、東北の方では、幽霊を見たという体験談が非常に増えてるらしいんですね。あれほど多くの人が亡くなられた痛ましい天災でもありますんで、そういうことが起きるのは当たり前なんですが、幽霊を見るというその人の心の中には、亡くなってしまった人々を悼むという心と共に、もう一度彼らに会いたいという愛情があるのではないかと思うわけです。

幽霊を見るということは、供養とか鎮魂とかという思いとともに、自分たちはまだここでやっていけるよ、自分たちは元気だよ、だから楽になってねという故人に対する本当の追悼の思い、それが双方入り混じったものではないかと思うわけなんです。

で、少なくとも家族の幽霊というものに関して言いますと、大嫌いだった親類を見たとか、そういう話はあまり聞かないんですね。亡くなった祖父母が会いにきれくれたとか、可愛がってたペットが死んだ後に何か気配を感じたという、お互い愛しあい、いたわりあってた家族の存在を感じるのが家族の幽霊ではないかって考えるんです。

とまあこういうふうに申しますのも、私はもう祖父母が亡くなっているんですが、何かあった時に祖父母の姿をどこかで見ることが出来たら、「あ、会いに来てくれたんだ」って、ちょっと嬉しくなると思うんですね。で、少なくとも家族の幽霊というものに限って言いますと、それは亡くなった人と生きている自分たちというのを繋ぐ、目に見えないメッセージのやりとりではないかと。

いわば亡くなった人が生きている人を力付けて、勇気付けるために出てきてくれると。そして我々もそういう亡くなった人からのメッセージを受け入れられるぐらい落ち着いた生活を送っていて、「そうだ。どこかで皆が見ていてくれるんだ」って思って、自分の理解の及ばない所にいる誰かを思い出しながら、一日一日暮らしていくことが出来る。そういう我々が今暮らしている現実とは違う世界に向き合う、とても心優しい気持ちになれる出会いではないかと考えるわけです。

そういうふうなことを申しますのは、実は私には叔母がおりまして。彼女のつれあいは一〇年前に亡くなってるんですね。とても夫婦仲の悪い二人だったんで。で、叔母は亡くなった後も、「本当に清々した」みたいな態度をとっておりまして。私なんか姪っ子から見ますと「こんなに清々しちゃっていいの？」って思ってたんですが、叔父の遺品もさっさと片付けて、今伸び伸びと一人暮らしをしているわけです。

亡くなって一〇年経ちますが、いまだに叔父にされたこととか、「あの時あの人はああだった。こうだった」って怒るんですよ。で、こないだのお盆の時に「どうせあの人なんか帰ってこなくていいから」って言って、迎え火も焚かなかったらしいんです。ところがそのお盆期間に――叔母がいうにはなんですが、玄関裏の人感センサーの灯りがポッとついたり、スッと消えたり、またついたりって、まるで誰かが通ってるようなことが何度も続いたんですって。

すると叔母は、「もう私は帰ってこなくていいって言ったのに、あの人帰ってくるのよ！」って怒ってるんです。それに私は電話で「ああ、そうなんですね」って相槌を打ちながら、でもひょっとしてと考えました。そういうふうに帰ってきてるかもって思ってしまうっていうことは、叔母は口先では叔父のことをブツブツ言ってますが、心のどこかでは叔父に対する思いがあって、当人も気付いていないかもしれないんですが、嬉しいという感情がそこにはあるんではないでしょうか。

叔母は幽霊がいるとか、そういうことは全く気にしてないと思うんですよ。ひょっとしたらネコが通っただけかもしれない。ネズミが通っただけかもしれない。でもそこに叔父の姿を見てしまう辺りに、私は叔母の心の優しさと、すでに亡くなった叔父に対する、当人も認識していない愛情があるんじゃないかなって思うわけなんです。

だからちょっと怖い話であるはずなんですが、目に見えない、亡くなってしまった叔父と今いる叔母の、多分生きてる時は気付かなかった愛情っていうのが、そこに滲んでるような気がしまして。そう思いますと祖父や祖母の幽霊であれば、私もちょっと会ってみたいかなって思うようになりました。

（16・9・18　放送）

クロスジェネレーション

プロデューサー　残間里江子

いま、私はシニア世代を中心とした「クラブ・ウィルビー」という組織を主宰しています。これまでの固定観念を打ち破って、新しい大人のイメージを創りたいというところから始めました。何分にもささやかな私費を投じて立ち上げたので、いつまで続くかと思っていたのですが、今年で九年目を迎えました。入会費や年会費はいただいておらず、年間五〇ほどのプログラムがあるのですが、それは企画ごとに実費として参加費を頂いています。参加費の二％は若い人たちの自立支援プログラムなどに寄付をしています。

私は団塊の世代なので同世代の友人が大勢いるのですが、みんな今でも心身ともに元気で、最近は若い人たちともっと繋がっていきたいと考えているようです。「若い人たちにいろんなことを伝えたり、一緒に何かをやりたい」、しかし、そう思ってもなかなか繋がらないのが現状なので、その両者をネットワークしたらおもしろいだろうなと思っています。老若男女みんなで集まって学んだり、遊んだり、旅をしたり、もちろん世の中にためになることをしていきたいと思っています。

ざんま　りえこ

プロデューサー

1950年仙台市生まれ。アナウンサー、雑誌記者、編集者を経て、1980年 株式会社キャンディッド・コミュニケーションズを設立。出版プロデュースをはじめ、映像、文化イベント等を多数企画・開催する。2009年、大人の会員制ネットワーク「クラブ・ウィルビー」を設立。テレビ・ラジオ出演、近著に『閉じる幸せ』(岩波新書)。

今日はそんなところから、「クロスジェネレーション」について、お話をしたいと思います。実は私は若い人が苦手で、これまで若い人との出会いは極力避けていました。ですが、この頃なかなか見上げたものだと思う素敵な若者たちが増えてきていることを実感しており、そんな気持ちはなくなりつつあります。日本にはＮＰＯが五万二千ほどあり、なかなか自立できていないのが現状ですが、ＮＰＯ法人であってもそこそこの利益は上げながら、本当に困っている人を助けたいという動きが若者の中に広まりつつあります。「ソーシャルビジネス」とか「ソーシャルデザイン」と言って、社会に横たわる課題をビジネスとして解決していくという方法論です。そしてそれに取り組む人々を「ソーシャルアントレプレナー」や「社会的起業家」と呼びます。

少し例を挙げさせていただくと、これからますます高齢化が進む中、そんな未来を見据えて在宅医療の問題に取り組んでいる医師の武藤真祐さん。武藤さんは東京大学医学部大学院の博士課程を出た後、東大病院や宮内庁で侍医としても働いていたのですが、医療も福祉もこれからはビジネス感覚を磨かないとダメだと思い、コンサルティングファーム・マッキンゼーに入社します。二年間、医療や福祉をビジネスとして成立させるにはどうしたらいいかということを学び、在宅医療という医療の現場に戻られました。

現在は、在宅医療の拠点として医師や看護師、介護スタッフなどでユニットを作り、地域の方たちを見守るプロジェクトを行っています。高齢の単身者が非常に増えているなかで、本格的な治療が必要になる前の段階の方を見つけ出せるようになると、医療費の削減にも繋がる上に患者さん自身も楽になります。東京都を中心に活動を始めていますが、いずれは全国にネットワークを張り巡らせたいと考えているようです。最近はシンガポールにも進出し、海外展開も視野にいれているそうです。孫正義氏やビル・ゲイツ氏のようになってから財団を設立して取りかかるのでは間に合わなくなるような課題が、今の日本には山積みになっている。決して潤沢とは言えない資金でスタートされましたが、犠牲的精神でがんじがらめにはなっておらず、イキイキと働いていらっしゃいます。

それから、「真のグローバル人材を育てたい」という志のもと、留学ならぬ「留職」という仕組みを作っている小沼大地さん。日本で勤めている企業での仕事を活かしながら、アジアなどの新興国の水道がないとか、学校がないとかといった様々な課題解決に一定期間取り組む仕組みです。受け入れ先となる現地のNPOやNGOと話をつけ、そこから実費に加え少し手数料をいただくことで組織を運営しています。派遣元となる企業は今年で累計で二五社まで増えましたが、当初は課題も多くありました。例えば、社内から一人で「留職」をし、一定期間会社から離れると、帰国後社内で孤立してしまい退職してしまうケースが多くありました。そこで、派遣先の社内に留職中の人が、今、現地でどんなことをしているのかを頻繁に報告し、さらにフィードバックしてもらえるグループを作ることで、会社の中でも「今、あの人はこういうことをやっている」ということが分かるようにしています。

小沼さんも一橋大学大学院を出たあと、マッキンゼーに就職し経営の勉強をしました。財団やNPOが単に情動というか、感情や熱い思いだけでは成り立たないということが分かっていたのです。

世俗的な言い方をすれば、武藤さんにしても小沼さんにしても〝エリート〟と呼ばれる人たちです。エリートならエリートで、もっと違う道があると思う人もいるでしょうが、彼らはあえて社会的な問題を解決する道を選んでいます。このような若者が徐々に増えているのです。最近はそういう人たちと積極的に会うようにしています。話してみると、意外なことに若い人たちも大人と繋がりたいと言います。ただし、血縁の関係にない人同士でないとうまくいかないようですが…。いずれは、私たちシニア世代も何か一緒にやれることはないだろうかと、クラブ・ウィルビーのメンバーとも話したりしています。

日本の資産の大半60代以上の人が持っています。今はまだ年金もあります。シニア世代は孫世代の貯金通帳を使っているともいわれていますが、今こそ世代を超えて共に問題を解決していかなければいけないと思います。老・若を橋渡しして私たちに出来ることを、積極的にコラボレーションしていきたいです。

（16・9・25　放送）

不思議な縁

漫画家　高橋由佳利

前回はリボン漫画スクールで入賞したというお話をしましたけれども、すぐデビュー出来るわけではないんですね。そもそも私は漫画家というのは余程の才能と覚悟が無ければやっていける商売ではないと思ってました。運良くデビュー出来たとしても、自分は天才でも何でもないから、その頃もういらっしゃいましたけど、大学生だったり、会社勤めしながら漫画を描いているという二足の草鞋でやっている人が現実的で、私にすればカッコいいなと思ってたんですよね。

でもそういう中途半端な気持ちで描いてたせいか、それからは送っても送ってもダメでした。どんどんデビューから遠のいていくっていうか、漫画スクールっていうのは、そうやって投稿して賞に入って、優秀な人は編集者が直接連絡をくれるんですね。それで指導してくれるというか、そういうのを業界用語で「担当が付く」って言うんですけど、私はもう送るたびに担当が付くどころか評価がどんどん下がっていって、とてもデビューは出来ませんでした。そうこうしてるうちに大学受験が始まって、私もう漫画ばっかり描いてたもんですから当然のように志望大学には落ちてしまって、家の近くの短大に通うこと

たかはし　ゆかり

漫画家
1958年、兵庫県姫路市生まれ。1978年、『りぼん』（集英社）で漫画家デビュー。代表作「なみだの陸上部」など。1992年よりトルコ人の夫と息子との生活を描いたエッセイ漫画「トルコで私も考えた」を『YOU』（集英社）で連載中。

になりました。で、今度短大に入るとサークル活動が面白くって、気が付いたらまた二年生で進路を決める時期がやってきて、同じことの繰り返しですよね。

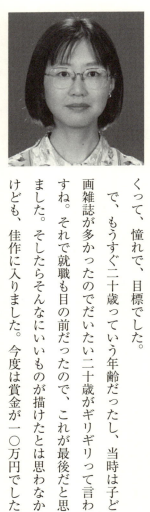

一本も漫画を描かないまま、また進路を決めなきゃいけないっていうんで、最後の勝負をしようと思いまして、好きだったリボンという雑誌で年に一回のリボン新人漫画大賞かな、そういう大きな賞があったんです。いい賞に入るとその作品が必ず雑誌に載って、佳作以上に入った人は東京での授賞式に呼ばれるんですね。毎年雑誌にその授賞式の写真が載ってて、審査員の漫画家さんたちと一緒に写ったり、もう本当に憧れだったので、私はその写真を見るたんびに羨ましくって、憧れで、目標でした。

で、もうすぐ二十歳っていう年齢だったし、当時は子ども向けの漫画雑誌が多かったのでだいたい二十歳がギリギリって言われてたんですね。それで就職も目の前だったので、これが最後だと思って投稿しました。そしたらそんなにいいものが描けたとは思わなかったんですけども、佳作に入りました。今度は賞金が一〇万円でした。その年は結局佳作が八人いるきりで、それより上の賞が無かったんで、後で編集さんからは「不作の年だった」って言われたんですけども私はもうとにかく憧れの授賞式ですから、夢見心地で上京しました。

で、編集部に行ったんですけど、そしたら入り口の所に制服を着た高校生の女の子が立ってて、彼女も私と同じ受賞者だったわけですけど。彼女は九州の福岡の高校生で、お互いに地方住まいで漫画家友達っていうのがいなかった者同士で、今までに溜まりに溜まった思いがお互いにそこで爆発したっていう感じですごいしゃべって、住所の交換したりして盛り上がりました。授賞式はすごい緊張したんですけど、その後編集部に戻ってからも二人で編集部の中を探検して、興奮してもう大騒ぎしてたんです。そしたら一人の若い編集さんがやってきて、「君たちね、デビュー前の友達っていうのは長く続くから大切にするんだよ」って言ったんですね。

その時は何を言われたかよく分からなくて、へえって思っただけだったんですけど、結局その佳作の八人の中からデビュー出来たのが私と彼女の二人だけでした。奇跡的だと思うんですけど、三八年たった今でも二人とも漫画を描き続けていて、今でも九州と兵庫県で連絡を取り合ってるんですね。本当にこれも偶然なんですけど、二人とも海外で旦那さまを見つけて国際結婚して、示し合わせたわけじゃないんですけども、生まれた子ども達もお互いに歳の近い子ども同士で本当に不思議な縁だなあって思ってます。

で、その時に私たちに話しかけてくれた若い編集さんが私の初めての担当になりました。その方も入社二年目で、担当持つのが私が初めてだったんですけど、とても熱い人だったんですね。「君はね」って言って、「デビューは出来ないかもしれないから、出来るにしろ出来ないにしろ、社会を見ておくのは人として大切なことだから就職した方がいい」っていうんですね。デビュー出来そうにないと言われてショックだったんですけども、私もそのことはすごく納得して、その通りだなあと思っていたので、姫路の小さな会社に就職しました。働きながらデビューを目指して、で、夏にはやっとのことでデビューが決まりました。ちょうど一九七〇年代の終わり頃で、漫画雑誌が次々と創刊されて、新人漫画家の需要があった時代だと思うんですね。運がいいことに次々と仕事が入ってきて、結局は会社も年末には辞めることになってしまったので、社会人の経験は一年弱だったんですけど、その担当さんは今では出版社の販売部の偉いさんになられて、何年か前にお会いした時に「僕も陰で支えて頑張ってるから売れたんだよ」って言われました（笑）。

こんな感じで三八年が経ったわけですけども、やっぱり楽しいだけではなくって、いくら大好きな漫画でもやっぱり仕事となるとツラくて厳しいことも、何の仕事でもそうでしょうけど、たくさんあったんで何度も何度も辞めようと思ったり、やっぱり向いてないなあって思ったこともありました。ですけど、もうここまで続けると仕事のある限りは、腕が折れない限りはですね、本当に続けたいなあって思っています。

（16・10・9　放送）

第十四期骨佛開眼のご案内とお願い

一心寺長老　髙口　恭行

今日は、来年が一心寺の第一四期の骨佛開眼ということですので、ちょっとそのことについてお話させていただきます。

先般ですね、秋のお彼岸が終わりましたところで、一心寺の山門を入りました正面に、「骨佛造立　平成二九年五月」と書いた大きな駒札、将棋の駒みたいな大きな看板を立てました。その横に「境内出開帳」、つまり境内でお披露目を致します、と書いた立札も立てていますす。これは一体、どういうことなのかな？　というのでちょっと解説をしておきたいと思います。

一心寺では一〇年ごとに新しいお骨佛様が開眼されますが、いよいよ来年、平成二九年に新しい第一四期のお骨佛様が出来るわけでありますす。そのお披露目につきまして従来とは少し違ったやり方でお勤めさせていただきたいと考えております。一〇年間に納骨されました施主の方々、全てに開眼法要のご案内をしなければならないのですが、これを出しますと少なくとも十数万人の方々がお出でいただくということになるわけです。前回まではどういうふうにしていたかと申しますと、四月に法要の期間を四日間決めまして、その四日間を納骨の年

たかぐち　きょうぎょう

一心寺長老
1940年京都市生まれ。京都大学工学部建築学科卒。工学博士。建築家。
元奈良女子大学教授。昭和45年一心寺第五十九世住職。平成16年長老。
著書『フィールド・ノート都市の生活空間』『第三の建築家』『ガラスの屋根〜都市の縁起』ほか。

度別に割り振りまして、この四日間が出来るだけ均等になりますように、〇〇年度に納骨された誰々さんは例えば四月五日にお越し下さいとか、あなたの場合は四月八日にお参り下さい、というような案内のハガキを出しまして十数万人のお施主様が集中して混乱することのないように、出来るだけ分散して均等になるように、ご案内をしてまいったわけであります。しかしながら、結局はどうしてもその期間内にある土・日にご参詣が集中してしまうんですね。

前回は谷町筋の歩道がいっぱいになった行列が、一心寺からJR天王寺駅まで続きまして、ピーク時にはもっともっと長い行列になってものすごい待ち時間で疲労困憊、当然トイレ問題と。まあ大混乱が発生してしまったわけです。参詣の皆様にとりましては、お身内の方のお祀りであり、仏様のことでありますので皆さん随分我慢して並んでいただいたわけでありますが、警察の方からはきつーいお叱りをいただきましたし、インターネット等で多くの方々からのクレームも甚だしいものがございました。これも誠にごもっともなことで、もうどうしようにも仕様がない、一体どうしたらいいんだ、ということで、それ以後何年にもわたりまして、一言でいえば苦慮してまいりました。で、なんとか勘案した結果、とりあえず次のようにいたすこととなりました。

新しいお骨佛様をですね、本堂の正面に仮のお厨子を設けまして、一心寺がもっとも空いている六月に、一か月間三〇日の間ずっと、一心寺では一番広い境内の広場からご参拝、ご焼香出来るようにする。このことを「境内出開帳」と呼んでいるわけです。従いまして六月一日から三〇日まで、一か月の間に随時ご参詣ください、ということになるわけございます。当然、お堂の中へお入りいただきますと大変混雑して参りますので、お入りいただけません。受付も無し、ということにいたします。境内出開帳というのはそういうことでございますので、よろしくお願い致します、というのが今日の主たるお話でございます。

ただ、ちょっとだけいい話というのを追加させていただきます。JR天王寺駅から一心寺の方へ歩いていただきますと三千佛堂というのがありますが、その手前に「存牟堂」という新しい建物が最近出来上がりました。ま、簡単に言いますと一心寺ご参詣の休憩所ということになります。そう大きな建物ではありませんで、JRのローカル駅の待合室程度の広さ、という感じの建物です。駅並みにトイレはあります。ベンチが並んでおります。飲み物の自動販売機もございますし、それだけではなくて「大坂の陣歴史散策案内所」という看板もかかっております。いまNHKの「真田丸」で注目を集めております、大坂冬の陣では徳川家康の本陣になり、夏の陣では真田幸村の本陣になったと言われている茶臼山という、小さな山が目の前にありますので、夏の陣に関する簡単な解説アニメを作りまして常時上映しております。ですからこれをご自由にご覧になれます。また、大阪城天守閣にございます重要文化財の「大坂之陣図屛風」というものがあるんですが、それを拡大いたしまして陶板ですね、陶器のパネルにして展示しております。つまり、戦場の詳細な有様を見ることが出来る。当然、無料のパンフレットも置いてございますし、夏の陣の激戦地を回るスタンプラリーの窓口にもなっております。

この休憩所「存牟堂」がですね、来年のお骨佛様のお披露目の際には、ちょっと役に立ってくれるのではないかなと、期待しているところであります。何とぞ行列が出来ませんように、心やすらかにご参詣いただけますように考えているところなのでございます。

以上、来年第十四期の骨佛開眼お披露目は六月の三〇日間、境内でお願い致します、というご案内でございました。来年の骨佛開眼法要は境内出開帳ということで、よろしくお願い致します。

（16・10・16　放送）

大大阪時代の再来を

京都大学大学院教授　藤井　聡

僕は内閣官房参与ということで、総理大臣の正式なアドバイザーという位置づけになっているんですが、この番組は関西の番組ということですので、今日は関西の経済というか、賑わいというか、そういうお話をしたいと思います。

僕は昭和四三年の生まれで、子供の頃は昭和四〇年代から五〇年代ですので、そのイメージでいうと大阪と東京というたら、西と東の中心で東京よりちょこっと小さいかも知れへんけど、ま、そこそこの大きさで文化で言うと「東京なんかに負けへんで」という感じがあったんですね。ところがですね、最近の若い子一八、九ぐらいの学生さんに聞いてみると、そんな感じはもう無いんですね。一応二番目なんだけど、一番でかい地方都市みたいな感じ。で、これはそう思うのも実際無理ない所で、データを見ますとね、昭和四〇年とか、人口を見ても大阪は東京の八〇％くらいあったんです。七～八割の人口がいるということは、ほぼ一緒じゃないですか。ところが今ではもう五～六割。それだけ違ってきてるんです。さらにいうと経済の指標としてよく言われる大企業の本社。これ昔はトップ一〇〇企業の本社言うたら

ふじい　さとし

京都大学大学院教授
1968年奈良県生駒市生まれ。京都大学大学院工学研究科修了、博士（工学）取得。京都大学大学院工学研究科教授。同大学レジリエンス実践ユニット長。現安倍内閣内閣官房参与（防災減災ニューディール担当）。著書『列島強靭化論』『巨大地震Ｘデー』『大衆社会の処方箋』ほか。

半分以上が大阪やったんです。ところが今やもう東京にどんどんどんどん吸われてもうてトップ企業の七、八割が東京、というような状況です。法人税も三、四〇年前は額面で八千億くらいあったのが、今はもう三千億を切っとったりとかですね。だから実際大阪はアカン。ところが原因があるからこうなったんで、いまから言うことをちゃーんとやれば、大阪は昔のように復活できる。そんなお話を今日はしようかなと思います。

まず、なんでこんなことになったんかというと、時々統治機構が大阪は府の制度で、東京は都の制度やからその仕組みに問題があるんと違うか、という話があるけど全然関係ない。あるいは、東京は首都やから、首都へ一極集中していく人は、しょうがないとも言われますが、それも違う。そもそも他の主要先進国Ｇ７の首都で東京ほど一極集中が進んだ首都って一個もないです。だからそこに国会があったりだとか、首相がおるから一極集中するというわけでもない。じゃあ何が原因かと言えばインフラの違いなんです。インフラって何かというと、新幹線。高速道路。それから港。空港。こういった都市の経済活動の基盤をインフラというんですけど、その基盤が東京と大阪では全然、違うんです。昔の格差が無い頃はインフラの違いもほとんど無かったんです。新幹線が一番最初にどこを通ったかというと東京―新大阪間です。どっちも同じ時に開通した。高速道路、東名とか名神もほとんど同時に通ったんです。空港も大阪の伊丹空港が出来、東京の羽田空港が出来た。

だからね、四〇年代くらいまでインフラの格差ってあんまりなかったんですけれども、五〇年とか六〇年代になってくると、どんどんどんどん東京の方が大きいからという理由でそっちに投資しだしたんです。大阪にはあまり投資せんようになった。そうすると格差が広がるじゃないですか。格差が広がると広がった格差が原因となって東京に投資して大阪にはせんでもええやないか、ということで格差が格差を生んでですね。坂道を転げるように大阪はダメになった。実際今、どうなってるか。一番分かりやすいのは新幹線。今、大阪を通ってる新幹線は東海道・山陽新幹線の一本だけ。これ岡山とか広島とかと一緒ですわ。東京はどうなってるかというと東海道新幹線があり、東北新幹線があり、上越新幹線があり、さらには北陸新幹線まで通って四つも新幹線が通っとる。大阪におるビジネスマンは一本の新幹線でしかビジネス出来ないけれども、東京に住んでる人は四方向でビジネスが出来るんです。その四方向とは何かというと二時間以内に仙台という大都市、新潟という大都市、そして金沢という大都市、それから名古屋という大都市、これみんな東京の舎弟みたいになってるわけです。ところが大阪は右と左にビューっと一本あるだけ。ここが一番格差になってるわけです。

ところが計画だけで考えると大阪には北陸新幹線を繋ぐという話があります。さらにリニア新幹線も繋ぐという話もあります。さらに山陰とも繋ぐという話もあるります。さらに四国とも繋ぐという話。今言った新幹線が全部出来たら、東京と同じ本数だけ通ることになるんです。計画の内、東京はもうほとんど造ってるんやけど大阪は「知るか！ お前」と放ったらかされたんです、この五〇年間。この格差を国の力と地域の力と財界の力でしっかりって言われているみたいに埋めれば、確実に大阪は二一世紀中盤にかつての光を取り戻すことが出来ます。こういうのを昔なんと言うたかというと大正時代、「大大阪時代」と言いました。大正時代は実際に東京よりも大阪の方が人口多かったんです。その時はやっぱりいろんな投資がこっちに、東京に負けず劣らず、同じぐらい、それ以上に大阪に投資があってずっと来てたんですけど、この三〇年ぐらいは大阪への未投資、東京への投資がどんどん続いてこんなことになってしまったんです。

たとえばどういう状況になるかというと、北陸新幹線が敦賀まで来るという話がありますけど、これが大阪まで繋がったら大阪から金沢まで一時間半ぐらい。さらにこれ関空まで繋いだら、大阪から関空まで二〇分ぐらいで行ける。その関空の新幹線を和歌山まで通して四国へ繋げば、徳島へ四〇分ぐらいで行けるようになります。するともう高松やら松山へも一時間半から二時間くらいで行ける。要するに四国と二時間ぐらいで行き来出来るし、北陸とも二時間以内で行き来出来る。これで初めて、大阪の商圏というものが四国と北陸全体に広がることが出来る。

いま実は大阪は西日本の中心都市じゃないんですよ。ところが今言った右上の北陸新幹線、左下の四国新幹線が開通すれば面全体が大阪の都市圏になるということですね。この投資にかかる費用がだいたい五兆円ぐらいです。五兆円と聞くと「高いなぁー！　おい」ということになりますが、これから二〇年かけてやるとなると年間二五〇〇億ずつ。二五〇〇億の国家予算いうたら大したことない。二〇年かけてしっかり造っていけば全然問題ない。そういうことを長期的なビジョンに基づいてですね、大阪を中心にインフラをしっかり造っていったら、二一世紀中盤にはまた「大大阪時代パート2」が訪れる。これはもう、ぜひですね、そういうふうな世論を形成していっていただけたら嬉しいなと思います。

（16・10・23　放送）

「マンダラ的思考」のすすめ

東京大学大学院教授　丸井　浩

私の専門はインド哲学です。現在は東京大学インド哲学仏教学研究室というところで、インド哲学の教授をつとめております。インド哲学と申しますと広い意味では仏教も含まれますけれども、私はどちらかといえば仏教とはライバル関係にあるインドの伝統的な哲学を専門にしております。ただ、最近は仏教的なものの見方、考え方に心を寄せることが多くなりまして、今日お話させていただくのも仏教的なものの見方に関わることです。キーワードは二つございます。「マンダラ的思考」と「中村元先生」、この二つが本日のお話のキーワードです。

「マンダラ的思考」という言葉は、皆さんあまり聞きなれないかと思いますが、これは中村先生ご自身が作られた言葉のようです。最初に中村元先生について簡単にご紹介させていただきます。ご存知の方も多いかと思いますけれども、中村元先生はインド哲学と仏教の研究分野でまさに世界的権威でいらっしゃって、六五歳の時にはすでに文化勲章を受賞されています。一九一二年、大正元年に松江でお生まれになりました。大正元年のお生まれということで「元（はじめ）」と

まるい ひろし

東京大学大学院教授

1952年東京日本橋生まれ。1976年東京大学文学部印度哲学印度文学科卒業。インド・プーナ大学に国費留学。インド哲学仏教学・比較思想研究の世界的権威・中村元博士創設の東方研究会（現中村元東方研究所）専任研究員を経て、現在常務理事。1992年東京大学文学部助教授。1999年同大学院人文社会系研究科教授。

いうお名前が付けられたと伺っています。一九九九年にお亡くなりになりましたが、先生の偉大なご業績とご遺徳は、今なお世界中の多くの人々に語り継がれております。

その中村先生が、ご自身の自伝に当たるような『学問の開拓』という本の中で、「マンダラ的思考」という言葉を使っておられるのです。その言葉は苦しみ多き若者たちに中村先生がエールを贈るお話の中に出てきます。いうまでもなく、マンダラ的思考の「マンダラ」というのは仏教、ことに密教においてとても重要な言葉です。マンダラ図とは、特定の仏や菩薩が中心にあって、さらにそのほかの多くの諸仏や菩薩たちが、ひとつの図空間の中に配置されています。ただ、その中に悪魔も配置されているのがポイントなのです。

ちなみに「悪魔」の「魔」というのは、もともと仏教から来ています。ブッダの覚りを妨げるなどの悪さをする存在をインドの古い言葉で「マーラ」というのですが、その「マーラ」という音を写して「魔羅」という漢字が当てられ、「羅」が落ちて「魔」となりました。このマンダラ図に、諸仏や諸菩薩とともに描かれた魔という存在は、一体何を意味しているのでしょうか。いろいろな解釈が可能かもしれませんが、中村先生は、我々の人生における災難とか、災害、あるいは挫折や失敗、不幸を象徴しているシンボルが悪魔である、と述べられています。さらには、悟りを開いた尊い諸仏や利他の心にあふれる諸菩薩という聖なる存在と同一の図空間に、諸悪の象徴である悪魔が共存している、というのがマンダラの世界の重要なところだ、とおっしゃるのです。

それでは、そこで中村先生がおっしゃる「マンダラ的思考」とはどういうことを言っているのでしょうか。ちょっと長くなりますが、中村先生の言葉を引用しながら必要に応じて若干の解説を付けさせていただきます。なお、この先生の言葉は直接的には、勉強に苦しんでいる若い人に向けて呼びかけていらっしゃるのですが、学問に携わらない若い人々にもこの意味を考えていただきたい、とも先生は付け加えられています。以下は中村先生の言葉です。

「人生何が幸せとなり、何が不幸となるか分からないのである。卑近な例をあげれば一流校に入ることは、それ自体『順縁』を結んだといえようが、その人がそのことを鼻にかければ人々から嫌われるし、入ったというだけで、油断をすれば、気づいた時には堕落の極みにいたということもある。そういう事例をわたしはこれまで数多く目にし、耳にしてきた。順縁と逆縁は移ろうものである。一流校に入れなかったからといって、悲観することはない。逆縁は順縁として生かすことが可能である。」(『学問の開拓』二五三頁)

なおここで「順縁」というのは、一般的な意味での「恵まれた縁」あるいは「何か良き縁に恵まれてめでたい出来事を経験すること」というほどの意味であり、また「逆縁」という言葉は、その逆で「好ましくない縁」あるいは「何か悪しき縁によって残念なことが身に降りかかること」という程度の意味で使われています。いずれにしても、順縁だと思っていたことが、後になってむしろ不幸な結果を招いてしまい、逆縁に転じてしまうこともあれば、当初は逆縁だと思っていたことが、その後の反省・努力や人との出会いなどのおかげで、かえって結果的には良い結果になる順縁の出来事だったと後々になってわかることもある、だから不幸に出会っても希望を捨てず、発想を転換するなどして努力するがよい、逆に大成功を収め幸運に出会っても、決して慢心せずに謙虚に努力を怠らないようにすべきだ、ということを中村先生は言っています。

そしてこのような考え方を中村先生は「マンダラ的思考」と呼んでいます。つまり先ほど述べたように、マンダラには仏様も居れば悪魔も一緒に居る、それと同じように何事にも幸と不幸、運と不運、善と悪は、背中合わせで同居していて絶対的な線引きはできない、そもそも私たち一人ひとりがどちらの要素もかねそなえていて。仏様の心も持っていれば悪魔の心も持っている両義的な存在だから、そういう考え方をして、物事を単純に見ないように、逆境にあったときには逆にそれが良い縁を結ぶかもしれない——と、このような「マンダラ的思考」によって、中村先生は、苦しみ多き若者たちがそれぞれの道を希望をもって歩み続けてもらいたい、と願っておられます。

さらにですね、先生は、この「マンダラ的思考」の発想を広げて、私たち一人ひとりの存在をマンダラと見なして、「全宇宙をそのうちに映し出す鏡である」とも述べておられます。そしてそのあとに続く言葉がとりわけ印象的です。

「人は全宇宙によって生かされている。各個人は、全宇宙をそのうちに映し出す鏡である。この意味において各個人は『小宇宙』であると言えようが、ただし、その『小宇宙』なるものは、他の『小宇宙』と代えることのできない『小宇宙』なのである。このことわりを理解するならば、……因果の連鎖の網の中では、微少なる宇宙と無限に深い宇宙とが相即する。してみれば、各個人それぞれの道は、たとえ狭いものであろうとも、その中に無限に大きな意味を求めることができるはずのものであるに違いない。」(同書二五四頁)

どんなささやかな存在も、全宇宙とつながりあい、その意味では私たち一人ひとりは、お互いぶつかり合うというより、万有一切と皆がつながり合い、似た者同士だと見ることで、マンダラ的思考は人と人との対立を緩和させ、やわらげていくことになります。

さらに続けて先生は、最後に一篇の詩のような美しい言葉で締めくくられています。

「夢に、大、小はない。道に、広い、狭いはない。このことを現実に即して理解しながら生きていくことが、若い人々に課せられた苦しみであり、喜びでもあろうと思う。さまざまな夢も、さまざまな道も無限に深く、大きなものであることを自覚されて、歩まれんことを望んで止まな

い。」（同書二五四頁）

以上のような中村先生の「マンダラ的思考のすすめ」は、若者に向けてなされたものですが、人生を豊かに生きようとする人すべてにあてはまる珠玉の知恵と思われましたので、皆様にご紹介致しました。

（16・10・30　放送）

伊藤若冲の時代風景

小説家・歴史学者　澤田　瞳子

今日は伊藤若冲という、江戸時代に生きた画家のお話をさせていただきたいなと思います。伊藤若冲は京都に生まれた画家でして、その生涯のほとんどを京都で過ごした人ですが、実は私、昨年（二〇一五年）に『若冲』という彼の生涯に関する小説を出版していただいてるんです。

伊藤若冲という人物は京都の錦の青物問屋、野菜の卸売屋さんに生まれまして、一般人として生活していて店の主をしていたんですが、四〇歳の時に引退いたしまして、それ以降画家として八〇歳台まで活躍を続けたという人物です。今年（二〇一六年）がちょうど生誕三百年になりまして、そのお蔭で全国で大きな大回顧展が開かれているんですね。特に今年の五月末に東京で行われた展覧会では、わずか二週間の間に四十四万人もの方が来場されて、本当に大行列で大変だったらしいんですけれど。

不思議なことに、一般的に展覧会に行く人というのは中高年の方が多いんですが、若冲に関しては非常に若い二十歳代とかのファンも多いんですよ。で、展覧会でも美術グッズが大売れに売れまして、展覧

さわだ　とうこ

小説家

1977年京都生まれ。同志社大学大学院文学研究科博士課程前期終了。2011年、初の小説『孤鷹の天』で第17回中山義秀文学賞を最年少受賞。第2作『満つる月の如し 仏師・定朝』で第32回新田次郎文学賞受賞。『若冲』で第9回親鸞賞受賞及び第153回直木賞候補。

会グッズを買うのに大行列というぐらいのすごいヒットぶりを見せたんですね。なぜ今、この伊藤若冲という人物が人気なのかということを私もいろんな所でインタビューを受けたり、コラムで「何ででしょう？」という質問を受けてずっと考えてきたんですけれど、今ひとつよく分からない部分がたくさんあるんです。

それは伊藤若冲のとても緻密な、何ヶ月もかかるような、非常に細密で色鮮やかな画だったり、生き生きと書かれた動物たちやきれいな植物が、どうして現代人の感覚に合っているのか、ということです。まあそもそも若冲という人物がどういう人だったかということもまた、今ひとつハッキリしていないのですが、若冲人気の理由の一つは、まずそういう謎めいた人物像。ですが更にその人気の根本にあるものは日本人が持っている芸術というものに対する尊敬の念というのが、大きな理由ではないか、と最近、思うようになりました。

日本の美術って言いますのは西洋の美術と違いまして、貴族とか天皇とか、すごく身分が高い人だけが楽しむものではなくて、広く庶民にも公開されていたんです。例えば平安時代の貴族で有名な藤原道長という人物がいるんですけど、この人がとあるお寺を京都に建てたんですね。それはすごく広い庭園を備え、お堂がいくつもあって、キンピカに光る仏さまがあちらこちらに配置されていまして……この世の楽園のような、華やかなお寺だったんです。現代の一般的な感覚で言いますと、そういう貴族のお寺というのは庶民はなかなか入れなかったと思いがちなんですが、当時の記録を見ますと、差し支えない時であれば普通に見物人を入れてたんですね。私も最初資料を読んだ時ビックリしたんですが、一般人だとここら辺まで入っていいよみたいな、観覧自由だったらしいんですよ。

つまり、貴族が自分で楽しむために造ったお寺なのに、一般庶民も来てもいいと。言うなれば、美術品とか仏教とか、そういう文化というものが貴族のためだけに限定されたものでなくて、庶民にも広く開かれていたわけですね。それは絵画でも同じでして、例えば近世美術の代表格とされて今でも人気のある浮世絵。あれなんかはよくよく考えてみると、江戸とか京都・大阪の庶民が楽しむための美術品なわけですね。ただそういった庶民の娯楽を同時に武家階級もかつて楽しんだりもしていた。芸能もそうでして、お能なんかはもちろん室町将軍が大好きでしたけれど、庶民のために神社とかお寺の境内でも催されましたし、歌舞伎でも大奥の身分の高い女性たちが観たかと思えば、そこら辺の長屋の人たちも観に行く。言うなれば、本当に芸能・美術全般が身分の高い人も低い人も楽しむためのものだったんですね。そうやって考えますと、京都の一般庶民の中から出た伊藤若冲っていうのは日本の美術の一つのあり方の究極の形ではないかと考えるわけです。そうしますと伊藤若冲を見ることで、日本の美術全体を見通すことが出来ると思います。

そしてもう一つ気がついたことに、若冲の作品て非常に細かいんですね。それを美術作品としての巧さとか上手さっていうのを越えた、非常にキッチリキッチリ作っていった工芸品のような細かさがあるわけです。そうしますと私はそんな若冲人気の中には、日本人の物作りに対する尊敬の念が含まれているのでは、と思うんです。伊藤若冲の美術作品で何万というマス目を引きまして、それを一つ一つ塗りつぶして描いたモザイク画があるんですね。本当に何年もかかるであろうと思われるほど細かな作品なんですが、我々はそれを見る時に、こんな細かな作品を作ったんだ！っていう驚きをそこで見てしまうわけです。

そう思いますと、本当に若冲というのは日本人の美術を重んじ、そして物作りを重んじるっていう精神性と真っ直ぐに結び付いた画家じゃないかと考えるわけです。

（16・11・6　放送）

映画『家族の日』に思う

映画監督　**大森　青児**

私は一昨年初めて『家族の日』という映画を作りました。今私六八歳です。作った時は六六歳。団塊の世代のど真ん中ですが、新たな挑戦ということでやりました。出来ました。皆さんに観ていただきたい。これ名古屋で聞いてらっしゃる方、名古屋は昨日から始まってるんですよ、一二日から。東京は一九日から新宿のK'sシネマ。埼玉県の熊谷が二六日から。次々日本全国に行くつもりにしておりますので、よろしくお願いいたします。

そもそもこの『家族の日』を作ろうと思ったのは、企画から入れると六年ぐらい前なんですね。実際に始めてからも二年半になります。元々私はＮＨＫにおりました。三十数年テレビドラマばっかり作っておりまして、定年になって辞めた時にテレビはもういいかなと。映画を作りたいなと思いましてね。それから一〇年です。やっぱりね、何かをやりたいと思ってから一〇年ぐらいかかりますね、重要なことやろうと思うと。

「犬小屋なら半日もあればできるが、大きな城の完成には四年も五年もかかる」という、私の大好きな宮本輝さんの小説『三十光年の星

おおもり　せいじ

映画監督
1948年岡山市生まれ。同志社大学卒業。映画監督、元NHKチーフディレクター。映画「家族の日」、テレビ「武田信玄」「はね駒」「京、ふたり」「ぴあの」「新王将」（上海国際テレビ祭、主演男優賞）「天空に夢輝き」（ハイビジョン国際映像祭グランプリ）他。舞台「川中美幸公演『天空の夢』」（文化庁芸術祭・大衆芸能部門賞大賞）

たち』に出てくる言葉を思い出しながらやってました。やっぱり一念発起して何かやろうとしたら一〇年ぐらいかかるんだなあと。でも実りました。

それがなぜ出来たか。資金集めから全部自分たちでやったんですよ。私の仲間、三人でやったんです。資金集めから、製作から、配給まで。映画界からすると奇跡と言われてます。東京の関係者がそう言ってるから、多分そうだと思います。ただ我々は初めてなので奇跡かどうか分からないんですけど、こういうやり方が一番いいと思ってやった。

なぜいいかと言いますと、資金集めの時にいろんな人に「私はこういう映画をやりたい。ついてはお金を協賛していただきたい。これは出資ではない」と。出資というのは儲かったら戻るんです。殆んど、儲からない映画創りで出資して欲しいというのは、心苦しいんです。「だから申しわけないながら、この意気だけに協賛してくれ。行ったっきり戻ってこないお金だ」と。それでもなおかつすごい数の人が個人も企業も協賛してくれたんです。これがまず第一の奇跡と言われてるんです。

私自身はこんなにありがたいことは無いと思いました。故郷の岡山でやったんですね。故里の岡山のありがたさをこんなに感じたことは無いですね。故郷離れて五〇年です。私一八歳の高校まで岡山で、その後大学を出て、ＮＨＫで転勤族で大阪・東京と転々として、五〇年ぶりに戻っていったら、高校時代・中学時代の同級生、それから従兄弟、それから周りの人たち、皆温かかったですね。故郷の良さを痛感しました。

その時に思ったのは、要するに損得じゃない。損得をいうと今回はお金を出して得をすることなんか一つも無いわけですよ。だから意気に感じて、何を感じてくれたのか分からないんですけど、自分では。感じてくれて、それにお金まで出してくれた。しかもお金だけじゃなくて、チケットを売るのも協力してくれて、それからロケ中は応援に来てくれた人もいる。そんな中で、もうどれぐらい涙が流れたか。人前では泣かないですけど、こんな温かい事が今まだあるんだと。オーバーにいうと、この日本に今でもあるんだと思いましたね。

だから人の義というんですか？　義という、人が本当に歩かなければいけない道という意味だと思いますけど、それを私自身は気にしながら生きているつもりではいるんですが、それを受けてくださる方々がこんなにたくさんいたというのは、もうビックリしまして、そういう方々のおかげで完成したんです。

そして、今回の映画の特徴は役者もスタッフも全部NHK時代からの大森組なんです。伊原剛志、田中美里、大竹まこと、岸部一徳、川上麻衣子、それから平田満、歌手の川中美幸さんも出てるでしょ。全部大森組なんです。私だけが言ってるのかもしれませんよ（笑）。とにかく私の、初めての映画なんで来てくれたんですね。これはもう何て言ったらいいのかな。世の中ね、温かいこと多いよというふうに感じますね。これが、第二の奇跡です。

テーマは大きな意味で教育問題です。偏差値がどうのこうのじゃなくて、「人は一人では生きられない」ということを学ぶこと。これがテーマなんですね、一行広告すれば。三行広告しますと、「人は一人では生きられないということを学ぶこと」。もう一つ「周りの人と共に生きること」。宗教では共生《ともいき》というんでしょうか。いわゆる共生する。それをこの主人公が子どもを通じて感じていくまでのひと夏の物語なんです。観ていただいた方には非常にホッコリとした気分になって欲しいと思います。悪人は出てきません。悪人は出なくてもドラマは充分成立するとずっとNHK時代から思っておりました。今回も出ません。それで観終わった時に一番望むのは「いい話だったな」というふうに思っていただきたいということ。

家族五人の話です。子ども三人と両親の話です。岡山県の高梁市という所を舞台にしております。都会の教育が気に入らないと思った一家が東京から岡山県の高梁市に移住を決意するんです。でも移住したはいいけれども、やっぱり田舎は田舎でいろんな問題があるわけですよね。そういういろんなことがありながらも、子どもたちがきれいな星を見、きれいな自然に接し、都会にはいない人々に会ってそれで生き生きとしていくんですよ。それを見て主人公の伊原剛志が「教育ってこういうことなんだ。一人では生きられない。地域の人とか、いろんな人との出会いがあって子どもがちゃんと育っていく、その事が大切なんだということに気づく。

費用対効果ではない。今日これだけお金をかけたら明日これだけ実るというのが費用対効果なんですけど、私は教育とか文化・芸術というのは費用対効果と一番遠い世界にあると思ってるんです。三〇年、五〇年たった時に初めて分かることが教育・文化・芸術には多い。それを分かってほしいなあ、と思いつつ渾身の力を込めてやりまして、皆さんのご協力の下に『家族の日』完成いたしました。ぜひ観ていただきたいと思います。

（16・11・13　放送）

国会議員生活の心温まる話

タレント　西川きよし

宮村　きよし師匠にはこの番組が始まってすぐ、二四年前にもご出演いただきました。この度は秋の叙勲で旭日重光章を受章されまして、おめでとうございます。

西川　ありがとうございます。こんな栄誉を授かったというのは本当に嬉しいですわ。日頃皆さま方にご縁いただいて、ご指導やご協力いただいたおかげです。本当にラジオをお聞きの皆さんありがとうございます。国会議員を結局一八年間務めさせていただいて。ですから小学校入学して大学院までということになりますからね。本当に長い間お世話になりました。ありがとうございました。でも最初はタレント議員一人で何が出来るかということでしたけど、一生懸命目玉剝いて頑張ったらね、一人でもやれることというんですか、たくさんあるもんですね。それで皆さん方に本当に助けていただきました。

　昭和六一年に初めて参議院選挙に立候補させていただきまして、それも大阪選挙区からね「だいたい全国区へ出て当選しても後何してるか分からんやないか」なんてもうボロカス言われるんですけども、これではいかんということでね、大阪選挙区からということで。もうあ

にしかわ　きよし

タレント

1946年高知県生まれ。1963年に喜劇俳優の石井均へ弟子入り、1966年漫才コンビ「横山やすし・西川きよし」結成、その年の９月27日に当時吉本新喜劇のトップ女優ヘレン杉本と結婚。1986年には参議院選挙に当選、その後18年間国会議員として活動、現在も子供３人、孫６人の大家族の大黒柱としてテレビ、舞台で頑張っている。

の頃を思い出したら今でも身の毛がよだちますけども。

で、「たぶん落選やろ」ということで、町の声とかね、政治評論家とか、いろんな方々がおっしゃるわけです。そういうニュース観た時に、本当にもう落ち込んでましたね。「五十万票台ぐらいで落選やろ」という町の声だったんですけれども。それが一〇二万二一一二人もの人が「西川きよし」と書いてくださって。これは命がけで本当に頑張らないかんということで、いよいよ初登院しました。

初めて国会議事堂へ参りますと開会式がありまして、天皇陛下様をお迎えして開会式が開かれるんですが、その後今度は首班指名と言いましてね、今の総理大臣はこの方でいいですかという投票があるんです。これは無所属の西川きよしにも一票あるんです。あの時の総理が中曽根康弘さんでございまして、僕はこの方でいいなと。いろいろ書き物等々読ませていただいて、その当時の背景、景気やら公約やらいろいろ読ませていただいて、僕も「中曽根康弘」と書かせていただいたんです。で、投票しました。いや、そらもう半端な神経の使い方ではありませんのでね。緊張してましたね。開会式は衆議院の議員さんも参議院の議場へ来られるんですよ。それで僕が一番後ろの方で立ってましたらね、「きよしさんやね。えらい普段と違うがな。緊張してるやん。もうちょっと前へ行き」って。ありがたかったですね。「当選したばっかりの新人がそんな」いうても、「いや、かまへんねん。当選してバッジ付けたら皆一緒やから、人に負けんように、ベテランに負けんようにしっかり勉強して頑張りや」って言って、勇気付けてくださいましてね。それで真ん中ぐらいに行ったら、また隣の人が腕つついて、「もうちょっと前へ行き」。嬉しかったです。で、もうちょっと前へ行ったら、また隣の人に腕つつかれて、「おい、ここは閣僚の席やで」て、行き過ぎてしまいまして。でも本当にありがたかったですわ。

で、初登院の緊張から解放されて大阪へ帰ってきて、やっとゆったりしてお風呂入ってましたら、弟子がお風呂場に来てね、「師匠、中曽根さんという方から電話かかってますすけど」と言われたんですが、「知らんなあ。仲宗根美樹さんて昔歌手でいてはったけど」。我々の業界いろんな方に紹介されて、いろんなお仕事いただいたりするんですけど、多分そういう関係やろかなあと思って、「うまいこと断っといて」って弟子に言うたら、弟子がまた帰ってきましてね、「『自由民主党の中曽根康弘でございますが』っておっしゃってますが」って言うので、ビックリしてバスタオル巻いて慌てて電話の所に飛んで行きました。

で、「もしもし、西川きよしでございますが」って、何か粗相があったんではないかなと、失敗があったんではないかなと思いながら電話に出ましたら、「私、自由民主党内閣総理大臣の中曽根康弘でございます」とちゃんとフルネームでおっしゃって、「本日は首班指名投票で中曽根康弘と書いていただいて、本当にありがとうございました」と、お礼の電話やってたんですよ。もうビックリしました。その時の総理大臣がお礼の電話をかけていただくなんて、夢にも思わなかったもんですからね。長い議員生活ですから、いろんな首相とのお付き合いがありましたけど、お礼のお電話いただいたのは中曽根康弘さんだけでしたね。そしてお電話に出てお礼を言っていると、家内のヘレンが部屋へ入ってきて、「どしたん?」というので、アイコンタクトで「中曽根総理から今お礼のお電話がかかってる。お前もちょっと電話に出てお礼を言え」というたら、家内は「いや、私はそんなん絶対ようせんわ」って。そらそうですわ。「それでもこの機会やから主人をよろしくぐらいの挨拶はちゃんとしとき。もう二度とかかってきいひんで」って言って家内に代わって。で、家内も緊張してますねん。「初めまして。西川きよしの家内のヘレンと申します」って家内がご挨拶させていただいて。で、最後のところで私、コケそうになりました。「どうぞ、これからも主人のことよろしくお願いします。よろしくお引き回しのほど」とこう言ったんですよ。もう散歩の犬みたいに言わんといてと。家内もものすごく緊張してたんですよね。これが一八年の国会議員生活で一番最初の心温まる西川きよしの話でございます。

（16・12・4　放送）

出家修行を実体験

花園大学教授　佐々木　閑

私は仏教学者なもんですから、仏教に関係するということで、毎年訪れているタイのお寺の話を今日はしようかと思います。

タイの仏教というのは日本と違いまして、よくご存じかと思いますが、黄色い衣を着て、鉢を持って、修行をするお坊さんたちの仏教なんですが、そこには日本から渡って、そしてタイの仏教界で出家をしてお坊さんになっておられる日本人の方もかなりおられるんですね。

で、そういう方々がさまざまなタイのお寺でそれぞれ修行をなさってるんですが、ある時タイの山の奥の方で修行なさってる方から突然私の所に手紙が来まして、タイの仏教で使っているタイ語あるいはインド語で書かれた本を日本の方々でも読めるような本にして出版したいと。つまり私たちが今やってる仏教を日本の人たちにも知ってもらいたいという、そういう思いの手紙なんですね。それで私は古代のインド語なんかを勉強してますから手伝ってもらえないかという話が来ましてね。それは面白い話だなあと思ってました。

でも一年ほどは機会がなくて行けなかったんですが、思い切って行ってみようということで寄せてもらったんですね。場所はチェンマ

ささき　しずか

花園大学教授
1956年福井県生まれ。京都大学工学部および文学部卒、文学博士。専門はインド仏教学。日本印度学仏教学会賞、鈴木学術財団特別賞受賞。著書『出家とはなにか』、『インド仏教変移論』、『科学するブッダ』、『仏教は宇宙をどう見たか』ほか。

イという、タイの北の方に大きな昔の都があって、そこからさらに一時間半ぐらい山奥に入った所にその方たちが住んでおられるお寺があったんです。今日はそこでの生活、つまり本当のお釈迦さまの教えに従った暮らしというのがどんなものかということを具体的にお話しようかと思います。

まずお寺と言いましても、日本のように境内があって、本堂があって、庫裏があるとか、そんな話じゃなくて、森の中の山一つが全部お寺なんですね。広大な山なんですよ。それは全部信者さんが寄付してくれた山でして、それが全部お寺の敷地になってましてね。その山全体のいろんな場所に小屋が建ってるんです。小さな小屋です。ベッドとトイレとシャワーが付いてるだけという、畳でいうと四畳半か六畳か、それぐらいの小屋が森の中に点々と三十カ所ぐらい建っていて、そこにお坊さんたち皆が住んでるわけです。

そしてその日本人のお坊さんもそこで暮らしておられまして、副住職さんみたいな、皆から大変尊敬されてる立派な方なんですけども、私がそこへ行きますと「どうぞ、佐々木先生、好きな小屋を選んで、そこで寝泊まりしてください」って言われました。中にはリゾート風の素敵な小屋もありまして、「私、これにします」って言ってそれにしたんです。

で、一日の話しましょうか。だいたい朝三時半に起きるんですね。ただタイですから暖かいんですよ。ですから三時半起きでも全然苦にならないんですね。

で、それからどうするかというと、皆が集まるお堂のような物が中央にありましてね。そこへ一応皆が集まって、朝の修行と言いますかね、坐禅をするわけなんです。そこで十人ぐらいのお坊さんがいつもいるんですけども、そのお堂に集まって、そして真っ暗な中で瞑想するんです。それが一時間ちょっとですかね。これはもう大変気持ちのいいもんです。

で、それが終わると皆で今度は古代インド語で書かれたお経を読むんですね。そうするとだいたい夜が明けるんです。で、簡単にお掃除をして、それから托鉢に行くんです。そうしますとね、お坊さん一人一人が皆大きな金属製の鉢を持って、衣を着て、それから裸足になります。托鉢で人からもらう時に履物を履いていくというのは失礼に当たるということで裸足なんですよ。

で、それぞれのお坊さんがテクテク歩いていくんですが、何とその山の周りには人家が無いんですよ。一番近い所で二キロか三キロぐらい離れた所にしか村が無いんです。そこをずっと山道歩いていくんですよ。村と言っても本当に村で、犬や鶏が走り回ってるような、そういう田舎の村がありまして、そこはカレン族という、いわゆる少数民族の人たちの村なんです。そこで托鉢をして回るんです。

で、お坊さん全員が同じ家へ行きますと、そこの家の人が困っちゃいますね。何人もの鉢にご飯を入れなくちゃいけないのでね。そこはちゃんとお坊さんごとに区分けがしてあって、回る家が決まってるんですね。そこを回って食べ物がたまったら、また二キロ歩いてお寺へ帰ってくる。これを毎日やるんです。

そして戻ってから、皆でその集めたご飯を大皿の中へ入れ直します。鉢の中に入れてくれる物はご飯だけじゃなくておかずも、それからお菓子も、あるいはインスタントラーメンの袋とかバナナとかいろいろ入ってるんですね。それをもう一度区分けしましてね、仕分けをして、そして今度は一番上座の偉いお坊さんから順番にそれを自分の好きな分だけ取ってご飯を食べるんです。

で、私なんかはお坊さんじゃありませんから、俗人として行ってますから、お坊さまより下なんですよ。だからご飯は最後に回ってきた物をもらうんです。で、それを食べる。そして食べ終わると八時半ぐらいです。それでどうなるかと言いますと、そこからが面白いんで、もう何も無いんです。何の義務も無いんです。皆で集まって勉強するとか、仕事するとか、そういうの何も無いんです。後は全部自分の修行のための自由時間になるんです。

決められた規則に反しなければ、つまり遊び回ったり、行儀の悪いことをしたり、そういうことさえしなければ、勉強しようが、瞑想しようが、あるいは歩き回って散歩しようが何をしても自由。ですからその間に自分の身づくろいも出来ますし、お洗濯もしますし、それが夜寝るまで続くわけです。そしてまさにそれが一生続くんですよ。

それで私は初めて分かりましたけれども、お坊さまになって出家修行するというのは決して厳しくてつらい生活に入るという意味ではなくって、まさに自分が望んでいる修行という生活を最大限の時間とエネルギーをもらって実現する生活なんですね。だから修行するということはとても幸せな人生を送るということなんだ、ということが実感で分かるんですね。これがお釈迦さま時代のたくさんの人が、お釈迦さまに従って出家をしたということの一番の理由ではなかったかと実感させられたタイでの経験でした。

（16・12・11　放送）

情報化社会を疑う眼

東京大学大学院教授　丸井　浩

今回もまた、ある本をご紹介します。今回ご紹介するのは、前田利郎先生が書かれた『情報化社会を疑う眼』という本です。今からもう二五年ほど前に書かれた本ですが、そこに記されたメッセージは今日ますます重要な意味を持ちつつあるように思われるので、皆さんに紹介させていただきます。

著者の前田利郎先生は、毎日新聞大阪本社の編集局長までもお務めになったバリバリのジャーナリストでしたが、その後、武蔵野女子大学（現武蔵野大学）で「マスメディア論」などを担当する教授になられました。今から二五年前といえば、日本が高度な情報化社会へと転換しつつある時期だと思いますが、まさに情報化社会の第一線で活躍されていた前田先生が、いちはやく「情報化社会」への大いなる疑問を抱くようになりました。この情報化社会というのは情報が多くなって便利になったというけれども、果たしてどうなのだろうか。例えば満員電車で苦しい思いをしながら通勤しているようすが情報としてテレビで流れているけれども、果たしてこれは便利になったと言えるのだろうか？　満員電車が解消されないまま情報だけ流れていくとい

まるい ひろし

東京大学大学院教授
1952年東京日本橋生まれ。1976年東京大学文学部印度哲学印度文学科卒業。インド・プーナ大学に国費留学。インド哲学仏教学・比較思想研究の世界的権威・中村元博士創設の東方研究会（現中村元東方研究所）専任研究員を経て、現在常務理事。1992年東京大学文学部助教授。1999年同大学院人文社会系研究科教授。

う、それ一つをとっても情報化社会って何か変だな、と前田先生は言うのです。

そして前田先生が大学で教鞭をとるようになり、「本格的な『情報化社会学園育ち一期生』とでもいうべき現代の若者たち」を見て、さらに疑いが深まったようです。さきほどご紹介した著書の前書きの中で、彼らが「永年の一方的な情報シャワーのせいか『別に知りたいこともない』『とくに知らせるようなこともない』ように見える」と指摘されています。情報化社会であるからこそ情報の洪水に埋もれることなく、「情報を吟味して自分の生きる『知恵』にむすびつけ」、情報を活用する「主権者」としての「自分そのもの」を確立しなければならないのに、その確立のために必要な「自己内外のコミュニケーション」が若者たちは不全であり、情報化社会そのものが、そうした個人の精神活動の脆弱さをもたらす原因になっているのではないか、とさえ述べています。

実はこの本を出されて数か月後に、前田先生は急逝されてしまいました。葬儀の最後にお別れの曲が流れました。美空ひばりの「川の流れのように」でした。あとで伺った話ですが、葬儀の段取りはすべて、生前のうちに先生ご自身がお決めになったそうです。ご著書の中に「自分の人生は自分で仕切る」という節がありますが、葬送の曲にいたるまで、まさに先生は自分の人生を自分で仕切られました。このように前田先生はとても自立心の強い方でしたが、もともとは大の泣き虫で甘えん坊だったご自身が「自分そのもの」を発見し、「自分は一人だ」という思いにめざめるきっかけは、「中学にはいってまもなく母が死んだ」ときのことだったと本で述懐されています。

生家は鹿児島で、医者であったお父さんは、「八二歳でなくなるまで家のなかでは帝王のように、強い父、威張った父だった」ようです。ところが、お母さんが亡くなった直後、その強い父親が「布団が破れて綿がはみだしているのをみつけ『お前があばれるから破けるんだ。これをどうするんだ。もう、お母ちゃんはいないんだぞ』といってにらみつけた。そして、なんと声をだして泣きだした」そうです。このときから、「『あ、おれは一人なんだ。しっかりしなくちゃ』と、やっと自分をみつけたような気がする」と語っています。そしてさらにご自身の人生を振り返って、「私の場合…たいてい自分を忘れ、あるいは自分を見失ってボンヤリとすごし、時々自分を再確認するハメになる。自分が失敗し、挫折した時に、自分を見つめ直す経験をくりかえした。…『自分そのもの』は『他者』との差異、区別があってはじめて成り立つものなのだ。その意味で挫折したり、他人から非難されることはきわめて大切だと思う」と綴っておられます。まことに的を得た、味わい深い言葉だと思います。

先生はその後、六〇歳の夏に不思議な体験をされたとあります。日課の縄跳びをしている時に「フットと自分の精神活動があってはじめて、この世のすべてが成り立つことに気づき、あわてて手帳にかきとめ…『自分そのもの』がつくりだす精神世界のすごさに思いが至ってひどく興奮した。あとでいろんな人や先人が同じようなことを記述していることを知り意を強くして考えを深めていった」と語っています。そしてそのあとに、類似した体験を語る思想家、禅師や作家の言葉を引用しています。

その一つが、作家辻邦生さんの「自分と出会う」という文章です。辻さんがパリ滞在中に忽然と「私の世界」に目覚めた体験が綴られています。「それまで、私と対立し、私と別個の存在、と思っていた」が、「しかし〈私の世界〉というイデーはそれを一変させた。私が眺めるセーヌもノートルダムも、私と無関係にただそこにあるのではない。それは〈私のセーヌ〉であり〈私のノートルダム〉…この世界は〈私の世界〉、私に包まれて存在する世界なのであった」と気づいて感動し、「自分の持つ美と喜びに満ちた世界を、文学作品として書き残すことを自分の使命だと決心した」と辻さんは語っています。

実は私自身も、あるとき、上野の不忍池で満開に咲き誇る桜の花を眺めながら歩いていて、その美しい光景が「私と別個の存在」ではなく、その瞬間に、その場にいる、かけがえのない「私」の前にリアルな存在として現前していて、自分が歩けば、その光景も動く。「絵のように美しい」と言うけれども、これは絵よりも美しいかもしれない、と感動したことがあります。「いま、ここに、存在する、自分」としか言いようがないのかもしれませんが、風景が「私と別個の存在」ではないということは、「私」もまた世界と切り離され、孤立した存在ではなく、現前する世界、風景と、なまなましく、出会っている、その瞬間の「いま」という時が、何か「永遠の時」とつながっているような不思議な感覚でした。古代インドのウパニシャッドの哲学でも、「梵我一如」といって、世界と私が一つであるという体験がベースにあるとされていますが、きっと何か同じものが通じ合っているのだろうと思います。

高度な情報化社会では、膨大な知識と情報が、その気になれば私たちは手にすることができるはずです。実際、さまざまな通信手段を通じて、私たちの日常世界に日々、入り込んできます。ところが、それらの知識・情報は、「私と別個の存在」、よそよそしい世界の出来事であるとすれば、「別に知りたいこともない」という気持ちになっても不思議ではありません。前田先生がおっしゃるように、情報化社会を「自分で仕切り」ながら生き抜くためには、「自分そのもの」をしっかり見つけなければならない。しかし逆説的ではありますが、ひたすら自分さがしをしても、「自分そのもの」は見つからない。むしろ他者と時にはぶつかり合いながら、自分を見つめなおし、自分を鍛え、それを経て、また他者、社会、世界との触れ合いを深め、豊かにするという、自己内対話と自己外対話の間の双方向的なフィードバック――それが生きるということかと思いますが――が重要です。

前田先生が情報化社会に投げかけた警鐘はすでに二五年も前のものですが、今なお色褪せぬ大切なメッセージが含まれていると思います。

（16・12・18　放送）

ブッダも笑う、えてこでも分かる仏教の話

漫才師（笑い飯）　中西　哲夫

僕は何とクリスマスが誕生日なんです。一二月二五日ね。これね、ちょうど冬休みに入る日やったんですよね。で、小学校二年の時にその日がお誕生日やっていう子に、最後「終わりの会」ってあるじゃないですか。その時に「誰々くんが今日お誕生日やから皆で拍手しましょう」「わ〜い」っていうのがあったんですよ。

で、一二月二四日が誕生日の子がおってね。ちょうど一二月二四日いうたら終業式なんですよ。で、「何々くんおめでとう」「おめでとう」「一二月二四日。すごい！　クリスマスに生まれてんのや」「クリスマスやあ」ていうてる時に僕はずっと「いや、今日はクリスマスイブやで。ほんまのクリスマスは僕の誕生日やで」て思てて。だから明日終わりの会で僕のことを祝ってくれて、「うわ、クリスマスや！」ってなんのやろなと思いきや、「二五から冬休みやんけ！　祝ってくれへんやんけ！」っていうのが子どもの時の一番つらかった思い出ですかね。二四日に一緒に、とかいうのも無くてね。何かイブコンプレックスみたいなんが出来てしまいまして。

やっぱり自分の誕生日を大事にしたいなという。で、これキリスト

なかにし　てつお

漫才師（笑い飯）
1974年、奈良県生まれ。関西学院大学文学部哲学科卒業。2000年に漫才コンテスト「M-1グランプリ」優勝を果たす。幼い頃から仏教に関心をもち、独学で研究。テレビ番組で「仏教好き」を公表後、各地から講演依頼が殺到。15年より奈良国立博物館の文化大使。著書に『えてこでもわかる　笑い飯・哲夫訳般若心経』『ブッダも笑う　仏教のはなし』。

さんの誕生日じゃないですか。僕今ね、漫才師をしながらちょいちょい仏教のお仕事もさせてもろうてるんですね。般若心経の現代語訳の本を出させてもろたり、仏教のおおまかな本を出させてもろたりしてるんですけど、そのキリストの誕生日と同じ日に生まれときながら、仏教のお仕事させてもろてて。

僕ねえ、カルピスが結構好きでね。ちょいちょい夏場は飲むんですけど、そのカルピスという言葉の語源がですね、仏教から来てるっていうんでね。昔インドの方で始まったのが仏教なんですけども、それでいろんなお経というのが出来てね。その中で『涅槃経』というのがあるそうなんですよ。そこに悟りの段階を牛乳を生成していく段階の味にたとえてるっていうやつがあるんですよ。最初は「乳味」っていってお乳の味なんですけどね。その乳味からもうちょっと悟ると「酪味」というのがあってね。そこから「生酥味」「熟酥味」となって、最後に「醍醐味」になるんですよ。いっちゃん悟ってるいい状態が醍醐味って言うらしいんですけど、よう言いますね、醍醐味って。「運動会の醍醐味は最後のリレーだ」みたいなね。その醍醐味が最終的な段階だそうなんです。

で、その醍醐味のことを古代インドの言葉では「サルピルマンダ」っていうそうなんですよね。で、そのサルピルマンダというのが牛乳を一番生成した状態の味なんですって。だから牛乳をだんだん生成していくと、ヨーグルトっぽいのになったりとかね、バターやらチーズやらみたいな感じになっていって。だからだいたい高級チーズのような味じゃないかって考えられてる味なんですけれどもね。

で、昔日本でカルピスという飲み物が研究された時に「これ何ちゅう名前にしょうかな」となったんですって。で、「牛乳を生成したものとカルシュウムを混ぜたことによって、その精製もメチャメチャええもんやから、このサルピルマンダっていう名前から取ったらええんじゃないか」と。で、マンダというのは除外しといて「サルピル」。このサルピルというのとカルシュウムだというのんで、「これ混ぜたらカルピルになるな。じゃカルピルで行こうか」ってなったんですって。「でもカルピルってルが多いし、ちょっと言いにくいしな。どないしょうかなあ」ってなったら、作曲家の山田耕筰っていらっしゃるじゃないですか。その人が「サルピルマンダの一個手前のやつはサルピスっていうで」って言って。「一個手前の熟酥味はサルピスっていうねん」ってなってね。「このサルピスというのとカルシュウムと混ぜたらどや」「そしたら『カルピス』になるで」「これオモロそう。口の感じも気持ちええ。『カルピス』、これええがな」ってなって、それでカルピスという商品名が出来たというようなね、そんな話があるんですって。

ていうような、こういうヘエ～っていう話をですね、サンマーク出版という所から出させてもらってる『ブッダも笑う仏教のはなし』というね、僕が書かせていただいた本にたくさん載っておりますんで。だからもしよろしかったらご購入いただければという告知をさせていただきましたけども、ほんまにね、仏教調べていったらそんな話いっぱいあって。もう面白くて。僕はもうただの仏教マニアなんですけどね。もう正しいことはお寺さんが言うてくれはるんで、僕はただただこういうチャランポランなことをね、いろいろ言わしてもろてたらオモロイなと思てていうてるだけなんですけど。

ほんまにね。ヘエ～っていう話がたくさんあって。例えば木魚。ポンポンポンてやるあれね。あれ何で「もくぎょ」の「ぎょ」が魚なのかってことなんですけど。あれ別に木豚とかね。木牛でもいいわけなんですけど、魚なんですよね。あれ何でかいうたら、お経を木魚叩きながらやってたら、何ぼ偉いお寺さんでもやっぱ眠たなってくると。でも「ありがたいお経称えてる時に寝たらあかんやろ」というので、魚っていうのんは絶対に目を閉じないんですね。まばたきもしないし、寝てる時も目開いたままなんですね。だから魚っていうのは、そこに置いとくことによって「お前らあかんで。目つぶったらあかんで。寝たらあかんねんで」っていう意味でやってるそうなんですって。そんないろんな話があって。ほんまにね、ぜひね、本を買っていただけると印税が入ってくるんで嬉しいなと。『ブッダも笑う仏教のはなし』というサンマーク出版さんから出させてもろてる本と、後それから『えてこでもわかる笑い飯哲夫訳般若心経』という本をヨシモトブックスの方から出させてもらってます。

ご覧になる本も出してるんで。ＤＶＤも出してましてね、『奈良のお寺を巡る』というね。こちらは全く売れてないんで。もしよろしかったらね、観ていただきたいなと思います。

（16・12・25　放送）

わがドラマ人生

映画監督　大森　青児

私は以前NHKにおりまして、NHKでドラマを三十数年創っておりましたので、今日はその辺の話をしたいなと思います。

二五歳ぐらいから五七歳ぐらいまでテレビドラマばっかりやっておりました。東京の時は『武田信玄』『はね駒』とかね。大阪が根城なので、大阪では朝のテレビ小説『京、ふたり』とか。それから『ぴあの』とか。その他にも時代劇の『はんなり菊太郎』というのをやったり、もっと言えば『なにわの源蔵事件帳』、なんてご存じないでしょう。桂枝雀さん。懐かしい枝雀さんの『なにわの源蔵事件帳』というのも、やりました。

それから『壬生の恋歌』とかね。『壬生の恋歌』っていうのは渡辺謙さんのデビュー作品ですよ。だから今も「謙ちゃん、謙ちゃん」て呼んでいます。私二二才から知ってますんで。いつも「謙ちゃん」か「謙」か、どっちかだったんですね。今さら「渡辺さん」て言えないでしょう（笑）。

私は結構恵まれておりましてね、演出時代。何が恵まれてたか、その話しますとね。私と付き合った人たち、デビューで付き合った人た

おおもり　せいじ

映画監督
1948年岡山市生まれ。同志社大学卒業。映画監督、元NHKチーフディレクター。映画「家族の日」、テレビ「武田信玄」「はね駒」「京、ふたり」「ぴあの」「新王将」（上海国際テレビ祭、主演男優賞）「天空に夢輝き」（ハイビジョン国際映像祭グランプリ）他。舞台「川中美幸公演『天空の夢』」（文化庁芸術祭・大衆芸能部門賞大賞）

ちが皆、その後偉くなっていくんです。そうすると、私は全然偉くないにもかかわらず、色々なことで得をするんです（笑）。渡辺謙でしょう、内藤剛志でしょう、遠藤憲一でしょう、彼らが私の作品でデビューなんですよ。もう今では無くてはならない俳優さんばっかりです。それから田中邦衛さんとも仲良くさせてもらいましたし、北大路欣也さんともね、すごい恵まれてるんです、演出家としては。

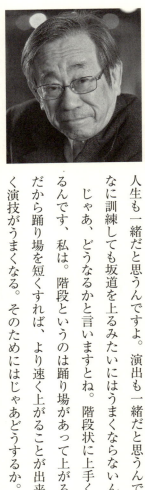

そんなことが三十数年ありまして、それが映画創りに繋がったんですが、今日は、それ以前の話をしたいと思います。演出をずっとやっておりまして思うことがいくつかあります。まず役者。役者がいかにしてうまくなるか。上手になるか。これがなかなか難しいんですね。人生も一緒だと思うんですよ。演出も一緒だと思うんですけど、どんなに訓練しても坂道を上るみたいにはうまくならないんですよ。

じゃあ、どうなるかと言いますとね。階段状に上手くなると思ってるんです、私は。階段というのは踊り場があって上がるわけですね。だから踊り場を短くすれば、より速く上がることが出来る。つまり速く演技がうまくなる。そのためにはじゃあどうするか。これには、特効薬は無いんです。ただし坂道だと思うとクサるんで、伸び悩んでる時は今は踊り場だと思えばいいんです。つまり充実させるための期間だと思えば、だいぶ違ってくるんです、心の内がね。

演出もそうです。人生もそうだと思うんですよ。そんなにうまいことばかりいかないですよね。もう六八才になると大体分かります。そんなうまいことばっかりいったことないですよね。で、うまくいかない時にどう過ごすかというのがポイントだと思います。演出もそうなんですよ。うまくいかない時どうやるか。これの過ごし方でプロかアマか、プロの中でも上等か、そうじゃないか決まるんです。だいたいそういうもんです。役者もそうなんです。

だから役者を目指してる若い人、自分がうまくならないなと思ってる人は今踊り場であると。何かの機会があったらピュンと上がるんです。その何かの機会というのはいつ来るかわかりません。だからそのためには準備しとかなきゃいけません。勉強しなきゃいけない。役者だったら本も読まなきゃいけない。人と接しなきゃいけない。いろんなことを勉強してて、ある機会が来たら必ずポンと、一段か二段か三段か分かりませんけど、階段状にうまくなります。これは演出家もそうです。たぶんねえ、世の中生きてる人ほとんど皆そうじゃないかと思うんです。

それから誰でもスランプになることってありますよね。私もありました。三三〜四才までは私ほどうまい演出家はいないと思ってました。何という傲慢でしょう。そう思ってたんです。ところが三四歳ぐらいで頭を打つんです。わけが分からなくなってくるんです、演出というものが。芝居というものが。その時どうしたかと言いますとね。ある先輩が言ってくれたんです。「大森ちゃん、今頃そんなことになってんの。俺たちなんかもっと早くそうだったよ。あなた恵まれてたからそうなんだよ」って言われたり、「スランプになった時は真っ直ぐ行け。回り道をするな。壁が前にあるんだけど、その壁にブチ当たってもいいから真っ直ぐ真っ直ぐ行け。何回打ちのめされてもだ。それである時に抜ける。そのスランプを抜ける時が来る。それで後ろを振り返ったら、その壁は障子紙一枚だったと分かる。だから回り道はするな。回り道をしたら、今自分がどこにいるか分からなくなっちゃうぞ。」と言われたんですよ。

これいまだによく覚えてましてね。自分の後輩が悩んでいる時にもその言葉を使ってるんです。壁にブチ当たることは人生に何度でもあると思うんですよね。そこを真っ直ぐ行くっていうのは難しいんです。回り道の方が楽なんですね。逃げた方が楽なんですけど、逃げないで真っ直ぐ行って、後ろ振り返ったら障子紙一枚っていい話じゃないですか。これがね、気に入ってましてね、私。結構使ってるんです。

それからもう一つ全然違う話で、現役時代オーディションというのがいっぱいありました。朝のテレビ小説のヒロイン選びはオーディションでした。で、二千人ぐらいの応募があります。それを写真選考で半分にしたとします。でも千人に会うわけですよ。五人ずつ、どんどん三〇分単位で会うわけです。それでよく言うんです、皆に。「オーディションの時、イスに座ってから勝負しようとしたら、間違ってるよ」と。原稿を渡されましてね、その場で。「この役を読んでください」というのがオーディションなんです。ところがね、皆うまくやろうとして、座ってから勝負しようと思うんですよ。間違ってます。こちら審査する側は何を基準に決めるか。その人と一緒に仕事して楽しそうかどうかなんです。どんなに芝居がうまくても、楽しそうじゃなかったら落ちます、その人。

じゃあどうすれば通るか。人間性を上げるしかないんです。芝居が下手だろうが何だろうが、この人と一緒に仕事がしてみたいなと思わせた瞬間に、合格です。そりゃ朝のテレビ小説のヒロインは一人しかいませんから、そんな単純じゃないですよ。でも大きく言えばそうだと思うんですよ。そういうことをドラマを創りながら学びました。

壁にブチ当った時には、人間のレベルが、階段上に上るいいチャンスだと思うこと。オーディションの合否は、その人のレベルがそのまま反映されることを知ること。偉そうに言いながら、自分に言ってるんですよ。ドラマの演出も、自分のレベルを上げるしか上手くなる手がないんです。だからいろんな本を読み、いろんな人と会い。ともすれば天狗になりそうな鼻を自分の手でへし折りながら、謙虚に生き、そして、又、次の映画を創りたいと思っています。

（17・1・8　放送）

お笑いも大きな福祉

タレント　西川きよし

僕は横山やすしさんと昭和四一年にコンビを組んでからは、井の中の蛙ではあかんでと。ちょっとええ話かどうかは聞いていただいてる皆さんにご判断していただかないといけないんですが、まず大先輩でボヤキ漫才の人生幸朗・生恵幸子師匠という、「責任者、出てこい！」で一世を風靡した方ですけどね。一心寺さんには私も一緒に参りまして大変お世話になりましたけども、まず人生師匠に特別養護老人ホームへお連れいただきました。で、歯医者のお友だちの先生がそういった所へ古い機械を全部持っていかれるんですね。そして入れ歯の手入れをしたり、虫歯を治したり。その先生に「きよっさん、本当に芸能界だけやったらあかんで。いろんな異業種の人と付き合って、いろいろ勉強しときや」って言われて。異業種交流っていうのは本当に大切ですね。本当に身をもって勉強させていただきました。

その他にもいろんな所へ行かせていただきました。特別養護老人ホーム・矯正施設・児童福祉施設とか、いろんな所へお訪ねして勉強させていただきましたですね。矯正施設なんかでしたらね、そうなろうと思って生まれてくるわけではないですけれども、たまたまつまず

にしかわ　きよし

タレント

1946年高知県生まれ。1963年に喜劇俳優の石井均へ弟子入り、1966年漫才コンビ「横山やすし・西川きよし」結成、その年の9月27日に当時吉本新喜劇のトップ女優ヘレン杉本と結婚。1986年には参議院選挙に当選、その後18年間国会議員として活動、現在も子供3人、孫6人の大家族の大黒柱としてテレビ、舞台で頑張っている。

いてっていうことで、高い塀の中で生活しないといけない人もたくさんいらっしゃるわけですね。で、何とか社会復帰をしてもらおうということで、人生師匠にお連れいただいて慰問に参りました。今ももちろん続けさせていただいてるんですけども、いい勉強になりますね。

ある時ホテルから車に乗ったんですよ。難波まで行って花月の近くで降りようと思ったらね、運転手さんが「お金いりまへんわ、きよっさん。いつもテレビ観て笑わせてもうてるから、今日はよろしいわ」っておっしゃるんです。でもね、向こうも仕事ですやん。「いやいや、メーターに出てる金額だけは払わせてもらわな。それ以上のチップは出せんけど」と言っても、「ええねん、ええねん、きよっさん」っておっしゃるもんですから、もうお世話になろかな思た時に、「実はね、京都におる時えらいきよっさんにお世話になりましたんや。ありがとう」っていうんです。何をおっしゃってるのか分からんかったんです。

吉本興業は昔、京都の新京極に京都花月がありまして、今は八坂神社の向かいの祇園会館でやってるんですけども。で、京都におる時に？　それでお金がいらん？　何やろな？　と。「あ、ひょっとしたら！」って言うたら、「そうでんがな！」って、もうお互いに分かりました。「あの時来てくれて、きよっさん、やっさんと一緒に来てくれて皆で笑わせてもろうて、どんだけ皆喜んでたか」。初めて行ったのがそこやったんですよ。

もう緊張しましたね。ドキドキしながらね、映画やドラマで観る大きな扉を通ってバスに乗って入っていくわけです。僕ら新人ですから一番後ろ座ってたんです。で、後ろ見たら、大きな鉄の扉がガチャーンと閉まるわけです。やっさんがひと言、「おい、帰り開けてくれるのやろな」（笑）。本当に人間出会う人によって人生が右行ったり、左行ったり、上行ったり。下にはあまり行きたくないんですけど。で、もうお互いに分かってね、そのタクシーの運転手さんが「もう今日は私におごらせてください」と。「分かりました。そこまでおっしゃっていただけるんやったら、おおきに。ありがとう。もうほんなんやったら乗せてもらいますわ」って言って僕は降りたんですよ。嬉しかったですねえ。他にも時々お饅頭とかね、スイーツとかね、持って訪ねてきてくれる方もいらっしゃるんですよね。

それと、これは忘れられない本当にあったいいお話ですけど、この前特別養護老人ホームお訪ねしたんですよ。二年間介護してらっしゃる方にお伺いすると、無表情で寝たきりの女性の方ですけども、僕は家内や子ども連れてそこの慰問に寄せてもらったら、大きな舞台組んでくれてね。そこで素人名人会みたいなことやって、歌ったり、笑ってもらったりするんですけども、寝たきりの女性の方なんかは、男性もそうですけど会場に出てこられないんです。スピーカーで部屋で聞いていただくだけなんですよ。ですから「終わってから後、お部屋へお訪ねしますわね」ということで、ご一緒にお部屋を回らせていただいて、「どうですか、今日の調子は」とかお伺いしながら。

宮村　嬉しいですよね、動けない方なんて、きよっさん来てくださったら。

西川　いやあ、もうそれは僕らありがたい仕事ですね。で、二年間無表情のその女性の方がね、係の方が横へ行って、「ほら、西川きよしさんが来てくれたよ。何々さん、「素人名人会」若い頃観てたんちゃうの。ほら、西川きよしさんやで。隣りはヘレンさんやで」とかっておっしゃってくれてね。もう二年間無表情の方の横であまり大きな声出したら気の毒ちゃうかな、って却って僕ら気を遣うんですよ。で、ジッと目を見つめてましたら、その人がね、ニコ～と笑いはったんですよ。それ見た係りの介護士さんがビックリなさってね。他のスタッフの人を皆呼んで「ちょっと、何々さんが今笑うたよ!」っていうたら、皆さんが「ワア!」って部屋へ入ってこられてね。

ですから僕らええ仕事に就かしてもらったなと感謝しましたね。「お笑いも大きな福祉や」って先輩に聞いたけど、「これやな!」って思いましたね。そういうことがあってなお一層ね、少々風邪引いても、男ですから付き合いがあって前の晩飲み過ぎてね、明くる日は休みたいなと思うような時もあるんですけど、ずっと真面目に勤めさしていただいております。

(17・2・5　放送)

イラン人のオモテナシ

花園大学教授　佐々木　閑

前回はタイのお話をしたんですけれども、今回はイランの話をしようと思います。実は私は昔からバックパッカーの旅が好きで、リュックを背負っていろんな国へ行くのが楽しみなんです。ちょっと若返ろうと思いまして、一昨年、家内と二人でリュックを背負ってイランを回ってきたんです。イランでも特に有名な観光地じゃなくて、山奥の山岳地帯がありましてね。昔は暗殺教団というのが住んでいた所です。イスマイル派と言って、暗殺者を世界に送り出して要人を暗殺することで収入を得ていたという教団があったんですね。それはモンゴルに滅ぼされたんですけど、そういう教団が砦を造っていた山奥の場所がありましてね、そこをずっと家内と行ってきたんですよ。

それはそれで面白かったんですけど、その旅で何より感慨深かったのが、イランの人たちが大変に優しくて温かったということなんですね。日本だと中東の国というと混乱していて危ないんじゃないかと思われていて、危険だから行かないほうがいいんじゃないかっていうふうに思われるんですが、実際に行ってみますとね。その国の人柄というのか、人情というのはそれとはまた別個でしてね。イラン人という

ささき　しずか

花園大学教授
1956年福井県生まれ。京都大学工学部および文学部卒、文学博士。専門はインド仏教学。日本印度学仏教学会賞、鈴木学術財団特別賞受賞。著書『出家とはなにか』、『インド仏教変移論』、『科学するブッダ』、『仏教は宇宙をどう見たか』ほか。

のはホントに心の優しい人たちだというのが分かりました。今日はちょっとその話で、どれくらい私たちが親切にしてもらえたか、ということをお伝えしようと思います。

まずですね、田舎の方を回ってまして、たまにはホテルから出て散歩でもしようかと言って、家内と夕方出掛けますでしょ。そうするとね、散歩がうまく出来ないんですよ。それはなぜかというとね、後ろから自動車が来ると我々の前で止まるんですね。それで運転手さんが顔を出して「何処へ行くんだ？　乗せていってやる」って言うんですよ。あまり言葉は通じないんですけれども。乗せてやると言われても、我々は今散歩してるんだから乗せてもらう必要はないんだけれども、断るのも難しいんでね。身振り手振りで「今、散歩中だ」と言うと「そうか、それじゃあまた何かあったら声をかけろ」と言って行っちゃう。で、また歩いていると次の車が止まるんですよ。で、また「乗せていってやる」って言う。もう最後は面倒くさくなっちゃってね、実はホテルがどこそこだ、と言うと「じゃあ、送ってやる」と言って、折角散歩に出でたのにまた車に乗ってホテルに帰ってきた

（笑）。そういうことがありました。

それとね、一番やはり感激したのは長距離バスに乗って、遠くの温泉宿に行った時です。イランには温泉があるんですよ。火山帯なのでいろんな所に温泉町があるので、そこへ遊びに行こうというわけで、長距離バスに乗ったんですね。バスは温泉宿に直行するのではなく、ちょっと離れたターミナルに着くことになっていて、そこからまたバスを乗り継いで行くことにして向かったんですね。それでそのバスの中で乗り合せたイラン人と親しくなって、「あんた、どこから来た」「日本から来ました」とかっていろんな話をして、「これからどこへ行くんだ」って言うから「温泉宿に行って、イランの温泉に入るんだ」って言ったら、それから周りの乗客がぼそぼそ何か話をし出したんですよ。食事に降りてもね、私たちはほったらかしでバスの乗客全員が一か所に集まって、皆で何か相談事をしているんです。なんか怪しい感じでね（笑）。

それでまたバスに乗り込んでそのまま走ってましたらね、高速道路の真ん中でバスが停まっちゃって、運転手さんを始め、みんなが「お前たちはここで降りろ」というわけですよ。高速道路の途中で。二人だけ降りろと言う。それで降りたらね、そのバスの前にタクシーが停まっているんですよ。何なんだ？　って聞いたら「お前たちは温泉宿に行くんだろ。このままだとターミナルまで行って、そこで乗り換えると時間もお金もかかって大変だから、俺たちで相談してタクシーを呼んでおいてやったんだ」って。タクシーはね、イランはすごく安いんですよ。ガソリンが一リッター七円ですから。タクシーの方が乗り継ぎのバスより安くつくわけです。それもちゃんと計算してくれて、「お前たちはここで降りてタクシーで行った方が時間も速いし、お金も安くつくから俺たちが相談して決めたんだ」っていうわけ。それを相談してたんですね。「あの日本から来た旅行者をどうやったら快適に温泉宿まで運べるか」と相談してくれてたんですよ。それで我々がタクシーに乗ったら「元気でねー！」って手を振って見送ってくれましてね。それで無事にその温泉宿について楽しい一晩を過ごすことが出来ました。

そういう、何というか、人情味というか、日本はおもてなしの国だと言いますけども、イランの人たちの心の底からのおもてなしというのは、我々も真似しないといけないなと。ほんとに温かいんですよ。それで一番最後、帰り際ですけれども首都のテヘランで一泊して、次の日に飛行機に乗るつもりで別の町でタクシーに乗ったんですよ。そのタクシーの運転手さんと話をしていて「これからどうするんだ、予定はどうなってる？」って聞くから「今日はテヘランに泊って明日、日本に帰る」って言ったら「テヘランなんかに泊るな」って言う。「うちへ来い」ってわけですよ（笑）。「うちで一泊すりゃあいいじゃないか」と言ってそのタクシーに乗せられたまんま、運転手さんのお家まで連れて行かれて。そしたらもう奥さんに連絡が行っててご飯の用意をしてくれててね。そして従兄だのはとこだのがやって来て、「折角だから今からドライブに行こう」って言って、タクシーを先頭に親族一同が乗った車が後に続いて延々と遠足ですよ。そして野原のブドウ畑に連れて行ってもらってブドウ狩りをしたり、いろんなことをして遊ばせてもらって。夜もタクシーの運転手さんのお家に戻って来てね、親戚の人も何人か「一緒に泊る」って言って泊っていきましたけどね。

そして次の日の朝になったら直接飛行場へ送ってくれました。

ということで私たちは結局テヘランを知らずに帰ってきちゃったんですね（笑）。そういうことで毎日、イランの人たちの人情に触れた旅でした。そういう意味ではイランはまわりの国々と揉めていて大変じゃないか、と言われますけど確かにそうかもしれませんけれども、そこに住んでいる人たちというのはやはり昔からの文化や伝統の中でね、人を温かく迎える文化があるということが身に染みて分かりました。逆に言えば私たちもそれぐらいの気持ちでいないといけないという気がしましたですね。

（17・2・19　放送）

花火、僕の楽しみ方

漫才師（笑い飯）　中西　哲夫

　僕はクリスマスが誕生日だったんですけど、お蔭様で御祓いに行くことも無く、普通の参拝をさせてもらって無事厄が明けました。ホントに、もうせやけどこんなにおじさんになったんやなと、いうような感覚で全然その脳みその中は十四位で止まってるんですよね。なかなか思春期から抜け出せなくて、実年齢と考えていることが合うてないなと思うんですが。

　自分が若い十代の方からどういうふうに見られてんのかな？　と気になったりするんですけどね。やっぱり、それはもう、そこそこおじさんに見られてるんやろなと思いながら。いまねえ、白髪染めをしてるんですけど、これ白髪染めしてなかったらほぼ、ほぼ真っ白になってきました。まだねえ、漫才とかでテレビに出してもらう仕事をしてるんで「あ、こいつの白髪すげーな！」となると一気に老けた感じになると思われるじゃないですか。そしたらもう、世間の皆さんに気を遣われるようなことになってもいかんな、ということで一応白髪染めをやっておりまして。で、もうあと八年ぐらいして五〇位になったあかつきには、もう藤本義一さんみたいなきれいな白髪で、お茶の間にお邪魔

なかにし　てつお

漫才師（笑い飯）
1974年、奈良県生まれ。関西学院大学文学部哲学科卒業。2000年に漫才コンテスト「M-1グランプリ」優勝を果たす。幼い頃から仏教に関心をもち、独学で研究。テレビ番組で「仏教好き」を公表後、各地から講演依頼が殺到。15年より奈良国立博物館の文化大使。著書に『えてこでもわかる　笑い飯・哲夫訳般若心経』『ブッダも笑う　仏教のはなし』。

しようかなと思っているんですけども。実際のお邪魔じゃなくしてね、画面を通して、というようなことを思っているわけですけれども。

前回ね、年末に出させていただいた時、仏教の本とＤＶＤを出しているという告知をさせてもらったんですけれども、実は僕は仏教マニアでありながら、花火マニアでもありましてですね。あの、空に上がる「ヒュー、バーン」という、あれがすごい好きで、花火のＤＶＤも出させてもらってるんですよ。これもまた、全然売れてなくて、ぜひこれ見ていただきたいと。ホントにねえ、前回に引き続き告知をさせていただいてますけれどもね。花火もねえ、見方によって見え方が変わってくるところがありまして、こういうふうな知識を入れておくとさらに花火がきれいに見えるよ、というような案内をＤＶＤでさせてもらってるんです。

たとえば花火でも、典型的なバーンと上がって球体に広がる花火ってありますね。ああいうのは基本的に割りもの花火と言いまして、バーンと四方八方に光が飛び散るんですけれも、あの見えている光の粒は星と言うんですよね。星というのが球体に広がってきれいに見えるわけなんです。割りもの花火には名前が付いてまして、代表的なものが二つあります。まず、真ん中からバーンと開いた時にその星単体で開くものを「牡丹」と言います。牡丹の花びらいうたら、まーるいふわっとしてますね。星が単体で広がることによってふわっとなるからこれを牡丹と言うんですよね。

で、真ん中から開いた時にこの星がですね、閃光を残しながら尾を引いた状態でブワッと球体に広がる花火。これは「菊」って言うんですよ。菊の花びらというのは細長いですからね。閃光を残すことによって菊の花になるんですよね。花火大会の最後にあります、バーンと開いて閃光を残して、その閃光がバラバラと下まで垂れるやつありますよね。みんなが好きなきれいなやつ。あれはですね、最終的に冠状に尾を引いていきますんで冠に菊と書いて「冠菊《かむろぎく》」という花火なんですね。あれで結構みんな盛り上がったりするんですけれど。これがですね、割りものとか半割ものと言われるんですけれども。あと、型物花火というのがありまして、形になる花火ですね。たとえば「スマイル」とかね、笑顔の形になる。ハート形とかね、猫ちゃんとか、あるじゃないですか。よくハート形とかでもね、上に上がった時に「ワー、逆さ向いた！」とか、ただの棒線に見えたとかがあったりするじゃないですか。あれは花火というのは上に上がっていくときにかなり回転しながら上がっていってるんです。だからどの向きで上がるかというのはよく分からないんですね。

型物花火というのは割りもの花火と違って平面状に開くので、ホンマにこっち側から見ててちゃんとハート形に見えるのかっていうのは、もうホントにまぐれしかないと。上がってみないと分からないということなんですね。で、ハート形がパーッと開いた時に自分の方からはただの棒線になった時、その時に辛いんではなくて楽しいな、と思えるような見方をちょっと案内させてもらいたいんです。ただの棒線にバーンとなるじゃないですか、なってもですね、自分から見ればただの棒線なんです。でも、自分の右手側をダーッと延長したところに座っている人。左をバーッと延長したところに座っている人から見たら、それはきれいな花火、ちゃーんとしたハート形に見えているわけです。花火は一人で見てるんじゃなくて、会場に来ている人みんなで見てるんだと思うことによって、自分にはただの棒線でも「ちゃうちゃう!向うの人めっちゃきれいに見えてる!」「あの人もめっちゃきれいに見えてる!」と思うとめっちゃ楽しくなるんです。

そういう見方をＤＶＤで紹介してるんです。ただですね、縦の棒線じゃなくて横の棒線になった時、ハート形が横にバーッと棒線状になった時、これは自分も棒線やし、右手を延長したところの人も棒線やし、左手を延長したところから見てる人もみんな棒線になるじゃないですか。そしたらみんながガッカリしてるんかな、というような気持ちになるんですが、ここはですね。一歩進化させて「天国にいる人はきれいに見えてるんだ」と、こう思うことによって過去、未来、現在、いろんな人みんなでこの花火を見てるんだと思うと、「あっ、あの人ら喜んでるのやろな」と、いい気持になれるんですよね。こういうことを僕の見方でお勧めしてる、という告知でございます。

(17・3・5 放送)

ホトケになる、ということ

一心寺長老　髙口恭行

人が亡くなることをホトケになる、という。

仏教は言うまでも無くお釈迦さま、つまり仏の教えであり、また仏になるための教えである。修行して煩悩への執着を捨てホトケになる。死はあらゆる執着、煩悩をきれいサッパリと断ち切る故、その意味では人は確かにホトケになる。しかしながら成仏＝死ということではない。お釈迦さまは「人生は苦である」とされ、我らが火宅の世にありながら四苦八苦の苦しみ、煩悩から解放されて、生まれ難き人身を悔いなく生きるためにどうするか、という法を、道を、苦行、熟慮の末に発見された。一二月八日の朝、悟りを開かれた時の第一声は「奇なるかな、奇なるかな。一切衆生皆如来の智慧徳相を具有す。ただ煩悩執着の故を以て証得せず」だったと伝える。つまり人は誰もが仏の智慧と徳を具えている。しかしその宝を持ち腐れにしている。煩悩執着から解き放たれれば、仏のような智慧徳相（仏性）が発現する、というのである。しかしながら私たちが「仏様になる」ということは有難い目標ではあるが、実際にはなかなか難しい。

一心寺では今年、第十四期お骨佛が造立され、開眼された。納骨さ

あとがき

れた遺骨を粉末にして阿弥陀仏像に錬造したものだが戦後八体目、通算十四期目の骨佛尊である。五月三一日に開眼法要を勤修、六月一日から一か月間、本堂前面に特設したお厨子にて「境内出開帳」という形でお披露目したが、皆さん、身近な故人が阿弥陀如来のお姿に生まれ変わったことに一様に感動しておられた。仏前で手を合わせながら涙し、語り掛けておられるお姿を拝見していると、理屈では分かりにくく、実感しにくい「仏様になる」ということが何の不思議もなく諒解され、ストンと腑に落ちる気がしてくる。今期はおよそ二二万人の人々、おそらくは激動の昭和史を生き抜いて来られた方々が、もう全ての苦労を超越され、仏様になっておだやかな笑みを湛えておられる。その姿に、亡き人の面影をご覧になる、という方が多いのも、けだしその通りであろうと思われる。

単行本『ちょっといい話』も一三集目になる。ゲストの皆様からいただいたお話を一冊の本にして多くの方にご覧いただく。お骨佛の造立、開眼と似ていなくもない。貴重な体験談をお聞かせいただいたゲストの皆様に厚く御礼を申し上げたい。

（平成二九年七月）

本書に収録したお話はＡＢＣラジオで二〇一五年～一七年に放送したものですが、出版にあたり趣旨をそこなわない程度に、一部表現を変えたり、省略した箇所があります。

《ちょっといい話》

毎日曜日午前八時～八時十分放送

●制　作　朝日放送株式会社
●制作協力　株式会社ＡＢＣメディアアコム
●提　供　一心寺

ちょっといい話　第13集

二〇一七年九月一〇日　初版第一刷発行

編集　一心寺
〒543-0062　大阪市天王寺区逢阪二―八―六九
ＴＥＬ〇六―六七七一―〇四四四

制作　横山治行（サン・サン・アド）
〒543-0062　大阪市天王寺区逢阪二―五―一一
一心寺単信庵
ＴＥＬ〇六―六七七五―〇二〇八

発行　東方出版
〒543-0062　大阪市天王寺区逢阪二―三―二
ＴＥＬ〇六―六七七九―九五七一

印刷　亜細亜印刷㈱

ISBN978-4-86249-292-0